Amelie

-Vom Marquess verletzt-

Lynn Dermod

Ladys mit Vergangenheit

Bibliografische Information der deutschen Nationalbibliothek

Die Deutsche Nationalbibliothek verzeichnet diese Publikation

in der deutschen Nationalbibliografie, detaillierte bibliografische

Daten sind im Internet über http://dnb.dnb.de abrufbar.

Herstellung und Verlag
BoD - Books on Demand, Norderstedt

ISBN: 9783753427416

Prolog

„Gute Nacht, Amelie."

„Guten Nacht, Belle." Eigentlich hieß Amelies Schwester Isabell, aber sie nannte sie immer nur Belle. Weil sie genau das war: Belle, die Schöne. Ihre Haare schimmerten wie das polierte Holz des Mahagonisekretärs im Arbeitszimmer ihres Vaters und ihre Augen leuchteten so grün wie die Smaragde an Mutters wunderschöner Halskette. Belle war fünf Jahre älter als Amelie, also sechzehn und hatte schon einige Verehrer. Und Amelie beneidete sie manchmal, auch wenn das falsch war, aber sie wäre gerne genauso hübsch wie Belle. Nur leider waren ihre Haare braun, also nur braun, eben gewöhnlich braun, so dass es keine besondere Bezeichnung dafür gab. Und ihre Augen waren zwar ebenfalls grün, aber eher wie Moos und sie leuchten auch nicht so.

„Und Amelie...", riss Belles Stimme Amelie aus ihren Gedanken, als sie schon die Klinke in der Hand hatte, „... lies bitte nicht wieder so lange wie gestern. Ich weiß, das Buch ist spannend, aber ich kann Vater nicht immer anlügen, warum du so unausgeschlafen bist!"

Ihre Stimme war längst nicht so tadelnd wie ihre Worte und Amelie nicke.

„Ich verspreche es dir, Belle, es ist nur... ich muss doch wissen, ob Mary und der Earl wieder zusammenfinden, oder..."

„Schon gut, Amelie, aber vergiss nicht, das Licht zu

löschen und den Roman gut zu verstecken. Ich möchte nicht wissen, was Mutter oder Vater sagen, wenn sie uns dabei erwischen, wie wir so einen Schund lesen." Sie verdrehte die Augen und betonte dabei *Schund,* so als hätte sie etwas Unanständiges gesagt. Aber es stimmte schon: Wenn Mutter oder Vater wüssten, was sie da lasen, würden sie die Schwestern ganz sicher hart bestrafen. Liebesromane gehörten nämlich nicht in das Repertoire anständiger Mädchen.

Amelie lief zu Belle zurück und drückte ihr einen Kuss auf die Wange.

„Ich hab dich lieb, Schwesterherz!"

In ihrem Zimmer fischte sie den Roman hinter dem losen Brett in ihrem Schrank hervor und setzte sich mit der Öllampe auf den Boden. Sie regulierte die Flamme hinter dem Glaszylinder, dann schlug sie die Seite auf, die sie sich markiert hatte und knabberte an ihrer Lippe. Ob Mary und der Earl sich aussprechen und das Missverständnis, das ihre Liebe bedrohte, aufklären könnten? Viel zu schnell verging die Zeit und als sie sich an ihr Versprechen erinnerte, heute nicht allzu lange zu lesen, bekam sie ein schlechtes Gewissen. Natürlich hatte sie wieder einmal die Zeit vergessen! Amelie versteckte den Roman wieder im Schrank und stellte die Öllampe auf die Fensterbank, damit sie nicht umkippen konnte. Nur schnell noch ein Glas Milch aus der Küche, in der sie hoffentlich niemanden um diese Zeit antreffen würde, und dann ab ins Bett. Am nächsten Morgen würde Monsieur Bonnet sehr früh erscheinen und ihnen Französischunterricht geben. Sie hasste diese Sprache! Amelie wusste nie, welchen Buchstaben man nun mit ausspricht und welchen nicht.

Nie würde sie diese Sprache sprechen können und sie wusste auch nicht, wo sie ihre Sprachkenntnisse jemals anwenden sollte, aber ihr Vater bestand auf einer guten Ausbildung.

Bereits als sie am Fuß der Treppe angekommen war, die nach oben zu ihrem und Belles Schlafzimmer führte, roch sie es. Gleichzeitig sah sie einen schwachen Rauchschwaden die Treppe hinunter wabern. Er wurde zunehmend dichter, je weiter sie nach oben ging. Nach ein paar Schritten konnte sie noch nicht einmal mehr das Ende der Treppe erkennen! Dann ließ ein schriller Schrei das Blut in ihren Adern gefrieren. Dieser verzweifelte Laut, vor Angst verzerrt, hallte durch ihren Körper, pulsierten mit dem Blut, das durch ihre Adern jagte und wurde von jedem Herzschlag wieder neu angetrieben. Und plötzlich wusste sie mit einer grausamen Gewissheit, dass ihr Leben nie wieder so sein würde wie zuvor.

London, acht Jahre später, 1816

Ein schriller Schrei gefolgt von einem lauten Geräusch, das Amelie zunächst nicht einordnen konnte, ließen sie innehalten. Erschrocken stellte sie fest, dass sie mit ihren Schuhen schon fast im sandigen Uferrand des Serpentine Rivers, der sich sanft durch den Hyde Park schlängelte, versank.

Sie konnte nicht sagen, wie sie hierher gekommen war, weil Tränen der Verzweiflung ihr Gesichtsfeld verschleierten. Sie hatte fluchtartig das Haus ihres Vaters verlassen, nachdem er ihr verkündet hatte, dass sie in wenigen Wochen den Earl of Woodland heiraten würde, und dabei nicht auf den Weg geachtet. Sie hatte ihn wieder einmal enttäuscht und nun hatte ihr Vater seine Drohung wahr gemacht und ihr selbst einen Ehemann gesucht. Weil sie kläglich bei dem Versuch gescheitert war, einen adeligen Mann für sich zu gewinnen. Nicht, dass sie selbst auf einen Titel wert gelegt hätte. Ihr wären andere Eigenschaften wichtiger gewesen, aber hier ging es nicht um sie. So wie immer. In ihren neunzehn Lebensjahren war es noch nie darum gegangen, was sie sich wünschte.

Vor einigen Wochen hatte es eine kurze Zeit gegeben, in der sie geglaubt hatte, es würde vielleicht doch noch alles gut werden. Sie hatte zufällig einen Mann kennengelernt, der all das war, was sich ihr Vater wünschte. Ein Mann des *Tons,* ein Viscount, der bereit gewesen wäre, sie um der Mitgift Willen, mit der ihr Vater sie ausstatten würde, zur Frau zu nehmen. Und auch sie hatte geglaubt, sich in ihn verliebt zu haben, aber es war alles anders gekommen. Er hatte eine andere Frau geheiratet und sie mit ihren romantischen Gefühlen und ihren Vater mit seinem krankhaften Wunsch, sie durch eine Heirat in den englischen Adel einzuschleusen, zurückgelassen. Seitdem hatte ihr Vater sie noch mehr verachtet, weil es ihr nicht gelungen war, diesen Mann an sich zu binden. Sie hatte wieder einmal versagt. Dabei war sie es ihrem Vater doch schuldig, seinen größten Wunsch zu erfüllen. Den Wunsch, durch die Heirat seiner Tochter gesellschaftlich aufzusteigen. Immerhin war sie ja auch schuld, dass ihre ältere Schwester tot war. Auf sie hatte ihr Vater all seine Bemühungen gerichtet. Sie hatte die beste Ausbildung erhalten, die teuersten Kleider, Tanz- und Benimmunterricht... Und Belle hätte eines Tages ganz bestimmt einen Adeligen gefunden, der sie vom Fleck weg geheiratet hätte. Aber seit sie tot und Amelie dafür verantwortlich war, hatte ihr Vater nun nur noch sie und darum musste sie versuchen, ihre Schuld ein klein wenig abzutragen, indem sie an Belles Stelle einen Mann fand, der den Ansprüchen ihres Vaters genügte. Und wieder einmal, wie schon so oft, hatte sie ihn enttäuscht und keinen Mann für sich begeistern können. Und nun hatte ihr Vater ihr einen Bewerber präsentiert, der bereit war, eine Bürgerliche zu heiraten. Der Earl of Woodland und ihr Vater waren handelseinig geworden, anders konnte man es nicht nennen. Ihr Vater hatte sie an einen Mann verschachert, der nicht nur einen denkbar schlechten Ruf besaß sondern darüber hinaus auch noch bereits im Alter ihres Großvaters war. Er hatte bereits drei Frauen überlebt und immer noch keinen Erben, so dass er auf eine junge Frau angewiesen war, die ihm einen Stammhalter schenken

9

konnte. Darüber hinaus munkelte man, dass er bestimmten sexuellen Praktiken zugeneigt war, so dass es für ihn schwer war, eine standesgemäße Frau in den Kreisen des Adels zu finden. Und so hatte er sich notgedrungen dazu herabgelassen, eine Bürgerliche zu seiner Countess zu machen. Und das hatte ihrem Vater in die Karten gespielt und er hatte sie diesem Mann angeboten.

Sie hatte den Earl vor einigen Tagen bei einem eilig arrangierten Abendessen kennengelernt und es war nicht einmal sein Alter, das sie abstieß, sondern sein kalter, lüsterner Blick, mit dem er sie gemustert hatte. Seine gichtige Hand war unter dem Tisch auf ihren Oberschenkel gewandert und obwohl ihr Vater das ganz sicher bemerkt hatte, hatte er nichts dazu gesagt sondern nur weiter höfliche Konversation betrieben. Auch die anzüglichen Bemerkungen des Earls sie betreffend hatte ihr Vater ihm augenzwinkernd durchgehen lassen und sie hatte sich hilflos und ausgeliefert gefühlt wie noch nie zuvor in ihrem Leben. Und als ihr Vater ihr dann heute morgen eröffnet hatte, dass er den Antrag dieses Mannes in ihrem Namen angenommen hatte, da war sie kopflos und ohne Ziel aus dem Haus gestürmt, zum ersten Mal in ihrem Leben ohne ihren Vater um Erlaubnis zu fragen. Und nun war sie hier gelandet, im Hyde Park, am Fuße des Serpentine Rivers.

Wieder ertönte ein schriller Schrei und dieses Mal konnte Amelie das Geräusch einordnen. Ein lautes Plätschern und dazu panische Hilferufe. Amelie beschattete ihre Augen mit der Hand und blinzelte gegen die hoch stehende Sonne. Neben einem Holzsteg, an dem kleine Ausflugsboote vertäut waren, bemerkte sie eine Bewegung. Eine junge Frau stand bis zur Hüfte im Wasser und klammerte sich mit einem Arm verzweifelt an die Holzbohlen während sie gleichzeitig versuchte, ein schaukelndes Boot zu fassen zu bekommen. In dem Boot sah Amelie ein kleines Mädchen sitzen, das vor Schreck die Augen weit aufgerissen hatte und sich weit über den Rand des Kahns beugte, um die Hand der jungen Frau zu erreichen. Leider führten die hektischen Bewegungen der Frau dazu, dass das Boot immer mehr zu schwanken begann und sich dabei gleichzeitig von dem rettenden Holzsteg entfernte.

Ohne weiter nachzudenken hastete Amelie los. Gleich würde das Boot kentern und das kleine Mädchen im Wasser versinken.

„Bitte, bitte helfen Sie! Ich kann nicht schwimmen und Emily…" Vor Panik keuchte die junge Frau auf und versuchte wieder, das Boot noch am Heck zu erreichen, aber die dadurch entstandenen Wellen trieben es nur noch weiter vom Ufer fort. Jetzt weinte auch das kleine Mädchen laut.

„Mary, Mary! Hilfe!"

Da es erst später Vormittag war befanden sich nur wenige Spaziergänger im Park, denn die Mitglieder des *Tons* pflegten erst auszuschlafen und dann am Nachmittag die Wege und die Ausflugsboote zu frequentieren, wenn auch die Möglichkeit bestand, dass man sah und gesehen wurde.

Kurz entschlossen watete Amelie in das kalte Wasser, die eisige Temperatur nahm ihr den Atem, aber es blieb keine Zeit für Zögern, denn just in diesem Augenblick kippte das Boot und das kleine Mädchen landete im

Wasser. Zwar war das Wasser hier in Ufernähe noch nicht sehr tief, aber das Mädchen ging dennoch sofort unter. Auch Amelie verlor den Boden unter den Füßen als sie sich dem Kind näherte und obwohl sie schwimmen konnte, erschwerte ihr ihre Kleidung, die sich schnell voll Wasser sog, das Fortkommen. Die junge Frau am Steg schrie entsetzt auf aber Amelie konzentrierte sich auf das Kind, das prustend und mit den Armen rudernd wieder an die Wasseroberfläche kam. Noch zwei, drei Schwimmzüge und es gelang Amelie, das Mädchen am Ärmel zu packen und zu sich heranzuziehen.

„Keine Angst, ich habe dich. Bleib ganz ruhig", redete sie auf das Kind ein als es wieder panisch zu strampeln begann. Sie zog die Kleine nahe an sich heran und umschlang ihren Oberkörper. Langsam ruderte sie zu dem rettenden Ufer zurück und als sie Grund unter den Füßen spürte, atmete sie erleichtert auf. Völlig durchnässt und erschöpft zog sie sich und das Kind schließlich ans Ufer. Sie brauchte ein paar Augenblicke um wieder zu Atem zu kommen und lag einfach nur da, das Mädchen fest an sich gepresst. Als sie sich schließlich aufrichtete sah sie die junge Frau, die sich offensichtlich irgendwie auf den Steg gerettet hatte, weinend auf sich zulaufen. Sie warf sich vor sie und das Kind in den Sand und riss das Mädchen an sich. „Emily! Emily!", schluchzte sie und drückte das zitternde Kind an sich.

„Oh mein Gott, oh mein Gott!" Erst jetzt bemerkte Amelie, dass sich trotz der recht frühen Stunde doch ein paar neugierige Zuschauer auf dem Weg oberhalb des Ufers eingefunden hatten. Zwei Frauen verfolgten die Szene mit vor Entsetzen aufgerissenen Augen und eine Kutsche hatte auch gerade angehalten. Der Kutscher sprang mit einem ungehaltenen Ausruf gerade vom Bock als Amelie das Wappen auf der Tür erkannte. Die Kutsche gehörte dem Duke of Ashford! Nein, bitte nicht auch das noch! Sie versuchte, auf die Füße zu kommen, aber das vollgesogene Kleid hatte sich eng um ihre Beine gewickelt und ihre nassen Schuhe fanden ebenfalls keinen Halt auf dem rutschigen Gras der Uferböschung. Schon hatte der Kutscher den Tritt heruntergeklappt und half einer elegant gekleideten Dame aus dem Inneren. Die Duchess of Ashford! Amelie erinnerte sich nicht gerade gerne an ihr erstes Zusammentreffen mit dieser Frau, die sie zwar nach außen höflich, aber doch mit einer gewissen Ablehnung behandelt hatte. Sie waren sich das erste Mal im Park begegnet, als sie noch die Hoffnung gehabt hatte, Viscount Fairmont für sich zu gewinnen. Im Nachhinein hatte sich herausgestellt, dass Lady Ashford ganz andere Pläne verfolgt und alles dafür getan hatte, ihn mit ihrer besten Freundin Violet zu verkuppeln. Was schließlich ja auch geklappt hatte.

Umso überraschter war Amelie als die Duchess ganz ohne Dünkel die Böschung hinabeilte und sich neben sie ins Gras kniete.

„Um Himmels Willen, Miss Windhurst! Ich habe alles aus der Ferne mit angesehen!" Sie nahm Amelies kalte Hand in ihre und drückte sie.

Kraftlos ließ Amelie es zu, dass die Frau sie vorsichtig auf die Füße zog. Sie merkte erst jetzt, wie angespannt sie war. Vor Schreck und Kälte begann sie, unkontrolliert zu zittern.

„Kommen Sie mit. Sie haben einen Schock und müssen

schnellstens aus Ihren nassen Sachen, sonst holen Sie sich noch den Tod." Dann wandte sie sich an die junge Frau und das Kind.

„Und Sie kommen auch besser gleich mit. Für Sie und das Kind gilt das gleiche. Sie brauchen eine warme Schokolade und etwas Trockenes zum Anziehen."

Die junge Frau wollte protestieren und auch Amelie war die Situation unangenehm, aber Lady Ashford überging den leisen Protest und wies stattdessen ihren Kutscher an, aus den Truhen unter den Sitzbänken Decken zu holen.

Durchgefroren und in eine warme Decke gehüllt fand sich Amelie wenig später auf der gepolsterten Sitzbank neben der Duchess wieder. Ihr gegenüber saß die junge Frau, Mary, und wie sie inzwischen wusste, war sie das Kindermädchen der kleinen Emily. Die wiederum die Tochter des Dukes of Ashmore war. Ganz offensichtlich hatte die Kleine den Schreck besser verkraftet als die Erwachsenen, denn nach einer kleinen Weile begann sie, lebhaft über das Erlebte zu plappern als wäre nicht ihr Leben in Gefahr gewesen sondern alles nur ein aufregendes Abenteuer.

Amelie fielen die Augen zu als ihr warm unter der Wolldecke wurde. Ihre emotional angespannte Lage und das eben Erlebte forderten ihren Tribut und sie sank in einen unruhigen Schlummer, der allerdings wenig später schon unterbrochen wurde als die Kutsche mit einem Ruck hielt. Mühsam öffnete sie ihre Augen und stellte fest, dass sie vor einem imposanten Stadthaus angehalten hatten. Das dreigeschossige Gebäude lag direkt an der Straße. Mehrere Stufen führten zu einem von Säulen umrahmten Eingang mit

14

einer prächtig verzierten Tür, die just in diesem Augenblick von einem livrierten Diener geöffnet wurde, so als hätte man nur auf ihre Ankunft gewartet. Während Emily aufgeregt aus der Kutsche hüpfte und staunend vor dem Haus stehen blieb, räusperte sich ihre Gouvernante unbehaglich.

„Euer Gnaden, also, ich... wir möchten Ihnen keine Umstände machen. Ich kann mit Emily...“

„Ach was, stellen Sie sich nicht so an. Sie und Emily sind klatschnass und brauchen dringend etwas Trockenes zum Anziehen.“ Sie drehte ihren Kopf zu Amelie. „Und Sie auch!“

Irgendetwas passierte mit Amelie. Sie wollte das alles nicht. Wollte nicht, dass ausgerechnet diese Frau ihr half. Es war noch nicht allzu lange her, seit die Duchess dafür gesorgt hatte, dass sie bei Viscount Fairmont keine Chance gehabt hatte! Immer wieder hatte sie dafür gesorgt, dass er auf diese Lady Violet traf, so dass Amelie keine Möglichkeit gehabt hatte, ihn von sich zu überzeugen. Dabei hatte sie alles daran gesetzt, ihn zu einem Antrag zu drängen, hatte ihm sogar gestanden, dass sie sich in ihn verliebt hatte! Noch peinlicher war nur, dass ihr Vater versucht hatte, diesen Mann durch Erpressung dazu zu bringen, sich für Amelie zu entscheiden. Aber am Ende hatte alles nichts genutzt, der Viscount hatte diese Lady Violet geheiratet und Amelie musste wieder einmal eine Niederlage einstecken. Und nun war sie so gut wie verlobt mit einem Mann, der ihr Großvater sein könnte und bei dem Gedanken, wie er sie berührt hatte, lüstern und siegessicher... Es war alles zu viel! Die Erinnerung an diesen Abend ließ Amelie die Fassung verlieren. Was sorgte diese Frau sich so um sie? Was kümmerte es die

15

Duchess, ob Amelie sich erkältete oder Schlimmeres? Selbst eine Lungenentzündung war nichts gegen das, was sie in einer Ehe mit diesem Earl erwarten würde! Und immerhin war die Duchess es indirekt schuld, dass Amelie nun in diese schreckliche Ehe gezwungen wurde. Hätte sie sich damals nicht eingemischt...

„Lassen Sie mich in Ruhe! Ich will Ihre Hilfe nicht!", fuhr Amelie die Duchess an. Die hielt die Luft an und zog die Stirn kraus, aber Amelie ließ sie nicht zu Wort kommen.

„Halten Sie sich einfach aus meinen Leben raus, und wenn ich an einer Lungenentzündung sterbe, dann geht Sie das gar nichts an!" Damit befreite sie sich aus der wärmenden Decke und stand schwankend auf. *Bitte nicht!,* betete sie, *lass mich jetzt nicht ohnmächtig werden!* Kurz wurde es schwarz vor ihren Augen, aber sie atmete dagegen an und verdrängte auch die ziehenden Kopfschmerzen, die sich gerade bemerkbar machten. Mit so viel Würde wie sie aufbringen konnte, kletterte sie aus der Kutsche und ignorierte die neugierigen Blicke der Umstehenden. Auch als die Duchess hinter ihr herrief, drehte sie sich nicht um. Natürlich war ihr Verhalten kindisch und undankbar. Von unhöflich ganz zu schweigen, aber in diesem Augenblick tat es gut, jemand anderen für ihre Situation verantwortlich zu machen. Und da kam die Duchess ihr gerade recht. Wäre sie nicht gewesen, wäre Amelie vielleicht heute schon die neue Viscountess Fairmont. Und das, obwohl sie inzwischen wusste, es vielleicht immer gewusst hatte, dass sie diesen Mann nicht wirklich geliebt hatte. Sie hatte sich alle Mühe gegeben, in ihm den strahlenden Ritter zu sehen, der in den Romanen, die sie immer noch heimlich las, auf einem weißen Pferd der Dame seines Herzens einen Antrag machte. Aber am Ende war er nur ein äußerst attraktiver Mann gewesen, der allerdings ihr Herz nicht so laut schlagen ließ, wie man es von einem strahlenden Ritter hätte erwarten können. Aber er war wenigstens jung, gut aussehend und hatte sich ihr gegenüber immer respektvoll verhalten. Ganz sicher wäre er die bessere Wahl gewesen. So aber musste sie diesen Greis heiraten und selbst wenn sie es gekonnt hätte, hätte sie sich dem Wunsch ihres Vaters nicht widersetzt. Natürlich wäre ihr ein anderer Bewerber um ihre Hand lieber gewesen, aber da sie keinen anderen gefunden hatte, musste sie damit leben, diesen Mann zu heiraten. Denn sie hatte eine Schuld zu tilgen und wenn das durch diese Hochzeit möglich war, dann würde sie das tun. Ihr Leben gegen Belles. Die Hölle, die sie erwartete, konnte nicht schlimmer sein als Belles letzte Minuten. Eingeschlossen vom Feuer aus dem es keine Rettung gab, ausgelöst durch Amelies Unachtsamkeit. Schluchzend und zitternd kam Amelie schließlich am Stadthaus ihrer Familie an. Sie konnte später nicht mehr sagen, ob sie angeklopft hatte oder der Butler sie schon gesehen und die Tür geöffnet hatte, denn kaum war sie in der Halle angekommen, wurde alles um sie herum schwarz.

Rowan Hatfield, vierzehnter Marquess of Walcott, trat hinaus in die milde Pariser Nacht. Er hatte gerade ein kleines Vermögen im *Temple de Fortuna* verloren, einer der verruchtesten Spielhöllen der Stadt. Damit wurde es den Rest des Monats wieder einmal eng. Die Apanage, die ihm sein älterer Bruder zur Verfügung stellte, reichte meistens gerade einmal bis zur Monatsmitte, jedenfalls bei seinem Lebensstil. Den Rest des Monats lieh er sich dann bei seinen Bekannten Geld, das er zwar stets pünktlich zurückzahlte, sich aber dadurch in einen steten Kreislauf aus Soll und Haben begab. Und gerade verschoben sich seine Finanzen mehr denn je ins Soll.

Rowan zog sich seinen Hut tiefer ins Gesicht und machte sich zielstrebig auf den Weg ins *Doux Péché*. In dem Bordell war der Name Programm. Süße Sünde. Seit er Anouk an seiner Seite hatte, besuchte er dieses Etablissement nur noch selten, aber gerade heute brauchte er Abwechslung. Anouk war seine neueste Mätresse, blond, blauäugig, schön, aber auch berechnend. Natürlich war sie das. Immerhin lebte sie davon, dass reiche Männer ihr aufwendiges Leben finanzierten. Er machte sich keine Illusionen darüber, dass Anouk nur solange bei ihm blieb, wie er ihre kostspieligen Wünsche erfüllen konnte. Als Gegenleistung bekam er ihre Gesellschaft und ihren Körper. So lief das zwischen ihnen. Aber heute brauchte er etwas anderes. Die Mädchen im *Doux Péché* waren etwas Besonderes, weil sie jedem Kunden das Gefühl gaben, *er* sei etwas Besonderes. Sie ahnten intuitiv, was ihr jeweiliger Freier brauchte. Und dabei ging es erstaunlicherweise nicht immer nur um das

Körperliche. Viele der Männer, die hierher kamen, wollten etwas Zuwendung, Zärtlichkeit und manchmal auch nur ihren Alltag vergessen. Und genau das brauchte Rowan heute.

„Sehr erfreut, Sie wieder einmal begrüßen zu dürfen, Marquess!" Als sich der Türsteher vor ihm verbeugte und ihn mit einem wissenden Lächeln die Tür aufhielt, fühlte sich Rowan sofort wie zu Hause. Das dämmrige Licht, das ihn hinter dem roten Samtvorhang empfing, erinnerte ihn an den Salon im heimischen London. Sein Elternhaus war immer dunkel gewesen. Möbel, Vorhänge, alles erlesen. Aber eben dunkel. Gerade so als ob ihm sein Elternhaus bereits einen Vorgeschmack auf das bieten wollte, was er von seinem Leben zu erwarten hatte. Dabei hatte es eine Zeit voller Licht, Leben und Liebe gegeben, aber das war lange her. Sieben Jahre, um genau zu sein. Und dieses Licht seines Lebens hatte ihn geradewegs in die größte Dunkelheit katapultiert. Georgina, die Frau, die er geliebt hatte und heiraten wollte, hatte ihn schändlich betrogen und dann seinen Bruder geheiratet. Er war damals so verletzt gewesen, dass er Hals über Kopf nach Frankreich geflohen war. Seitdem hatte er keinen Kontakt mehr mit seinem Bruder. Zwar bemühte sich Joshua, außer den monatlichen Zahlungen auch den Kontakt zu ihm zu halten indem er ihm zweimal im Jahr einen Brief schrieb, aber Rowan hatte keinen davon gelesen. Durch Zufall hatte er von einem Bekannten erfahren, dass Georgina bei der Geburt ihrer Tochter verstorben war, aber auch das berührte sein Herz nicht mehr. Denn das hatte vor sieben Jahren aufgehört zu schlagen. Er war längst über das Stadium hinaus, dass ihr Tod sein gebrochenes Herz hätte erreichen können.

„Marquess, wie schön, Sie wieder einmal begrüßen zu dürfen!" Madame Camille kam mit ausgestreckten Händen und einem herzlichen Lächeln auf ihn zu. Das war es, was ihn immer wieder hier her kommen ließ. Über das Professionelle hinaus gelang es dieser Frau, für ihre Kunden eine Atmosphäre zu schaffen, als würde man alte Freunde besuchen. Wohl besser Freundinnen, aber das war ja der Sinn der Sache.

„Madame Camille", Rowan nahm die ausgestreckte Hand in seine und hauchte einen Kuss darauf, „Sie werden mit jedem Mal jünger!" Er grinste die Frau schelmisch an. Sie schlug ihm spielerisch mit ihrem Fächer auf die Schulter.

„Walcott, Sie begeben sich auf dünnes Eis. Ich bin unempfänglich für Ihre schamlosen Übertreibungen." Sie hakte sich bei Rowan unter und zog ihn in die Mitte des Raumes. An den Wänden waren kleine Sofas und Sitzgruppen arrangiert, auf denen sich die freien Mädchen kichernd unterhielten. Madame Camille klatschte in die Hände und sofort trat Ruhe ein. Sechs Augenpaare richteten ihre Aufmerksamkeit auf ihn. Madame Camilles Mädchen waren alle eine Augenweide. Für jeden Geschmack war etwas dabei, aber Rowan suchte nur nach einem bestimmten Mädchen. Chloé. Wenn er hierher kam, wollte er immer nur sie. Das Mädchen, das ihn auf schmerzliche Weise an Georgina erinnerte. Und mit der er für ein paar bezahlte Stunden das Glück erleben konnte, das Georgina ihm durch ihren Verrat vorenthalten hatte. Und die ihn gleichzeitig für ein paar Stunden schmerzlich ahnen ließ, dass er entgegen seiner

20

Beteuerungen nicht mit seiner Vergangenheit abgeschlossen hatte.

Als Amelie die Augen öffnete, durchfuhr sie ein stechender Kopfschmerz. Die Vorhänge waren aufgezogen und ein heller Sonnenstrahl fiel durch ihr Zimmer bis auf ihr Bett. Vorsichtig versuchte sie sich aufzurichten. Das letzte, an das sie sich erinnerte, war, dass sie in das Foyer ihres Elternhauses getreten war. Mit einem Mal hatte sie nichts mehr gesehen und die Welt um sie herum war in einem Strudel aus Lauten und Licht versunken. Und dann war da nur noch diese Schwärze gewesen.

Aber nun lag sie in ihrem Bett, hatte ein Nachthemd an und auf dem Nachttisch stand eine Karaffe mit Wasser und ein Glas. Sie wollte sich gerade etwas davon eingießen, als ein leises Klopfen erklang und kurz darauf die Tür geöffnet wurde. Jane, ihre Zofe, steckte den Kopf hinein und als sie sah, dass Amelie wach war, trat sie ganz ein.

„Oh, Miss Windhurst, schön, dass es Ihnen besser geht. Sie haben ganze zwei Tage verschlafen, hatten Fieber und haben im Schlaf wirre Dinge geredet. Ihr Vater hat sich große Sorgen um Sie gemacht."

Aber nur, weil dann die Hochzeit mit dem Earl nicht stattfinden würde, würde mir etwas passieren!, dachte Amelie bitter. Die Sorge ihres Vaters hatte noch nie ihr als Person gegolten. Jane trat an das Bett heran und half Amelie, sich ganz aufzusetzen. Dann goss sie ihr Wasser ein und reichte es ihr. Erst jetzt bemerkte Amelie, wie trocken ihr Mund war. Durstig trank sie mehrere Schlucke, während Jane munter weiter plauderte.

„Sie glauben ja gar nicht, was hier in den letzten zwei Tagen los war! Ihre Heldentat hat sich herumgesprochen und der Salon gleicht einem Blumenladen! Die Duchess of Ashford und der Duke of Ashmore haben mehrfach bei Ihrem Vater vorgesprochen und wollten wissen, wie es Ihnen geht. Sie haben..." Amelie ließ Jane reden. Wenn die junge Frau einmal in Fahrt war, konnte sie kaum etwas bremsen. Amelie liebte diese Art an Jane besonders. Sie war so unbefangen, herzlich und nahm das Leben so, wie es kam. Alles Dinge, die Amelie nicht konnte. Sie durfte nicht sagen, was sie dachte. Ihr Vater hatte ihr schon früh beigebracht, mit ihrer Meinung hinter dem Berg zu halten, weil es niemanden interessierte, was sie zu sagen hatte. Und wenn sie es doch einmal gewagt hatte, sich in ein Gespräch einzumischen, hatte sie es später bitter bereut.

„Wenn es Ihnen schon so gut geht, dass Sie das Bett verlassen können, sollten wir Sie etwas herrichten. Für heute Nachmittag hat sich der Duke of Ashmore erneut angekündigt. Er möchte sich persönlich bei Ihnen dafür bedanken, dass Sie seine Tochter gerettet haben!" Amelie fühlte sich ganz und gar nicht in der Lage, heute schon Besuch zu empfangen, aber spätestens wenn ihr Vater mitbekam, dass sie wieder wach war, würde er darauf bestehen, dass sie den Duke begrüßte.

Immerhin war er ein Duke und der kam nicht nur in der Hierarchie ihres Vaters gleich hinter dem König. Und einen solchen Mann ließ man nicht unnötig warten. Seufzend nickte Amelie Jane zu und stellte die Beine vorsichtig auf den Boden. Ihr war noch leicht schwindelig, aber das ignorierte sie geflissentlich. Der Schwindel würde vergehen, die Wut ihres Vaters, wenn sie seinen Wünschen nicht nachkam, wäre da wesentlich schlimmer.

Nach einer gefühlten Ewigkeit war sie in der Lage, aufzustehen und sich von Jane beim Waschen und Anziehen helfen zu lassen. Sie fühlte sich immer noch nicht gut, aber es half nichts. Sie ließ sich von Jane frisieren und musste sich einen kurzen Augenblick an ihrem Stuhl festhalten, als sie aufstand, aber dann riss sie sich zusammen und begab sich nach unten in den Salon, um dort auf das Eintreffen des Dukes zu warten. Sie malte sich aus, wie der Mann wohl aussehen würde und fragte sich, wie sie sich verhalten sollte. Sie wusste nichts über ihn, nur dass er eine Tochter, nämlich Emily, hatte. War er verheiratet und käme seine Frau mit? Oder vielleicht kam sogar Emily selber mit, darüber würde sie sich freuen. Die Kleine war so herzerfrischend fröhlich und unbekümmert gewesen, nachdem sie erst mal den Schock überwunden hatte. Amelie dachte darüber nach, dass sie in diesem Alter fast ebenso aufgeschlossen und unbedarft gewesen war. Jedenfalls so lange, bis sie diese Schuld auf sich geladen hatte. Und nun jeden dunklen Augenblick ihres Lebens damit leben musste, dass sie für den Tod ihrer Schwester verantwortlich war.

Jane hat nicht übertrieben, dachte sie, als sie in den Salon trat. Über alle Tische und Anrichten verteilt standen Vasen mit den unterschiedlichsten Blumen. Ein wunderbarer Duft nach Rosen und Flieder erfüllte den Raum und ließ das sonst eher geschmacklose Interieur in den Hintergrund treten. Der Hang ihres Vaters zu Prunk und Protz wurde hier in dem Salon besonders deutlich. Hier versammelten sich die erlesensten und kostbarsten Möbel und Porzellanstatuen, allerdings ohne ein geschmackvolles Ganzes zu ergeben. Möbel aus verschiedenen Epochen, bunte Seidentapeten an den Wänden und teure, aber deplatziert wirkende Teppiche machten den Raum ungemütlich. Aber das sah ihr Vater nicht und es spielte auch keine Rolle. Wichtig war ihrem Vater, dass jeder Besucher sofort sah, dass hier ein erfolgreicher Mann wohnte, der sich jeden Luxus leisten konnte. Amelie hatte sich daran gewöhnt, ihren Geschmack traf es nicht, aber wie bei so vielem in ihrem Leben war ihre Meinung nicht von Belang.

Sie hatte gerade die letzte der Karten gelesen, die den Sträußen beigelegt waren, als ihr Vater eintrat und sie eingehend musterte. Sie hatte ein neues, hellblaues Kleid mit vielen Rüschen an, das ihr Vater für sie in Auftrag gegeben hatte und das sie schon vor der ersten Anprobe gehasst hatte, weil es für ihren Geschmack viel zu auffällig und übertrieben war, aber sie ging davon aus, dass ihr Vater es für das Treffen mit einem Duke für passend hielt. Und genauso war es. Er nickte ihr anerkennend zu und bedeutete ihr, sich zu setzen.

„Jane wird dir gesagt haben, dass wir gleich Besuch von dem Duke of Ashmore bekommen." Auf Amelies Nicken hin fuhr er fort.

„Ich möchte, dass du einen tadellosen Eindruck

hinterlässt. Halte die Augen gesenkt und rede nur, wenn er dich anspricht. Biete ihm eine Erfrischung an und dann halte dich im Hintergrund und überlass mir das Reden. Hast du das verstanden?" Innerlich ballte Amelie die Fäuste. Natürlich hatte sie das verstanden! Und selbst wenn sie nicht zugehört hätte, war es genau das, was ihr Vater immer von ihr verlangte, wenn er Besuch empfing! Manchmal fragte sie sich, wozu ihr Vater ihr eine derart strenge und weitgefächerte Ausbildung hatte zukommen lassen, wenn sie doch nur den Mund halten und am besten unsichtbar sein sollte?! Aber wie immer nickte sie nur stumm. Es verging einige Zeit, in der ihr Vater in seiner Zeitung blätterte und sie den Saum ihres Kleides knetete, bis Edwin, ihr Butler, endlich den Duke of Ashmore ankündigte. Zu Amelies großer Freude betrat aber nicht nur der Duke den Salon, sondern an seiner Hand ging, sich neugierig umschauend, die kleine Emily. Amelies Vater erhob sich und verbeugte sich beflissen vor dem Mann, den Amelie für einen kurzen Augenblick mustern konnte, weil er seine Aufmerksamkeit ihrem Vater schenkte. Sein Alter war schwer zu schätzen, da er sich mühsam auf einen Stock stützte und dabei sehr gebrechlich aussah. Seine Haare waren ordentlich frisiert und von einem glanzlosen Dunkelblond. Natürlich war seine Kleidung erlesen und teuer, aber das, was Amelie am meisten faszinierte, waren seine hellen blauen Augen, als er den Blick auf sie richtete. Schnell senkte sie ihren Blick und versank in einen vollendeten Knicks. Sie erhob sich erst, als sich die beringte Hand des Dukes in ihr Sichtfeld schob und ihr bedeutete, sich zu erheben. „Ich bitte Sie, Miss Windhurst, nicht Sie haben sich vor mir zu verneigen, stattdessen sollte ich Ihnen diese

Ehrerbietung zollen, weil sie durch ihren Mut und ihr Eingreifen verhindert haben, dass ich meine Tochter beinahe verloren hätte." Amelie ergriff die Hand des Mannes und erhob sich. Aus der Nähe betrachtet sah der Duke jünger aus, vielleicht war er so um die Mitte Dreißig oder Anfang Vierzig. Seine Augen strahlten sie an und sie sah aufrichtiges Interesse darin aufblitzen. Als sich ihr Vater vernehmlich in ihrem Rücken räusperte, senkte sie schnell den Blick.

„Darf ich Ihnen eine Erfrischung anbieten, Euer Gnaden?" Ihre Stimme klang belegt, weil sie sich sicher war, dass ihrem Vater nicht entgangen war, wie sie den Mann vor sich gemustert hatte. Ganz sicher würde er sie später merken lassen, dass sie gegen eine wichtige Regel verstoßen hatte.

„Vielleicht etwas Gebäck oder ein Sandwich? Und vielleicht eine Tasse Tee für Sie und eine Schokolade für Ihre Tochter?" Amelie hielt den Blick weiterhin gesenkt und starrte auf ihre Füße. Es war ihr unangenehm, den prüfenden Blick des Dukes auf sich zu spüren, ohne ihn ansehen zu dürfen.

„Da sagen wir nicht nein, nicht wahr, Emily?" Endlich wandte er den Blick ab und zog Emily in Amelies Blickfeld. Die Kleine knickste artig und hielt ihr einen kleinen Strauß selbst gepflückter Blumen hin.

„Die habe ich aus unserem Garten. Mein Vater wollte lieber einen Strauß kaufen, aber ich fand den hier hübscher."

„Oh, das... er ist wirklich wunderschön, Emily. Vielen Dank." Errötend nahm Amelie die Blumen und klingelte nach Edward. Schnell orderte sie Gebäck und Tee für die Erwachsenen, eine heiße Schokolade für

Emily und eine Vase für den kleinen Strauß. Ihr Vater hatte inzwischen den Duke in Beschlag genommen und diskutierte mit ihm über die neuesten Entwicklungen irgendwelcher Aktien, die er als Eigentümer einer Bank im Portfolio hatte, und Amelie setzte sich neben Emily, die sich neugierig umsah. Sie schätzte das Mädchen auf etwa fünf oder sechs Jahre. Sie hatte eine niedliche Stupsnase und ihre dunkelblonden Locken fielen ihr locker bis auf den Rücken. Ein zu ihrem hellgrünen Kleid passendes Haarband bändigte die Fülle, aber Emily zupfte immer wieder daran, so dass bereits einige Strähnen unordentlich heraushingen. Dann sah sie Amelie an und flüsterte: „Das Haarband ziept so! Mary hat es heute besonders fest gebunden, damit mein Haar ordentlich aussieht." Sie zog einen niedlichen Flunsch, dann wurde ihr Blick traurig.

„Papa will immer, dass ich ordentlich aussehe, weil ich doch keine Mutter mehr habe. Da soll niemand sagen, dass er sich nicht gut um mich kümmert!"

Amelie fühlte einen schmerzhaften Stich aber gleichzeitig überkam sie ein warmes Gefühl der Zuneigung. Ein klein wenig beneidete sie das Mädchen um die offensichtliche Sorge und Liebe, die ihr Vater für sie empfand.

„Das tut mir leid, Emily. Meine Mama ist auch tot." Sie schluckte und eine kalte Hand presste ihr Herz zusammen.

„Und meine Schwester auch." Sie räusperte sich, dann lenkte sie schnell ab, damit Emily nicht merkte, wie sehr sie die Erinnerung an Belle aufwühlte.

„Hast du noch Geschwister?"

„Nein, meine Mama ist bei meiner Geburt gestorben."

Ein Schatten verdunkelte Emilys blauen Augen. Sie

waren etwas dunkler als die ihres Vaters, mit einem kleinen, grauen Rand. Sehr hübsch und irgendwie besonders. Jedenfalls hatte Amelie nie vorher dieses Zusammenspiel von Grau und Blau gesehen.

„Ich weiß nicht einmal, wie sie aussah, obwohl mein Papa immer sagt, dass sie genauso aussah wie ich und dass sie sehr schön gewesen ist."

In dem Augenblick erschien Edward mit den Erfrischungen und Amelie beeilte sich, den Tee einzuschenken und das Gebäck auf Teller zu verteilen. Dann setzte sie sich wieder zu Emily.

„Sehen Sie auch aus wie Ihre Mutter?" Das Mädchen pustete über die heiße Schokolade und nippte dann daran.

„Ich glaube nicht. Meine Schwester hat so ausgesehen wie unsere Mutter. Sie war wunderschön und meine Mutter auch." Sie versuchte, sich ihre Mutter und Belle in Erinnerung zu rufen und hatte erneut einen dicken Kloß im Hals. Es dauerte eine kleine Weile, bis sie sich wieder im Griff hatte.

„Du brauchst mich aber nicht zu Siezen, Emily. Ich heiße Amelie", lenkte sie das Gespräch von diesem heiklen Thema ab.

„Oh, Amelie und Emily!" Das Mädchen klatschte begeistert in die Hände.

„Das hört sich ja fast gleich an!" Dann widmete sie sich für einen Moment ihrer Schokolade und Amelie lächelte dem Mädchen zu. Es war so herzerfrischend zu beobachten, wie frei und ungezwungen Emily sich benahm. Niemand wies sie zurecht, weil sie sich ruhig verhalten sollte. Oder weil sich ihre Frisur auflöste. In diesem Augenblick tropfte etwas Schokolade auf ihr

Kleid, weil sie wohl zu fest gepustet hatte. Sie blickte betroffen an sich hinunter.

„Oh!", war alles, was sie dazu sagte. Dann stand sie auf und ging zu den beiden Männern, die sich angeregt unterhielten. Amelie hielt kurz die Luft an. Ihren Vater bei Gesprächen zu unterbrechen hatte immer Konsequenzen. Aber Emily zupfte unerschrocken am Ärmel ihres Vaters, der ihr sofort die volle Aufmerksamkeit widmete, während Amelies Vater unwillig die Lippen verzog. Freundlich lächelte der Duke seine Tochter an.

„Ich habe mich bekleckert", stellte sie ungerührt fest und deutete auf den dunklen Fleck, der sich auf dem hellgrünen Stoff ihres Kleides abzeichnete.

„Emily, du sollst doch aufpassen! Was sollen Mister und Miss Windhurst denn nun von uns denken?!", ermahnte er sie mit einem schelmischen Funkeln in den Augen. Emily schien einen Augenblick zu überlegen, dann sagte sie mit einem hinreißenden Augenaufschlag: „Vielleicht, dass ich ein wenig ungeschickt bin?!" Während der Duke lachte, verfinsterte sich der Blick ihres Vaters. Er hasste diesen freundlichen Ton, den der Duke im Umgang mit seiner Tochter pflegte. Seiner Meinung nach konnte nur Strenge und Disziplin den Charakter einer Frau formen. Aber natürlich konnte er sich das in Gegenwart des Dukes nicht anmerken lassen. In Amelies Augen trat für einen Wimpernschlag ein amüsierter Ausdruck, bevor sie sich wieder in der Gewalt hatte. Sie räusperte sich und bot Emily ihre Hand an.

„Wenn Sie erlauben, Euer Gnaden, gehen Emily und ich schnell in die Küche und versuchen, das kleine Malheur auszureiben. Unsere Köchin kennt sich mit allerlei Flecken aus."

Der Duke nickte ihnen zu und Amelie ging mit Emily zur Tür.

„Und ganz sicher bekommst du noch eine heiße Schokolade und Anna hat auch ganz gewiss noch ein paar von den Plätzchen!", flüsterte sie Emily im Hinausgehen zu.

Der Fleck prangte noch immer in dem Kleid, als die beiden wenig später wieder in den Salon kamen. Die Männer hatten sich inzwischen eine Zigarre angezündet und unterhielten sich angeregt. Emily ließ Amelies Hand nicht los und zog sie zu ihrem Vater.

„Kann Amelie uns einmal besuchen kommen, Papa? Ich möchte so gerne, dass sie Sarah zeigt, wie man diese leckeren Plätzchen backt!"

Während ein neugieriger Ausdruck in die Augen des Dukes trat, zog Amelies Vater ungehalten eine Augenbraue hoch. Amelie errötete leicht. Emily konnte es ja nicht wissen, aber Ihr Vater sah es gar nicht gerne, wenn sie selbst in der Küche stand und backte. Dafür war in seinen Augen die Köchin zuständig und nicht die Tochter des Hauses. Die hatte sich auf Anweisungen zu beschränken und deren Einhaltung zu überwachen, nicht, sich selber die Hände schmutzig zu machen.

„Sie backen selbst, Miss Windhurst?", fragte der Duke interessiert.

„Ja, leider vergisst meine Tochter manchmal, welche Stellung sie hier im Haus hat." Ein Zucken am rechten Auge zeigte ihr, wie verärgert ihr Vater wirklich war. „Aber ihr zukünftiger Ehemann wird ihr diese Flausen ganz sicherlich sehr bald ausgetrieben haben. In seinem Haushalt wird sie...", er machte eine anzügliche Pause,

„... andere Aufgaben haben."

Amelie biss sich auf die Lippe und wurde blass. Es hätte nicht dieser Anspielung gebraucht, um sie an ihre bevorstehende Verlobung zu erinnern. Darüber hinaus war es ihr über die Maßen peinlich, vor dem Duke so bloßgestellt zu werden. Ein leichtes Hochziehen seiner linken Augenbraue signalisierte ihr, dass er ebenfalls von den Worten seines Gegenübers irritiert war.

„Sie sind also verlobt, Miss Windhurst?", fragte er überflüssigerweise und Amelie meinte, einen Hauch von Bedauern in seiner Stimme zu vernehmen.

„Ja, so gut wie. Ich plane, die offizielle Verlobung bei einem Essen nächste Woche bekannt zu geben", antwortete ihr Vater wieder für sie. Er machte eine kurze Pause. Amelie wusste genau, was in ihm vorging. Einen Duke persönlich zu kennen und ihn sogar an der eigenen Tafel bewirten zu dürfen, versprach einen erheblichen gesellschaftlichen Aufstieg. Er räusperte sich kurz.

„Der Earl of Woodland und ich würden uns freuen, wenn Sie diesem Ereignis mit Ihrer Anwesenheit einen besonderen Glanz verleihen würden, Euer Gnaden!"

Amelie meinte, bei der Erwähnung des Namens ihres zukünftigen Gemahls einen überraschten Ausdruck im Gesicht des Dukes erkennen zu können, aber er war so schnell vergangen, dass sie sich auch getäuscht haben konnte.

„Nun, ich werde es mir überlegen, Mister Windhurst. Lassen Sie mir eine Einladung mit der genauen Uhrzeit zukommen und ich werde prüfen, ob ich Zeit habe."

Umständlich erhob sich der Duke aus seinem Sessel und sofort eilte Emily an seine Seite und reichte ihm seinen Stock. Dankbar strich er ihr über ihre inzwischen zerzausten Locken und deutete eine Verbeugung an.

„Die Einladung meiner Tochter gilt, Miss Windhurst. Wenn Sie es einrichten können, dann besuchen Sie uns doch morgen zum Nachmittagstee." Seine Augen ruhten einen Wimpernschlag zu lange auf Amelie und verlegen senkte sie den Blick. Verstohlen sie sah zu ihrem Vater, der kurz nickte.

„Sehr gerne, Euer Gnaden." Sie knickste und ihr Vater begleitete die beiden Besucher hinaus.

Nervös betätigte Amelie am darauffolgenden Nachmittag zur Teezeit den Türklopfer des imposanten Anwesens, das ihr der Duke als Adresse genannt hatte. Ihre Zofe Jane stand einige Schritte hinter ihr und sog staunend den Anblick des Gebäudes in sich auf. Wenn schon Amelies Elternhaus sich in der vornehmen Wohngegend nicht verstecken musste, so übertraf das Stadthaus des Dukes doch alles, was sie bisher gesehen hatte. Fast nahm es sich wie ein kleines Schloss inmitten der anderen Häuser auf der Grosvenor Street aus. Mit seinen Erkern, Türmchen und Säulen war es eine gelungene Mariage verschiedenster Bauepochen. Es strahlte eine vornehme Eigenheit und Eleganz und doch auch gleichzeitig eine einladende Wärme aus. Ein livrierter Diener öffnete die Tür und bat sie freundlich herein. Das Besondere des äußeren

Anscheins setzte sich im Inneren des Gebäudes fort. Ein heller Marmorfußboden und einige ausgewählte, sehr geschmackvolle Marmorstatuen auf Säulen schmückten den Eingangsbereich. Aber das Außergewöhnlichste entdeckte Amelie erst, als sie nach der Quelle der bunten Lichter suchte, die zu ihren Füßen auf dem hellen Boden wie Irrlichter hin und her tanzten. Die Halle war nach oben offen gestaltet, zu beiden Seiten führten Treppen in die oberen Geschosse, und über allem thronte eine Glaskuppel mit einem bunten Glasmosaik. Vor Entzücken blieb Amelie der Mund offenstehen und sie riss erstaunt die Augen auf. So etwas hatte sie noch nie gesehen! Sie konnte gerade noch an sich halten, um sich nicht mit in den Nacken gelegtem Kopf vor lauter Erstaunen im Kreis zu drehen, als sie ein leises Kichern vernahm.

„Guten Tag, Amelie. So wie du gucken hier viele Leute, wenn sie das erste Mal bei uns zu Besuch sind." Emily kam grinsend auf sie zu.

„Papa hat das mal irgendwo in einer Kirche gesehen und nach meiner Geburt hat er das hier einbauen lassen. Er sagt, dass mit mir das Licht in sein Leben gekommen ist." Emily zuckte die Schultern, so als sei das etwas Selbstverständliches, aber Amelie hatte vor Rührung einen Kloß im Hals. Wie sehr musste der Mann seine Tochter lieben! Und wenn sie auch vorher schon froh gewesen war, dem kleinen Mädchen das Leben gerettet zu haben, so wog das mit dieser Geschichte doch noch tausendmal schwerer. Schnell schluckte sie ihre Emotionen hinunter und nahm Emily in den Arm. Wie sehr hätte sie sich auch so einen Vater gewünscht! Als das Mädchen ihre Umarmung erwiderte, löste sich doch eine Träne aus Amelies

Augen. Vielleicht würde sie auch einmal so eine Tochter haben und auch wenn sie ihr keine Glaskuppel bauen konnte, würde sie ihrem Kind alle Liebe geben zu der sie fähig war!

Als sie nach einem Moment, den sie brauchte, um ihre Emotionen in den Griff zu bekommen, aufsah, blickte sie in das Gesicht des Dukes, der, auf seinen Stock gestützt, in der Tür zu seinem Salon stand. Überrascht und interessiert musterte er sie eine Weile, während Amelie sich schnell über das Gesicht wischte und aufstand. Verlegen, weil sie nicht wusste, wie lange er sie schon beobachtete, sank sie in einen tiefen Knicks, aber Emily zog sie schon mit sich, so dass sie beinahe das Gleichgewicht verloren hätte.

„Komm schon, Amelie, Sarah hat schon alles vorbereitet. Wir backen heute zusammen, dann können Sarah und ich lernen, wie man diese leckeren Plätzchen macht!"

Entschuldigend sah sie den Duke an, aber der nickte nur lächelnd.

„Willkommen, Miss Windhurst. Gehen Sie nur, auch wenn ich mich für Emily entschuldigen muss, dass sie uns keine Zeit für eine Tasse Tee lässt." Er kam, auf seinen Stock gestützt, einen Schritt näher.

„Emily kann sehr bestimmend sein, wenn sie etwas will. Ich hoffe doch, dass ich Sie später noch sehe?" Er blickte sie offen an und Amelie nickte höflich.

„Wenn Sie es wünschen, werde ich nachher noch zu Ihnen in den Salon kommen, Euer Gnaden." Sie dachte an die Worte, die ihr Vater ihr mit auf den Weg gegeben hatte. Den Duke nicht verärgern, höflich sein, ihm die Einladung zu dem Verlobungsessen übergeben...

34

„Nein, Miss Windhurst. Nur, wenn *Sie* es wünschen!"
Ernst sah er ihr direkt in die Augen und sie senkte
verlegen den Blick. Es irritierte sie, dass der Duke
offensichtlich darauf bedacht war, ihr eine Wahl zu
lassen. Schnell drehte sie sich um und folgte Emily in
die Küche.

Die Zeit verging wie im Fluge und nach zwei Blechen
mit leckeren Zitronenplätzchen, einer verwüsteten
Küche und viel Gelächter machten sich Emily und
Amelie wieder auf den Weg in den Salon. Amelie hielt
vor der Tür kurz inne und strich sich über ihre Haare.
Jane hatte sie heute morgen zu einem straffen Chignon
gedreht, die einzige Frisur, die ihr Vater für passend
hielt, wenn sie das Haus verließ, aber
unglücklicherweise kringelten sich bereits wieder
Strähnen daraus hervor. Schnell strich sie sich die
widerspenstigen Locken hinter die Ohren und folgte
Emily.

Der Duke saß entspannt in einem Sessel und las
Zeitung. Als die beiden eintraten, wollte er sich
erheben, aber Amelie schüttelte leicht den Kopf.

„Bitte, behalten Sie Platz, Euer Gnaden. Ich fürchte,
wir haben uns in der Küche etwas zu viel Zeit gelassen.
Es ist später als ich dachte und ich muss jetzt auch
schon wieder gehen."

„Keine Zeit mehr für einen Tee? Wo Sie doch so
schwer gearbeitet haben!" Er sah sie bittend an. Sein
Tonfall war eher belustigt als ärgerlich und Amelie rang
mit sich. Ihr Vater hatte ihr schließlich aufgetragen, den
Duke höflich zu behandeln und da konnte er doch
nichts dagegen haben, dass sie noch etwas blieb? Denn
das wollte sie, hier bleiben und die gelöste Stimmung
und die Fröhlichkeit, die in diesem Haus herrschte,

noch etwas länger auskosten!

„Ja, du musst noch bleiben, Amelie! Wir müssen doch noch die Plätzchen probieren!", schaltete sich nun auch Emily ein und Amelie gab nach.

„Also gut, aber nur noch eine kleine Weile. Und das mit den Plätzchen halte ich für keine gute Idee, Emily. Du hast schon so viel von dem Teig genascht, dass du bestimmt Magenschmerzen bekommst, wenn du jetzt auch noch warme Plätzchen isst." Lachend setzte sie sich auf einen Sessel dem Duke gegenüber, während Jane sich im hinteren Teil des Salons niederließ um Amelie nicht mit dem Duke allein zu lassen und die Schicklichkeit zu wahren. Emily zog wieder ein beleidigtes Gesicht, aber sie wäre nicht sie gewesen, wenn sie nicht sofort wieder bis über beide Ohren gestrahlt hätte.

„Gut, dann muss aber Papa die Plätzchen probieren!" Schon lief sie los um welche aus der Küche zu holen. Amelie war ihr lächelnd mit den Blicken gefolgt und erschrak regelrecht, als sie sich wieder umwandte. Der Duke saß da und sah sie an. Sein Blick war durchdringend und das Lächeln erstarb auf ihrem Gesicht. Hatte sie etwas falsch gemacht?

„Sie sollten öfter lächeln, Miss Windhurst" Seine Stimme klang seltsam belegt und sein Blick hielt sie gefangen. Verlegen öffnete sie die Lippen, aber es kam kein Ton heraus. Erst als sie sich räusperte, gelang ihr eine Erwiderung.

„Ich... ich wollte Ihnen noch die Einladung zu meiner... also zu dem Essen geben, das mein Vater plant." Das Wort Verlobung wollte ihr nicht über die Lippen kommen. Sie fürchtete sich vor diesem Abend, auch oder gerade weil er unausweichlich näher rückte. Und das würde erst der Anfang von einer Zeit sein, die sich weder in Monaten oder Jahren, noch in Schmerz und Demütigung messen ließ. Schnell griff sie in ihr Retikül und holte die elegante Karte hervor, auf der alle Daten angegeben waren. Zu jeder Einladung hatte sie auf Geheiß ihres Vaters ein paar persönliche Worte per Hand schreiben müssen. Ein geistreiches Zitat oder einen frommen Bibelspruch um deutlich herauszustellen, dass sie über eine gewisse Bildung verfügte und der Earl sich nicht schämen musste, eine Bürgerliche zu heiraten.

Auf die Einladung des Dukes hatte sie nur drei Wörter geschrieben. Aus William Shakespeares Hamlet: *Mein Schicksal ruft.*

Sie konnte im Nachhinein nicht mehr sagen, warum sie gerade dieses Zitat gewählt hatte. Vielleicht, weil ihr Vater diese Einladung aus Zeitnot nicht kontrolliert hatte und sie damit seinem Zorn entging, wenn er diese Zeilen gelesen hätte.Vielleicht hatte ihre Angst vor der Zukunft aber auch nur ein Ventil gebraucht, eine stille Auflehnung gegen ihr Schicksal, auch wenn es niemanden interessierte, was sie fühlte oder dachte. Und der Duke war ganz sicher nicht der Mann, der diesen Worten viel Aufmerksamkeit widmen würde, da er sie ja kaum kannte und damit auch nichts über ihre Gefühle wissen konnte.

Ihre Finger zitterten etwas, als sie dem Duke die Einladung reichte. Sie hatte damit gerechnet, dass er sie achtlos auf einem Tisch ablegen und erst später lesen würde, aber stattdessen faltete er die Einladung auseinander und las sie aufmerksam durch. Amelie konnte an seinem Gesicht genau ablesen, wann er an ihren handschriftlichen hinzugefügten Zeilen ankam, denn seine Miene verdunkelte sich für einen kurzen Augenblick. Eine tiefe Röte hatte ihr Gesicht überzogen, als er sich schließlich wieder ihr zuwandte. Es war ihr mehr als peinlich, dass er das in ihrem Beisein gelesen hatte. Was hatte sie sich nur dabei gedacht?! Er ließ die Einladung sinken und sah sie lange an, ohne ein Wort zu sagen. Amelies Herz pochte laut in ihrer Brust.

„Sie mögen Shakespeare?", fragte er sie unvermittelt.

„Ich...", begann sie, aber was sollte sie darauf schon sagen? Dass er ihr aus der Seele sprach? Nein, das konnte und wollte sie dem Duke nicht anvertrauen.

„Der Kummer, der nicht spricht, nagt leise an dem Herzen bis es bricht." Der Duke sah sie unverwandt an, und Amelie hielt die Luft an. Was wollte er damit andeuten? Als sie nichts darauf erwiderte, räusperte er sich.

„Auch Shakespeare. Macbeth. Ich mag viele Dinge, die er gesagt hat." Sein Blick bohrte sich in Amelies.

„Weil sie viel Wahrheit enthalten."

Bevor die merkwürdige Stimmung, die entstanden war, sich weiter ausbreiten konnte, öffnete sich die Tür und Emily kam mit einem Tablett hereingestürmt. Sie steuerte direkt auf ihren Vater zu und Amelie atmete erleichtert über diese Ablenkung auf.

„Hier, Papa, die musst du probieren! Selbst Sarah hat gesagt, dass sie besser schmecken als ihre eigenen!" Amelie ergriff die Gelegenheit, dieser peinlichen Situation zu entkommen.

„Entschuldigen Sie, Euer Gnaden, aber es ist spät geworden. Ich muss nun wirklich gehen." Schnell knickste sie vor dem Mann, der sie immer noch mit einem undurchdringlichen Blick bedachte und bedeutete Jane, sich ebenfalls zu erheben. Ihr plötzlicher Aufbruch glich eher einer Flucht als einer höflichen Verabschiedung, aber das war ihr in diesem Augenblick egal. Sie wollte nur noch weg, nicht darüber nachdenken, welche Einblicke sie dem Duke, einem vollkommen Fremden, mit diesen unbedachten drei Worten in ihre Seele erlaubt hatte. Sie hörte gerade noch, wie Emily hinter ihr herrief, aber da hatte sie schon mit einem kurzen Kopfnicken ihren Umhang von dem freundlichen Butler entgegengenommen und war aus dem Haus gestürzt.

❧

Rowan saß in seinem großzügigen Appartement, schwenkte einen Whisky in seinem Glas und starrte auf den Brief, der vor ihm auf dem kleinen Tischchen lag. Natürlich war er von Joshua, seinem Bruder. Seit er vor fast sieben Jahren England Hals über Kopf verlassen hatte, hatte er jeden Kontakt zu seinen damaligen Freunden und allem, was ihn an London erinnerte, abgebrochen. Er wollte nichts aus seinem alten Leben in seinem neuen haben. Einzig Joshua hielt sich nicht daran, ignorierte, dass er keinen dieser Brief je gelesen, also auch keinen beantwortet hatte. Rowan nahm den Brief und legte ihn ungeöffnet zu den anderen in die

Schublade. Es waren ein gutes Dutzend Briefe, die schon einen beachtlichen Stapel bildeten, und Rowan wusste selbst nicht so genau, warum er sie nicht einfach verbrannte. Mit jedem weiteren Brief, den Joshua ihm schrieb und der den Stapel in der Schublade weiter anwachsen ließ, hatte er das Gefühl, dass auch das Gewicht, das auf seine Brust drückte, zunahm. Hinzu kam, dass er sich schon länger nicht mehr so wohl in Frankreich fühlte. Die Zeiten wurden, gerade auch für Ausländer, immer unsicherer. Man munkelte, dass dieser größenwahnsinnige Zwerg Napoleon, gerade aus seinem Exil auf Elba nach Paris zurückgekehrt, einen erneuten Feldzug gegen die alliierten Truppen vorbereitete. Dem französischen Volk dagegen saß noch die Niederlage in der Schlacht bei Leipzig in den Knochen, bei der zwei Jahre zuvor unzählige tapfere Soldaten ihr Leben gelassen hatten. Das Volk wollte Frieden, Napoleon die Weltherrschaft und irgendwo dazwischen entstand eine alliiertenfeindliche Stimmung, die sich auch gegen alle Engländer im Land richtete. Zwar war es in Paris noch ruhig, aber Rowan spürte jeden Tag mehr, wie sich die Stimmung auch hier aufzuheizen begann. Vielleicht waren seine Tage in Frankreich wirklich gezählt, auch wenn er das freie Leben hier genoss. Paris war so ganz anders als das prüde London. Hier nahm niemand Anstoß daran, dass er ein in jeder Beziehung ausschweifendes Leben führte. Er konnte sich betrinken, sich mit Huren oder Mätressen vergnügen, in den Spielhöllen sein Geld verspielen und sich tagelang nicht rasieren. Es interessierte schlichtweg niemanden. Vielleicht lang es an der Gesellschaft, mit der er sich umgab, vielleicht aber auch daran, dass die Franzosen den Freuden des Lebens gegenüber aufgeschlossener waren als seine Landsleute. Das liebte er so an seinem Leben hier! Anouk trat hinter ihn und ließ ihre kleine Hand aufreizend über seine Brust gleiten. Tiefer und tiefer schob sie sich vor, bis sie das Objekt ihrer Begierde erreicht hatte und mit einem verführerischen Gurren seine Bereitschaft quittierte, die trüben Gedanken für heute hinter sich zu lassen. Mit einer gezielten Bewegung fasste er ihre Hand und zog sie auf seinen Schoß. Seine Hände fanden ihre vollen Brüste und sein Mund den ihren. Vielleicht blieb er doch noch eine Weile in Paris!

Als Amelie in die Halle ihres Elternhauses trat, bemerkte sie sofort, dass ihre Mutter aus Bath zurückgekehrt war. Besser gesagt, ihre Stiefmutter. Agnes Windhurst war seit zehn Jahren mit ihrem Vater verheiratet und hatte seitdem versucht, ihr die leibliche Mutter zu ersetzen. Leider hatte sie dabei nie den Mut besessen, für Amelie Partei zu ergreifen, wenn ihr Vater sie für irgendetwas bestrafte und schlug. Oder im Keller einsperrte. Oft tagelang, bis sie die vermeintlich einfachen Regeln ihres Vater endlich verinnerlicht hatte. Agnes war genau die Frau, die ihr Vater aus Amelie machen wollte. Gehorsam, still und ohne eigene Meinung. Amelie konnte ihr nicht wirklich böse sein, Anges war genauso ein Opfer ihrer Erziehung wie sie selbst es war. Und dafür hasste sie sich mehr als irgendjemanden sonst. Sie hasste sich dafür, dass es ihrem Vater gelungen war, aus dem glücklichen, neugierigen und selbstbewussten Kind, das sie einmal gewesen war, eine unsichere und gehorsame Frau zu machen. Tief in ihrem Inneren wusste sie aber auch, dass sie seit dem Tod ihrer Schwester so sein *wollte*. Sie wollte leiden. Leiden, um ihre eigene Schuld an deren Tod zu lindern. Mit jeder Bestrafung, die ihr Vater sich für sie ausdachte, mit jeder Demütigung und jedem Schmerz, den er ihr zufügte, fühlte sie sich seltsamerweise etwas freier. Und die bevorstehende Hochzeit mit dem Earl of Woodland würde das letzte Zugeständnis sein, dass sie ihrem Vater machte. Ihre Schuld ihm gegenüber hatte sie damit getilgt. Sie würde an Belles Stelle Countess werden. Das, was ihr Vater immer gewollt hatte.

Ihre Schuld ihrer Schwester gegenüber jedoch würde sie erst in ihrer Ehe abgelten. Mit jeder Berührung, jedem Beischlaf, mit jeder Demütigung des Earls. Jede Stunde, jeden Tag, jeden Monat und länger. Bis dass der Tod sie schied.

„Wo kommst du jetzt her?!" Die wütende Stimme ihres Vaters riss sie aus ihren trüben Gedanken.

„Ich war doch bei dem Duke of Ashmore und seiner Tochter. Wir haben...", versuchte sie, sich zu verteidigen, aber ihr Vater erstickte jedes weitere Wort im Keim indem er abwehrend die Hand hob und sie unterbrach.

„Deine Mutter ist wieder zurück und der Earl of Woodland möchte dir seine Aufwartung machen. Ich habe ihn gebeten, zum Essen zu bleiben, das ist das Mindeste, was ich ihm nach deinem verspäteten Erscheinen schuldig bin." Dann richtete er seinen Blick auf sie und an dem Zucken seines Augenlides erkannte sie, dass ihm ihr Erscheinungsbild missfiel.

„Du siehst unmöglich aus! Ist das etwa Mehl da an deiner Wange?!" Vor Zorn schwoll seine Ader am Hals an.

„Geh und richte dein Haar. Und wasch um Himmels Willen dein Gesicht! Und beeil dich, dein Zukünftiger wartete schon lange genug auf dich!"

Damit drehte er sich um und ließ sie stehen.

Amelie hastete die Treppe zu ihrem Zimmer hinauf, richtete mit Hilfe von Jane ihre Frisur und zog sich schnell ein neues Kleid an. Ihr lag wenig daran, sich für den Earl herauszuputzen, aber ihr Vater würde es sie spüren lassen, wenn ihre Erscheinung nicht tadellos war.

Mit klopfendem Herzen betrat sie wenig später das Speisezimmer. Der Earl saß mit ihrem Vater bereits am Tisch, während Agnes nirgendwo zu sehen war. Wahrscheinlich sorgte sie in der Küche mit letzten Anweisungen dafür, dass das Essen reibungslos ablaufen würde. Beide Männer erhoben sich bei ihrem Eintreten. Ihr Vater ließ seinen kritischen Blick über sie gleiten, schien aber zufrieden zu sein, denn er neigte leicht den Kopf. Amelie versank vor dem Earl in einen Knicks, wie es von ihr erwartet wurde, ärgerte sich aber gleichzeitig darüber, dass ihre Haltung es dem Mann ermöglichte, ungeniert auf ihr Dekolleté zu starren. Als sie sich erhob, leckte er sich gerade über seine schmalen Lippen und sie wollte sich besser nicht vorstellen, an was er gerade gedacht hatte.

43

„Ich kann es kaum noch erwarten, bis Sie endlich die Meine sind, Amelie!" Er war dazu übergegangen, sie bei ihrem Vornamen zu nennen. Er ergriff ihren Arm, ohne eine Erwiderung zu erwarten und dirigierte sie zum bereits festlich gedeckten Tisch.

„Ihr Platz ist an meiner Seite!", bestimmte er und drückte sie neben sich auf einen Stuhl. Ihr Vater lachte volltönend und während er sich ebenfalls setzte, schlug er seinem zukünftigen Schwiegersohn, der sein Vater hätte sein können, jovial auf die Schulter.

„Genau so ist es richtig, mein lieber Woodland! Amelie ist noch jung und unerfahren und braucht eine starke, führende Hand!" Er zwinkerte dem Earl zu und während nun auch Agnes den Raum betrat und Amelie nur durch ein Kopfnicken begrüßte, fuhr er fort: „Und das nicht nur bei der Platzwahl." Amelie schluckte und hoffte, dass bald die Speisen aufgetragen wurden und damit dieses schlüpfrige Gespräch beendet wurde, aber ihr Vater dachte gar nicht daran, zu schweigen.

„Ich bin mir sicher, bei allem, was man so hört, dass Sie genau der Richtige sind, ihr das Eheleben schmackhaft zu machen!" Beide Männer prosteten sich grinsend zu und Amelie spürte plötzlich die Hand des Earls auf ihrem Knie. Fest presste er zu, fuhr dann langsam höher und stoppte erst kurz vor ihrer Scham. Amelie hörte auf zu atmen, weil sie nicht wusste, was sie tun sollte. Ihr Vater würde den Earl nicht zurechtweisen, da war sie sich sicher. Und sie selbst konnte auch nicht viel tun, ohne sich den Zorn ihres Vaters oder des Earls zuzuziehen. Also blieb nur, die Berührung zu dulden. Wahrscheinlich war das nur der harmlose Auftakt dessen, was sie nach ihrer Hochzeit

44

zu erwarten hatte. Weil sie aber glücklicherweise an seiner rechten Seite saß, musste er sie loslassen, als die Suppe serviert wurde und Amelie atmete auf. Aber ihr war nur eine kurze Atempause vergönnt, denn der Earl schien von einem ganz anderen Hunger getrieben als dem auf Suppe. Im Laufe des Abends gelang es ihm sogar, mehr oder weniger unauffällig ihre Brüste zu berühren, was ihm ein lüsternes Glitzern in die wässrig blauen Augen zauberte. Als das Essen endlich beendet war, gelang es Amelie, sich mit Kopfschmerzen zu entschuldigen und die Flucht in ihr Zimmer anzutreten. Leider wusste sie, dass es ihr nicht immer gelingen würde, dem Earl zu entkommen. Der Tag, an dem sie ihm hilflos ausgeliefert war, war näher als ihr lieb war.

Als Amelie am folgenden Morgen aus einem unruhigen Schlummer erwachte, stand der strahlende Sonnenschein in krassem Gegensatz zu ihrer Verfassung. Sie hatte kaum Schlaf gefunden, und wenn sie doch eingenickt war, dann hatte sie von der Hochzeitsnacht geträumt. Und ohne genau zu wissen, was auf sie zukam, war die Panik, die sie bei dem Gedanken daran erfasst hatte, äußerst real gewesen. Sie hatte sich lange nicht so hilflos gefühlt, so ausgeliefert und voller Panik. Ihr Herz klopfte noch als Jane sie schon längst frisiert und ihr beim Anziehen geholfen hatte. Das einzig Gute an diesem Tag war, dass ihr Vater ihn in seiner Bank verbringen und ihre Mutter irgendeine Bridgeparty bei einer ihrer Freundinnen besuchen würde. Amelie nahm sich vor, sich um ihre Pflanzen in dem kleinen Garten zu kümmern, der hinter dem Haus angelegt und keine Selbstverständlichkeit bei den Stadthäusern in dieser Straße war. Während sie die Rosen zurückschnitt, ein kleines Beet mit Frühblühern harkte und sich über die Sonne und das fröhliche Zwitschern der Vögel freute, verschwanden die dunklen Gedanken der Nacht zunehmend bis sie schließlich nur noch wie ein unheilvoller Schatten waren, den sie schnell beiseite schob. Es brachte nichts, sich ängstlich auszumalen, was sein würde und mit dem Schicksal zu hadern. *Mein Schicksal ruft*, erinnerte sie sich an die Worte, die sie der Einladung des Dukes hinzugefügt hatte. Und diesem Ruf würde sie folgen müssen. Sie hatte keine Wahl.

„Miss Windhurst!" Die Stimme ihres Butlers riss sie aus ihren Gedanken und sie drehte sich zu ihm um. Dabei beschattete sie die Augen und ging ihm entgegen.

„Was gibt es denn, Edward?" Sie wischte sich die Hände an ihrer Schürze ab und ging gleichzeitig die Stufen zur Terrasse hinauf.

„Euer Gnaden, der Duke of Ashmore und Lady Emily warten im Salon. Sie möchten Sie zu einer Ausfahrt in den Hyde Park abholen."

„Der Duke of Ashmore?" Amelie schwankte zwischen Freude, Unglauben und Unbehagen. Sie war gestern aus dem Haus des Dukes quasi geflohen, entgegen aller

Konventionen, und dann dieser Faux Pas mit den handschriftlichen Zeilen...

„Ja. Und Lady Emily. Was soll ich ihm ausrichten?" Amelie kämpfte mit sich. Die Sonne schien, es versprach ein wundervoller Tag zu werden und die Aussicht, einige unbeschwerte Stunden mit Emily zu verbringen, war verlockend. Sie mochte die Kleine sehr, aber die Gegenwart ihres Vaters machte sie befangen. Ganz sicher interpretierte sie in sein Verhalten viel zu viel hinein. Wahrscheinlich hatte Emily ihn einfach gebeten, sie zu einer Ausfahrt einzuladen, weil der gestrige Tag ihnen viel Spaß bereitet hatte.

„Richten Sie ihm bitte aus, dass ich gleich komme. Ich muss mich nur umziehen und Jane Bescheid geben Und...", Amelie war schon fast an der Treppe angelangt, „ sorgen Sie bitte dafür, dass Emily eine heiße Schokolade und der Duke einen Tee und etwas Gebäck bekommt!"

Während Jane ihr beim Umziehen half, hatte sie kurz darüber nachgedacht, was ihr Vater wohl sagen würde, wenn sie mit dem Duke und Emily eine Ausfahrt unternehmen würde. Natürlich hatte sie Lust dazu, aber das war nicht von Belang. Sie war so gut wie verlobt und da schickte es sich sicher nicht, wenn sie mit dem Duke gesehen wurde.

Andererseits war sie ja noch nicht offiziell verlobt und ihr Vater schien den Duke regelrecht zu hofieren, da konnte sie es sich bestimmt erlauben, seinem Wunsch nach ihrer Gesellschaft zu entsprechen. Ganz gleich, ob sie den Duke und Emily begleitete oder ihnen absagen würde, ihre Entscheidung barg so oder so das Risiko, sich den Unmut ihres Vaters oder des Earls zuzuziehen.

In Anbetracht dieser Erkenntnis fiel ihr die Entscheidung nicht schwer. Seltsam beschwingt, dieses Mal etwas zu tun, was sie wirklich wollte, lief sie die Treppe förmlich hinunter und musste kurz vor dem Salon innehalten, um ihren Atem zu beruhigen. Als sie den Salon betrat, sprang Emily auf und lief ihr freudestrahlend entgegen. Noch bevor Amelie den Duke begrüßen konnte, schlang das Mädchen ihre Arme um sie und drückte sie fest.

„Ich bin so froh, dass du mitkommst, Amelie. Papa geht es heute nicht so gut und er kann nicht mit mir an den Serpentine River laufen um die Enten zu füttern!"

Erst jetzt hatte Amelie die Gelegenheit, den Duke zu mustern. Während sie vor ihm knickste, nahm sie seine fast graue Gesichtsfarbe wahr. Ihm stand der Schweiß auf der Stirn, seine Haltung war leicht gekrümmt und sein Atem rasselte. Emily hockte sich vor ihn und hielt seine Hand. Erschrocken wollte Amelie nach dem Butler läuten aber der Duke schüttelte nur seinen Kopf und richtete sich mühsam lächelnd auf. Auch Emily drehte sich um, aber in ihrem kindlichen Gesicht stand nicht halb so viel Sorge, wie man es angesichts dieser Situation erwarten sollte.

„Es freut mich sehr, dass Sie unsere kurzfristige Einladung angenommen haben, Miss Windhurst. Emily hat recht, ich... werde Sie heute nicht an den Fluss begleiten können, so wie sie es sich wünscht. Und da dachten wir, es wäre eine gute Idee, wenn wir Sie fragen, ob Sie Lust haben, uns zu begleiten."

Amelie blinzelte, weil sie es angesichts des Zustandes des Dukes nicht für ratsam hielt, eine Ausfahrt zu unternehmen.

„Euer Gnaden, Ihnen geht es nicht gut. Vielleicht sollten wir diesen Ausflug verschieben? Ich meine, kann ich... soll ich...", begann sie, aber die erhobene Hand des Dukes unterbrach sie.

„Machen Sie sich keine Sorgen, Miss Windhurst. Es ist nichts. Nur eine kleine... Unpässlichkeit."

Emily hatte sich inzwischen erhoben und sah Amelie schulterzuckend an.

„Das hat Papa öfter. Ich halte seine Hand und dann geht es ihm schnell wieder gut."

Fragend zog Amelie die Brauen zusammen, aber der Duke machte keine Anstalten, mehr dazu zu sagen und ihn zu fragen, was diesen Zustand hervorgerufen hatte, verbot sich für sie von selbst.

Der Duke griff entschlossen nach seinem Stock und stemmte sich mühsam in die Höhe. Sofort war Emily an seiner Seite und stützte ihn, während Amelie ebenfalls zu ihm trat. Ihm ganz offen ihre Hilfe anzubieten, traute sie sich nicht. Sie wollte den Mann, der sichtlich mit seinem Körper kämpfte, nicht noch weiter in Verlegenheit bringen. Und so senkte sie den Blick, so wie es immer von ihr erwartet wurde, biss sich aber unsicher auf die Lippe. Es fühlte sich falsch an, hier zu stehen und nichts zu tun, aber sie durfte sich schließlich auch nicht aufdrängen. Umso überraschter war sie, als der Duke schließlich sagte: „Ich könnte Ihre Hilfe sehr gut gebrauchen, Miss Windhurst. Dürfte ich mich auf Ihren Arm stützen?"

Als Amelie ihn daraufhin ansah, blitzte schon wieder etwas Schalk in seinen Augen, wenn er auch noch sehr blass war und Schweißperlen auf seiner Stirn standen.

„Na...natürlich", stotterte sie und reichte ihm ihren Arm.

„Trotzdem halte ich es für besser, wenn...“

„Nein!“ Seine Stimme klang nun deutlich entschlossen, fast unfreundlich.

„Ich möchte etwas mit Ihnen besprechen, das keinen weiteren Aufschub duldet. Und das kann ich nicht, wenn hier Ihr Vater oder Ihre Mutter jeden Augenblick hereinkommen könnten.“

Noch bevor Amelie über diese Worte nachdenken konnte, dirigierte der Duke sie, fest auf ihren Arm gestützt, zur Tür. Jane folgte ihnen und nachdem sie dem Duke in die offene Kutsche geholfen hatten, nahmen alle Platz. Emily neben ihrem Vater, Jane und Amelie ihnen gegenüber. Amelie versuchte, in der Miene des Mannes zu lesen, was seine Worte bedeuten könnten, aber er hielt das Gesicht von ihr abgewandt und sah in die Ferne. Seine Kiefer mahlten, aber langsam bekam sein Gesicht wieder etwas Farbe. Emily plapperte munter drauf los und Jane ließ sich von ihr anstecken, so dass es eher eine laute Stille war, die Amelie und den Duke umgab. Ganz deutlich fühlte Amelie die stille Spannung, die von dem Duke ausging und sie rutschte unbehaglich auf ihrem Sitz herum. Was hatte der Duke mit seinen Worten andeuten wollen? Wollte er sie doch für ihr Verhalten am gestrigen Tag rügen? Aber warum dann erst dieser Ausflug? Als sie eine andere Möglichkeit in Betracht zog, stockte für einen kurzen Augenblick ihr Atem. Wollte der Duke etwa... also so, wie er sie angesehen hatte... und schließlich war er Witwer. Würde er ihr womöglich einen Antrag machen? Und wenn ja, was sollte sie darauf antworten? Es war schließlich nicht ihre Entscheidung, wen sie heiratete!

Als die Kutsche schließlich stoppte, wurde Amelie unsanft aus ihren Gedanken gerissen. Sie hatte gar nicht bemerkt, dass sie schon so weit gekommen waren, so sehr war sie in ihre Gedanken versunken gewesen. Erst jetzt sah sie auch, dass der Duke sie mit undurchdringlichem Blick musterte. Es schien ihr fast so, als suche er in ihren Zügen nach irgendetwas. In seinen blauen Augen stand dabei eine Mischung aus Unruhe? Angst? Entschlossenheit? Sie konnte es nicht deuten. Erst als sie bemerkte, dass sie seinen Blick nun schon ungebührlich lange erwidert hatte, senkte sie beschämt die Augen. Was tat sie hier nur?

„Jane, würden Sie bitte so freundlich sein, mit meiner Tochter dort drüben zu den Enten zu gehen und sie zu füttern?" Er sprach, ohne Amelie aus den Augen zu lassen.

„Äh... Miss Windhurst..." Misstrauisch sah Jane vom Duke zu Amelie und wieder zurück.

Amelie befeuchtete verlegen die Unterlippe, dann nickte sie Jane zu.

„Schon gut, Jane. Geh nur. Aber bleibe bitte in der Nähe. Es ist nicht schicklich, mit dem Duke..." Verlegen brach sie ab, aber Jane klettere schon hinter Emily aus der Kutsche.

„Wir gehen nur bis da vorne, nur ein paar Meter." Jane ließ an ihrem Tonfall deutlich erkennen, was sie von der Situation hielt. Sie blieb noch einen Augenblick unschlüssig stehen, dann aber wandte sie sich achselzuckend ab und folgte Emily, die bereits laut juchzend den schnatternden Enten entgegen lief. Tatsächlich blieb Jane auf halber Höhe stehen, nah genug, damit niemand auf die Idee kommen konnte, Amelie wäre ohne Aufsicht, weit weg genug, um

Amelie und dem Duke eine ungestörte Unterhaltung zu ermöglichen.

„Miss Windhurst, bevor ich Ihnen erkläre, was mir auf dem Herzen liegt, möchte ich eine ehrliche Antwort von Ihnen." Begann man so einen Heiratsantrag? Verwirrt sah Amelie ihr Gegenüber an. Der Duke räusperte sich, sah kurz verlegen auf seine Hände, bevor er wieder Amelie ansah.

„Ihre Verlobung mit dem Earl... war das Ihr Wunsch?" Als Amelie ihn verständnislos ansah, schüttelte er kurz den Kopf.

„Was ich meine, empfinden Sie etwas für diesen... Mann oder..."

„Warum wollen Sie das wissen, Euer Gnaden? Was spielte es für eine Rolle, ob ich diese Ehe begrüße oder sie mir gar ausgesucht habe?"

Er lächelte auf eine geheimnisvolle Weise.

„Zweifel sind Verräter, sie rauben uns, was wir gewinnen können, wenn wir nur einen Versuch wagen." Heiße Scham färbte ihre Wangen rot, als sie verstand, dass er ihre Worte auf der Einladung richtig gedeutet hatte. Und auch, weil er sie offen darauf ansprach.

„Shakespeare?", fragte sie verunsichert und er nickte.

„Ich will Sie nicht bedrängen, aber wenn ich Ihre Worte auf der Einladung richtig deute und wenn ich an den Ruf dieses Mannes denke, dann... es fällt mir schwer zu glauben, dass Sie..." Er wischte sich über die Stirn und sah ihr dann direkt in die Augen.

„Also wenn Sie diese Ehe nicht aus freien Stücken wollen, dann möchte ich Ihnen einen Vorschlag machen."

Amelies Herz klopfte ihr bis in den Hals und sie hatte

Angst, dass der Duke es bemerken würde.

„Ich..." Was sollte sie darauf sagen? Zugeben, dass der Earl sie anwiderte? Dass sie hoffte, irgendein Wunder würde sie vor einer Ehe mit diesem Mann bewahren? „Es ist der Wunsch meines Vaters, Euer Gnaden. Wenn ich eine Wahl hätte... „ sie stockte, weil ihr kurz die Sprache wegblieb, dann räusperte sie sich und straffte die Schultern.

„Aber die habe ich nicht." Tränen der Wut und Verzweiflung bahnten sich einen Weg in ihre Augen, aber sie blinzelte sie tapfer weg. Sie hatte schon viel zu viel gesagt.

„Amelie." Eine warme Hand legte sich auf ihre und drückte sie leicht. Natürlich hätte sie sich dieser Berührung sofort entziehen müssen, aber der Händedruck hatte so viel Tröstliches, so viel Verständnisvolles, dass sie ihn zuließ und sogar genoss. Und wenn es nur für diesen kurzen Augenblick war, so vermittelte ihr der Duke doch, dass er mit ihr fühlte.

„Amelie, ich... ich möchte Ihnen einen Vorschlag machen, aber vorher gibt es etwas, das Sie wissen müssen. Ich... nun, es wird Ihnen nicht entgangen sein, dass ich nicht bei bester Gesundheit bin. Genauer gesagt bin ich sogar dem Tod näher als dem Leben." Amelie presste sich erschrocken die linke Hand vor den Mund, weil er ihre rechte immer noch hielt.Natürlich hatte sie seine angegriffene Konstitution bemerkt, aber mit dieser nüchtern ausgesprochenen Wahrheit hätte sie dennoch nicht gerechnet.

„Aber Euer Gnaden, wie können Sie so etwas sagen?!" „Oh, meine Liebe, das sage nicht ich sondern die vielen Ärzte, die ich aus dem In- und Ausland konsultiert habe." Er streichelte nun langsam mit dem Finger über

ihren Handrücken, ein trauriges Lächeln im Gesicht.
„Und ich habe meinen Frieden damit gemacht, dass ich schon bald sterben werde." Er schloss gequält die Augen und atmete ein paar Mal tief ein und aus. Amelie dagegen hielt ihren Atem an. Was hatte das alles zu bedeuten? Warum erzählte er ihr das alles? Und was hatte das mit ihr zu tun?

„Dennoch gibt es etwas, das ich geregelt haben muss, bevor ich diese Welt verlasse. Ich muss sicher sein, dass Emily gut versorgt ist, und das meine ich nicht finanziell. Sie hat schon ihre Mutter verloren und wenn ich sterbe muss ich sicher sein, dass sie von liebevollen Menschen aufgefangen wird." Er machte eine kurze Pause und räusperte sich.

„Ich habe gesehen, wie Sie mit Emily umgehen und wie Emily Sie vergöttert. Sie sind genau die Frau, die ich mir an Emilys Seite wünsche, wenn ich nicht mehr da bin, um sie zu beschützen."

Amelie biss sich verwirrt auf die Lippe und zog ihre Augenbrauen zusammen.

„Seien Sie versichert, Euer Gnaden, wenn es Ihr Wunsch ist, werde ich mich natürlich um Ihre Tochter kümmern. Ich mag sie sehr gerne, aber... ich meine, Sie werden doch bestimmt Verwandte haben, zu denen sie gehen könnte..."

„Nein, es gibt niemanden, außer..." In seine Augen trat ein Ausdruck, den Amelie nicht deuten konnte. Trauer, Schmerz oder Enttäuschung?

„Amelie, wenn ich Ihnen anbieten würde, statt des Earls... eine andere Verbindung einzugehen, eine, die Ihnen finanzielle Sicherheit und eine bedeutende Stellung im Adel verschafft..." Als er abbrach und auch nach einigen Augenblicken nicht weitersprach, ganz so, als ringe er nicht nur um Worte, sondern so, als würde er sich erst jetzt darüber bewusst, dass sein Ansinnen nicht im Ansatz durchdacht und durchführbar war, räusperte Amelie sich unbehaglich.

„Das alles bedeutet mir nichts", flüsterte sie, vollkommen durcheinander und nicht fähig, einen Sinn hinter all dem zu erfassen.

„Nein, nein, das ahnte ich bereits, Amelie. Und es ist zutiefst egoistisch, Sie darum zu bitten, aber mir bleibt nicht mehr viel Zeit, meine Angelegenheiten zu regeln und Emliy versorgt zu wissen. Daher... Amelie, wären Sie bereit..." Er schien einen inneren Kampf mit sich auszufechten, förmlich um die folgenden Worte zu kämpfen.

„Glauben Sie mir, was ich Ihnen jetzt vorschlage, fällt mir wahrlich nicht leicht. Vor allem, weil ich nicht weiß, ob Sie nicht vom Regen in die Traufe kommen würden, aber...", er stockte und rieb sich mit der Hand über die müden Augen, so, als ob er noch einen weiteren Augenblick über das nachdenken müsse, was ihm auf dem Herzen lag.

„Ich würde Sie mit Freuden selbst fragen, ob Sie meine Frau werden wollen, Amelie, wenn die Situation eine andere wäre, aber..." Seltsam getrieben sah er sie an und Amelie erkannte das ganze Ausmaß seiner Traurigkeit und inneren Zerrissenheit in diesem einen Blick.

„Ich möchte, dass Sie darüber nachdenken, statt des Earls meinen Bruder, den Marquess of Walcott, zu heiraten.

Unruhig ging Amelie am nächsten Nachmittag im Salon auf und ab. Die ganze Nacht über hatte sie sich den Vorschlag des Dukes durch den Kopf gehen lassen, Für und Wider abgewogen, um in einem Augenblick empört abzulehnen und im nächsten zuzustimmen. Was hatte sie zu verlieren? Die Antwort war so einfach wie wenig hilfreich. Alles und nichts. Das war der Schluss, zu dem sie immer wieder gelangte und der ihre innere Zerrissenheit mit drei schlichten Worten zusammenfasste. Stimmte sie zu, würde sie einen Mann heiraten, den sie noch nie gesehen hatte, geschweige denn kannte. Lehnte sie ab, müsste sie einen Mann heiraten, der ihr schon von dem ersten Moment an zuwider gewesen war. Und den sie inzwischen gut genug kannte um zu begreifen, wie ihr Leben an seiner Seite aussehen würde. Und auch wenn sie glaubte, sie hätte dieses Schicksal als Sühne für den Tod ihrer Schwester verdient, regte sich in ihr doch so etwas wie ein Selbsterhaltungstrieb. Der Earl wollte sie brechen, körperlich wie seelisch. Das hatte sie in seinem Blick gesehen, mit dem er sie immer wieder voller Gier betrachtet hatte. Sie quälte sich mit den Bildern, die sie seit dieser Nacht, in der Belle so grausam zu Tode gekommen war, nicht wieder loswurde. Sie hatte in sich hineingehorcht und gehofft, irgendeine wie auch immer geartete Absolution zu von Belle zu bekommen. Irgendeine Rechtfertigung, den Earl nicht heiraten zu müssen. Aber das erstickende Schuldgefühl, das sie immer mit sich trug, und das nach Sühne verlangte, hatte sich nicht vertreiben lassen. Erst als am Horizont bereits ein heller Schimmer den neuen Tag und damit die Stunde der Entscheidung ankündigte, war sie erschöpft für wenige Minuten eingeschlafen. Und mit einer Erkenntnis aufgewacht, die ihr den Weg wies. Sie konnte letztlich nicht sagen, ob es ein Traum gewesen war oder doch ihr Verstand, der sich zurückgemeldet hatte und sie die Dinge klar erkennen ließ, aber als sie aufstand um sich für den Tag zu rüsten, der vor ihr lag, wusste sie es.

Ganz gleich, wie sie sich entschied, sie würde sich immer schuldig fühlen. Belle war tot und nichts auf der Welt würde sie zurückbringen. Aber das Schicksal hatte ihr nun einen Weg gezeigt, die tiefe Schuld, die sie empfand, auf andere Art zu vergelten. Denn nun ging es nicht länger nur um sie. Der Duke wollte ihr Emily anvertrauen, dieses fröhliche kleine Mädchen, das bereits seine Mutter verloren hatte und nun in Kürze auch noch seinen Vater verlieren würde, und das dann niemanden mehr hatte, der sie auffangen würde. Sie konnte mit ihrer Entscheidung vielleicht an Emily gutmachen, was sie bei Belle nie wieder konnte. Für sie da sein.

Um ihn und sein Handeln besser verstehen zu können, hatte der Duke Amelie schonungslos eröffnet, auf was sie sich einlassen würde, wenn sie seinem Vorschlag zustimmen würde. Seinem Bruder, dem Marquess, der den Titel nach seinem Tod erben würde, traute der Duke nicht zu, sich um ein kleines Mädchen zu kümmern. Denn obwohl Rowan keinen seiner Briefe beantwortet hatte, war ihm zugetragen worden, wie sein Bruder in Paris, wo er sich seit sieben Jahren aufhielt, lebte. Er führte ein Leben abseits gesellschaftlicher Normen, trank, verspielte sein Geld und hielt sich verschiedene Mätressen, allein auf sein eigenes Wohl bedacht. Rowan, der jüngere Bruder des Dukes, hatte in einer Nacht- und-Nebel-Aktion überstürzt London verlassen, ohne sich um die Folgen zu kümmern. Er hatte sein Londoner Leben hinter sich gelassen wie ein zu kleines gewordenes Kleidungsstück, das nicht mehr passte und deswegen entsorgt werden musste. Dabei hatte er sich nicht die Mühe gemacht, gewisse Vorkommnisse zu hinterfragen. Hatte seine eigenen Schlüsse gezogen, die falscher nicht hatten sein können und hatte sich nicht die Mühe gemacht, ein Gespräch zu suchen, das alles aufgeklärt hätte. Und so hatte sich sein älterer Bruder wie schon so oft darum gekümmert, dass das kopflose, dickköpfige Verhalten seines Bruders nicht die traf, die es treffen sollte. Nämlich die Frau, die Rowan geliebt hatte und der er nicht verzeihen konnte, wo es nichts zu verzeihen gegeben hätte. Dem Duke war es sichtlich schwer gefallen, ihr all das zu erzählen, aber er hatte erklärt, dass er sie nicht im Ungewissen über den Charakter seines Bruders lassen wollte. Und auch wenn Amelie das Gefühl hatte, dass er ihr nicht die ganze Wahrheit gesagt hatte und immer noch mit einigen Informationen hinter dem Berg hielt, so konnte sie seine Sorge um Emilys Wohlergehen doch viel besser nachvollziehen. Hätte sie den Duke geheiratet, wäre nach seinem Tod Rowan als neues Familienoberhaupt für alle Entscheidungen bezüglich Emily verantwortlich gewesen und es war abzusehen, dass das Mädchen ihm eher Last als Freude sein würde. Und als unverheirateter Duke würde er sich vor lauter Bewerberinnen um die Stellung als Duchess sicher nicht gerade die aussuchen, der Emilys Wohlergehen am Herzen lag. Wenn er überhaupt heiraten würde. So aber hätte er bereits eine Ehefrau, und es war nicht unwahrscheinlich, dass er Emilys Erziehung nur zu gerne in die Hände dieser Frau legen würde um sein eigenes Leben ungestört weiterführen zu können. Es war nur eine Vermutung, dass es so kommen könnte, aber als Joshuas Witwe hätte sie noch weniger Einfluss auf Rowans Entscheidungen bezüglich Emily.

Sollte es so kommen wäre das zwar nicht das Leben, das sie sich ausgesucht hätte, hätte sie eine Wahl gehabt, aber noch viel weniger wünschte sie sich ein Leben an der Seite des Earls. Die Frage, wie der Duke seinen Bruder dazu bringen wollte, ausgerechnet sie zu heiraten, hatte er nur lächelnd mit '*Das lassen Sie meine Sorge sein*', beantwortet. Und dass ihr Vater zustimmen würde, war mehr als wahrscheinlich, denn ihm war es immer nur darum gegangen, eine möglichst vorteilhafte Heirat für Amelie zu arrangieren. Und da wog der Titel einer Marchioness und später einer Duchess im Gegensatz zu dem einer Countess so viel schwerer, dass ihr Vater sich dem sicher nicht entziehen konnte. Auch wenn das hieß, einige Unannehmlichkeiten in Bezug auf den Earl hinnehmen zu müssen, denn ganz sicher wäre der nicht erfreut, seine sicher geglaubte Braut noch vor der Verlobung wieder zu verlieren.

Und so ging Amelie schließlich im Salon auf und ab, nachdem sie dem Duke ihre Entscheidung mitgeteilt hatte und dieser nun im Arbeitszimmer mit ihrem Vater verhandelte. Sie konnte nicht sagen, ob es ein gutes oder schlechtes Zeichen war, dass beide nun schon seit geraumer Zeit hinter der schweren Eichentür verschwunden waren, aber als die sich schließlich öffnete, brauchte sie nur in die Gesichter beider Männer zu sehen, um zu realisieren, welche Entscheidung ihr Vater getroffen hatte.

Entgeistert starrte Rowan den Mann an, der sich gerade tief vor ihm verbeugte und ihm dann wortlos einen Brief reichte.

„Johnson, was machen Sie denn hier?"

Ein leichtes Lächeln huschte über das ansonsten unbewegte Gesicht des älteren Mannes, bevor er wieder seine undurchdringliche Miene aufgesetzt hatte, die seinem Habitus entsprach.

„Der Duke of Ashmore hat mich beauftragt, Ihnen diesen Brief persönlich auszuhändigen, Mylord."

Irritiert sah Rowan auf den Brief, den Johnson ihm hinhielt. Er kannte Johnson schon von Kindertagen an, es musste wohl mindestens zwanzig Jahre her sein, seit dieser Mann in die Dienste der Familie getreten war.

„Ich frage mich zwar, warum mein Bruder diesen Brief nicht wie alle anderen vorher mit der Post geschickt hat, aber bitte. Geben Sie ihn her und grüßen Sie meinen Bruder *nicht* von mir!" Rowan nahm den Brief und wollte dem Mann gerade die Tür vor der Nase zuschlagen als dieser den Fuß in die Tür stellte, was Rowan nun doch einigermaßen verunsicherte. Wenn ein derart um vollendete Umgangsformen und ständige Selbstkontrolle bemühter Mann wie Johnson sich zu einer derart niederen Handlung veranlassen ließ, dann steckte doch wohl mehr hinter seinem Auftauchen als nur ein weiterer Brief.

„Ich soll auch sicherstellen, dass Sie ihn", er deutete mit dem Kopf auf den Umschlag in Rowans Hand, „lesen."

„Warum?" Rowan verschränkte demonstrativ die Arme vor der Brust.

„Ich wurde von Euer Gnaden darum gebeten, auf eine Antwort zu warten." Johnson nahm seinen Fuß von der Türschwelle und verbeugte sich formvollendet.

„Ich komme morgen wieder, Mylord. Bis dahin sollten Sie ihn gelesen haben." Dann verschwand er und ließ einen zunehmend gereizten Rowan zurück. Was bildete sich sein Bruder eigentlich ein? Extra Johnson die weite Reise antreten zu lassen, nur um ihm einen Brief zu überbringen? Er konnte nicht verhindern, dass sich ein ungutes Gefühl in ihm breit machte. Joshua musste schon einen triftigen Grund haben, so zu handeln. Als er in sein Zimmer zurückkehrte, erinnerte ihn Anouks Anwesenheit daran, dass er wesentlich besseres zu tun vorgehabt hatte, als sich mit seiner Vergangenheit in Form eines Briefes auseinander zu setzten, aber diese Stimmung war mit Johnsons Auftauchen verflogen.

„Was hast du denn, Cherie?" Anouks heißer Atem strich an seinem Ohrläppchen entlang ließ kein Zweifel daran aufkommen, was ihr im Sinn stand. Allerdings war Rowan gerade gar nicht nach dieser Art der Abwechslung, weswegen er sie unsanft von sich schob.

„Lass mich allein, Anouk!" Seine Stimme klang unwirsch und entschlossen, aber so leicht ließ die hübsche Blondine sich nicht abschütteln. Mit ihren schlanken Fingern fuhr sie durch sein dichtes, dunkelblondes Haar und hauchte erneut Küsse in seinen Nacken. Er griff nach hinten und hielt ihre Hände fest. „Anouk, geh jetzt. Ich will... muss alleine sein. Ich melde mich morgen, versprochen." Er zog ihre Hand zu sich und hauchte noch einen Kuss darauf. Dann stand er auf und drängte sie entschlossen zur Tür. Noch bevor sie weiter protestieren konnte, hatte er schon ihren Umhang vom Haken genommen und um ihre schmalen Schultern gelegt.

„Ich melde mich!" Damit drängte er sie förmlich hinaus und schloss aufatmend die Tür hinter ihr.

Unentschlossen drehte er den ungeöffneten Brief in der Hand. Es widerstrebte ihm, diesen zu lesen, nur weil sein Bruder ihn quasi dazu zwang. Andererseits drängte es ihn danach, zu erfahren, was von so großer Dringlichkeit war, dass Joshua sogar seinen Diener Johnson schickte, um sicherzustellen, dass er den Brief las. Immer noch unentschlossen, ob er seinem Dickkopf oder seiner Neugier nachgeben sollte, legte er den Brief auf eine Kommode und goss sich einen Whisky aus der edlen Kristallkaraffe in ein großes Glas und trank es in einem Zug aus. Als er auch nach dem dritten Glas noch keine Entscheidung getroffen hatte, beschloss er, sein Stammcasino aufzusuchen und sein Glück am Roulettetisch herauszufordern. Vielleicht bekam er so den Kopf frei. Und noch ein paar Francs dazu.

Aber als er Stunden später betrunken wieder in sein Appartement zurückgekehrt war, hatte er nicht nur eine nicht unerhebliche Summe verloren sondern auch vergessen, warum er überhaupt losgezogen war. Ohne sich weiter um den Brief zu kümmern, ließ er sich angezogen auf sein Bett fallen und schlief fast augenblicklich ein.

Sein traumloser Schlaf wurde allerdings am nächsten Morgen jäh unterbrochen, indem jemand mit aller Gewalt versuchte, mit einem Hammer seinen Schädel zu spalten. Oder so ähnlich, denn als Rowan die Augen schließlich öffnete, um dem Schmerz auf den Grund zu gehen, stellte er fest, dass der Hammer wohl eher eine Faust war, die allerdings weniger gegen seinen dröhnenden Schädel hämmerte sondern vielmehr gegen die massive Eingangstür seines Appartements. Was aber für seinen lädierten Schädel keinen Unterschied machte, denn mit jedem weiteren Schlag sandte dieser einen so bohrenden Schmerz durch seinen Kopf als drehe jemand ein Messer in seinem Schädel. Und hinter seinen Augen. Und in seinen Ohren. Und in seinem Kiefer. Das hereinfallende Licht durch die nicht zugezogenen Vorhänge gab ihm schließlich den Rest und er zog sich fluchend die Decke über den Kopf. Die Dunkelheit und die nun gedämpften Geräusche taten ihm gut, allerdings nur, bis eine laute, sehr laute männliche Stimme unerbittlich seinen Namen rief. Also war es noch nicht einmal Anouk, die ihn ganz sicher bedauert und seine Schmerzen auf ihre Weise vertrieben hätte. Als der ungebetene Besucher auch nach einer ganzen Weile des Ignorierens offensichtlich nicht gewillt war, seine Bemühungen, Rowan in den Wahnsinn des Kopfschmerzes zu treiben, aufgab, erhob er sich seufzend und schlurfte grimmig brummend zur Tür. Wer auch immer dafür verantwortlich war, ihn diesem Martyrium auszusetzen, würde sich gleich mit seiner schlechten Laune konfrontiert sehen. Wütend riss er die Tür auf und brauchte einen kurzen

Augenblick, bis sich sein verschwommener Blick auf den Übeltäter fokussiert hatte. Das war... das konnte nicht sein...

„Johnson? Was machen Sie denn hier?" Irritiert starrte er den Mann an, der gerade wieder die Faust zu einem neuerlichen Hieb an die Tür erhoben hatte. Für einen kurzen Moment schien er ebenso irritiert zu sein wie Rowan, jedoch hatte er sich wesentlich schneller wieder in der Gewalt und setzte seine berufsbedingt neutrale Miene auf. Wenn ihn etwas an der Situation oder an seinem Gegenüber missfiel, so sah man es seinem geschulten Blick nicht an.

„Sind Sie reisefertig, Mylord?" Seine Stimme klang ebenso sachlich wie es seine Gesichtszüge waren.

„Was?" Rowan fasste sich an den schmerzenden Kopf und schloss die Augen. Was machte Johnson hier? Und reisefertig? Wovon redete dieser Mann?

„Ich habe die Aufgabe, Sie nach London zu begleiten, Mylord. Also, wo haben Sie ihr Gepäck?" Suchend sah er sich um, aber Rowan schüttelte nur seinen Kopf. Was gar keine gute Idee war. Sogar eher eine sehr schlechte. Aufstöhnend wedelte er mit einer Hand in der Luft. Vielleicht verschwanden die Schmerzen ja dadurch und Johnson gleich mit. Immerhin konnte es sich bei ihm nur um eine Fata Morgana handeln.

„Mylord, vielleicht wäre es besser, wenn Sie mich eintreten lassen würden?"

War er in so einem schlechten Zustand, dass er nun schon Menschen sprechen hörte, die gar nicht da waren? Gar nicht da sein konnten?

„Sie haben den Brief Ihres Bruders nicht gelesen?!" Es war keine Frage, eher eine Feststellung und bei der

Erwähnung eines Briefes regte sich etwas in Rowan. Ganz tief in seiner Erinnerung hatte er ein Bild vor Augen, einen Brief, den er in der Hand hielt, unschlüssig, ob er ihn öffnen sollte oder nicht. „Kommen Sie rein, Johnson", gab er sich geschlagen und sah zu, wie sich die Fata Morgana manifestierte und in den Raum schob. Kurz konnte er einen bestürzten Ausdruck auf Johnsons Gesicht sehen, als dieser schnuppernd die Nase kräuselte und von einem Augenblick zum nächsten vollkommen im Bilde war, warum Rowan derart derangiert die Tür öffnete. Rowan konnte sich vorstellen, was Johnson dachte. Immerhin hing der Geruch nach Alkohol und anderen Ausdünstungen im Raum, von seiner eigenen zerknitterten Erscheinung einmal ganz abgesehen. Johnson ließ seinen Blick durch den Raum schweifen und als er den ungeöffneten Brief auf dem Sekretär liegen sah, ergriff er ihn und reichte ihn Rowan. Der winkte mit einem Schulterzucken ab.
„Sagen Sie mir, was drinsteht, Johnson."
„Mit Verlaub, Mylord, aber Sie werden schon selber lesen müssen, was Ihr Bruder Ihnen mitzuteilen hat. Ich weiß nur, dass unser Schiff heute Abend ausläuft und ich Sie nach London zurückbegleiten soll."
„Kommen Sie schon. Sie sind nicht nur Joshuas Diener, Sie sind quasi sein Freund, seine rechte Hand. Also? Wollen Sie mir weismachen, dass Sie nicht wissen, um was es geht?"
Rowan sah, wie sich ein leichter Schatten in Johnsons Blick schlich.
„Ihr Bruder ist sehr krank, Mylord."
Rowan hörte in sich hinein, ob ihn diese Nachricht traf, aber da waren nur diese Kopfschmerzen, die ihn immer

noch lähmten. Joshua war schon immer von eher kränklicher Natur gewesen, aber dass nun eine Krankheit ihn dazu brachte, seinen Bruder nach Hause zu beordern konnte eigentlich nur eines bedeuten. Es ging ihm so schlecht, dass er mit seinem Ableben rechnete. Ganz langsam griff er nun doch nach dem Brief. Er hatte London damals zwar zutiefst verletzt verlassen, wollte nie mehr Kontakt zu seinem Bruder oder dieser ganzen verlogenen Gesellschaft des Londoner *Tons* haben, aber etwas in ihm rührte sich doch bei dem Gedanken, Joshua könnte bald sterben. Es war nie Hass gewesen, was er für seinen Bruder empfunden hatte, vielleicht Wut darauf, dass er bekommen hatte, was Rowan so sehr gewollt hatte. Georgina. Und vielleicht Neid, dass er mit ihr ein Kind, eine Familie hatte, die auch genauso gut seine hätte sein können... Aber ihm war mit dem räumlichen und zeitlichen Abstand klar geworden, dass auch ihn selbst ein Teil der Schuld an dieser Situation traf. Er hätte Georgina damals vielleicht nicht einfach so aufgeben sollen, ganz gleich, was sie getan hatte. Aber als er sie damals so gesehen hatte, im Garten ihres eigenen Zuhauses, in der Nacht, als er ihr diesen Antrag hatte machen wollen... Was hätte er anderes tun sollen, als gekränkt und zutiefst verletzt zu fliehen? Vor dem, was er gesehen hatte und das eine Welt in ihm zum Einstürzen gebracht hatte?

Die dunklen Gedanken verdrängend brach er das Siegel auf und entfaltete das Papier. Es war kein langer Brief, eher nüchtern gehalten, aber er gab genau das wieder, was er sich schon gedacht hatte. Joshua forderte ihn auf, sich umgehend nach London zu begeben. Seine fortschreitende Lungenerkrankung ließ keinen weiteren Aufschub zu. Darum hatte er auch für ihn eine Ehe mit einer Miss Windhurst arrangiert, die es möglichst schnell einzugehen ging, damit hinsichtlich der Erbfolge alles geregelt wäre. Kurz dachte Rowan, sein vernebeltes Gehirn hätte ihm einen Streich gespielt und die in energischer Handschrift geschriebenen Buchstaben hätten vielleicht doch einen anderen Sinn als das Wort *Ehe* zunächst vermuten ließ. Aber das las sich auch von hinten nach vorne nicht anders. Und auch klein geschrieben oder weggelassen, wäre es nur ein Rechtschreib- oder Grammatikfehler und veränderte seine Bedeutung im Kontext nur unwesentlich.

Ehe. Heirat. Hochzeit.

Diese Wörter schlugen wie ein Vorschlaghammer in seinem ohnehin malträtierten Kopf ein und verursachten eine erneute, heftige Schmerzattacke.

„Was soll das?!" Brodelnder Ärger schwang in seiner Stimme mit, als er sich endlich, nach mehrmaligem Räuspern in der Lage sah, seinen Unmut in Worte zu fassen. Aber Johnson zuckte nur mit den Schultern. Und obwohl er sich Mühe gab, einen unwissenden Eindruck zu hinterlassen, ließ Rowan sich nicht täuschen.

„Wenn Sie und mein geschätzter Bruder glauben, dass ich Paris verlasse, um seinen Titel zu erben und irgendeine Frau zu heiraten, die es auf ebendiesen abgesehen hat, dann haben Sie sich geschnitten. Ich bleibe hier, Johnson, richten Sie das bitte meinem Bruder aus. Und soll er dieses Weib doch gerne selbst heiraten, dann wird sie auch Duchess. Das ist für sie allemal besser, als mit mir verheiratet zu sein, glauben Sie mir." Wieder dieses Pochen, das ihn die Augen schließen ließ.

Als Johnson sich schließlich räusperte, öffnete Rowan seine Augen wieder. Was wollte der Mann denn noch von ihm? Hatte er seine Meinung zu dem Ganzen nicht deutlich genug zum Ausdruck gebracht? Er sah zu, wie Johnson umständlich ein weiteres Stück Papier aus seiner Tasche zog und ihm hinhielt.

„Ihr Bruder hatte Ihre Reaktion vorausgesehen, Mylord. Daher hat er mir das hier mitgegeben." Er reichte ihm das zusammengefaltete Papier und senkte den Blick.

„Das ist nur eine Kopie." Verlegen räusperte er sich, weil er damit andeutete, dass er Rowan zutraute, das Papier einfach zu zerreißen.

Als Rowan den Inhalt gelesen hatte, ließ er das Schriftstück sinken. Wütend presste er die Kiefer zusammen. Niemals hätte er gedacht, dass sein Bruder diese Karte ziehen würde. In den Händen hielt er eine Kopie eines Heiratsvertrages. Von ihm selbst unterschrieben, aber ohne Datum oder Namen der Braut. Er erinnerte sich erst jetzt wieder daran, dass sein Vater ihn und Joshua gezwungen hatte, diese Schriftstücke zu unterzeichnen. Damals waren sie beide noch sehr jung gewesen und ihr Vater hatte ihnen damit gedroht, ihnen die Apanage zu streichen, sollten sie diese Unterschrift verweigern. Und da eine Ehe damals noch in weiter Ferne gewesen war, der Verlust des großzügigen Taschengeldes sie dagegen zeitnah treffen und sie sehr wahrscheinlich ihre unbeschwerte Junggesellenzeit kosten würde, war die Unterschrift schnell geleistet. Über die Jahre hatte er dann ganz vergessen, dass es diese Vereinbarung gab, denn sein

Vater war gestorben, bevor er davon Gebrauch machen konnte. Somit war sie eigentlich hinfällig und Joshua als Erbe seines Vater hätte sie vernichten können. Dass sein Bruder ihn jetzt damit erpresste, machte ihn wütend. Er hätte gedacht, dass Joshua diese Vereinbarungen nach dem Tod ihres Vaters einfach vernichtete, stattdessen hatte er sie all die Jahre sorgsam vom Notar der Familie verwahren lassen! Eine eisige Kälte strömte durch Rowans Adern. Und dass er jetzt diesen Trumpf ausspielte, hieß nichts anderes, als dass er ihm ebenfalls die Apanage streichen würde, sollte er sich widersetzen! Plötzlich kam ihm ein Gedanke, der ihn selbst verstörte, aber er fühlte sich wie ein in die Enge getriebenes Tier, bereit, alles zu tun, um das unausweichliche Schicksal abzuwenden. „Er kann mich nicht zwingen! Warum sollte ich mich darauf einlassen, diese Frau zu heiraten? Wenn er so krank ist, wie Sie sagen, warte ich eben einfach ab, bis er tot ist, dann bin ich der Duke und kann tun und lassen, was ich will!", spie er Johnson entgegen, dem bei diesen harten Worten die Farbe aus dem Gesicht wich. Rowan sah erst Entsetzen, dann Abscheu und Fassungslosigkeit in den Augen seines Gegenübers aufblitzen und schämte sich schlagartig für diese unbedachten Worte. Er hatte sich ja bereits selbst für diesen Gedanken verachtet, schon bevor er ihn ausgesprochen hatte, aber leider sprach er manchmal schneller als er dachte. Nun war es an ihm, beschämt die Augen zu senken. Seinem Bruder einen schnellen Tod zu wünschen, ganz gleich warum, war der bisherige Tiefpunkt seines verpfuschten Lebens. Johnson musterte ihn lange, hatte sich wieder vollkommen in der Gewalt, dann räusperte er sich. Der

Duke hatte ihm befohlen, wenn nötig mit einem letzten Druckmittel nachzuhelfen.

„Ihr Bruder hat vor kurzem ein Testament aufgesetzt." Er machte eine kurze Pause, dann fuhr er fort.

„Wenn Sie sich weigern, erbt Ihr Cousin, der Earl of Dunbar, alles. Alles außer dem Titel, denn den kann Ihr Bruder nur an Sie weitergeben!"

Rowan schloss die Augen und schluckte die bittere Galle hinunter, die ihm bei dieser Eröffnung in die Kehle gestiegen war. Es war Joshua also ernst. Bitterernst. Und gleichzeitig erkannte er, dass er besiegt war. Kurz kämpfte er noch mit seinem Stolz, seiner Wut und seinem Hass auf seinen Bruder.

Dann entschied er, dass seine Weigerung, diese Frau zu heiraten, es nicht wert war, das gesamte Familienvermögen zu verlieren. Niemals. Das Schlimmste, dass ihm passieren konnte, war, dass diese Miss Windhurst gewöhnlich und unansehnlich war und ihn auf dem glatten Parkett der Londoner Gesellschaft blamieren würde. Aber was störte ihn das? Er hatte ohnehin nicht vor, Liebling des *Tons* zu werden. Was er allerdings vorhatte, war, sein ausschweifendes Leben nicht aufzugeben, wozu er dringend Geld brauchte. Ihm kam der Gedanke, dass das vielleicht Joshuas späte Rache für sein Verhalten war. Wollte er ihm so klar machen, wie sehr er sein Leben in Paris missbilligte? Er wusste, dass sein Bruder ihn in der Hand hatte und ihm nichts anderes übrig blieb, als dieses Weib zu heiraten, aber er würde sie beide seine Wut spüren lassen. Sie und Joshua. Vielleicht konnte Joshua ihn zwingen, zu heiraten, aber er hatte glücklicherweise keinen Einfluss darauf, wie er diese Ehe gestaltete. Und

70

dieser fremden Frau, die er damit zu heiraten gezwungen war, würde er schon klar machen, dass ihr Streben nach einem Titel und Reichtum, denn was sollte sie sonst dazu bewegen, einen ihr unbekannten Mann seines Rufes zu heiraten!, ihr zum Verhängnis werden würde.

„Wann sagten Sie, geht unser Schiff, Johnson?"

Unglücklich starrte Amelie an sich hinab. Madame Angelique steckte gerade den Saum des cremefarbenen Kleides ab, das ihr Hochzeitskleid werden sollte. Natürlich hatte ihr Vater, wenn auch unter schlecht gespieltem Missmut, den Antrag, den der Duke im Namen seines Bruders ausgesprochen hatte, angenommen. Weniger gute Laune hatte er allerdings nach dem fälligen Gespräch mit dem Earl gehabt, aber auch hier hatte er offenbar die richtigen Worte gefunden, denn auch wenn der Earl wütend aus dem Arbeitszimmer ihres Vaters gestürmt war, ohne sie noch eines Blickes zu würdigen, hatte er doch seitdem nicht wieder bei ihr vorgesprochen oder sich ihr irgendwie genähert. Es war ihr auch ganz gleich, wie ihr Vater das gemacht hatte oder ob der Earl ihr womöglich grollte, es zählte nur, dass sie dieser Ehe irgendwie entronnen war.

Aber nun stand sie hier, auf einem kleinen Podest und sah der Modistin zu, wie sie eine Bahn Tüll und Rüschen nach der anderen um sie drapierte, absteckte und vor Entzücken in die Hände klatschte.

„Ce cera un belle robe!", frohlockte sie. Eine Meinung, die Amelie nicht so recht teilen, konnte. Schon jetzt war ihr das Kleid viel zu auffällig, viel zu pompös, aber sie konnte nichts gegen die immer noch zunehmenden Stoffmassen tun, die eine Bedienstete der Schneiderin heranschleppte. Ihr Vater war mit zu dem ersten Gespräch hier im Salon gewesen und hatte Madame Angelique seine Wünsche genauestens mitgeteilt.

Amelie seufzte. Seine Wünsche, genau darum ging es immer. Sie hatte natürlich kein Mitspracherecht, wie ihr Brautkleid sein sollte. Und Madame Angelique hörte sich ihre Wünsche zwar gezwungen lächelnd an, fühlte sich aber eher dem verpflichtet, der diese Unsumme für das voluminöse Ungeheuer bezahlte.

Zu allem Überfluss betrat jetzt auch noch die Duchess of Ashford den Salon, fröhlich plaudernd mit ihrer Freundin, der Viscountess Fairmont. Wenn Amelie irgendjemanden nicht dabei zusehen lassen wollte, wie sie in diesem Ungetüm versank, dann diese beiden Frauen. Die eine hatte sie durch ihre Ränke dem Mann entfremdet, der als vielleicht einziger ein irgendwie geartetes Interesse an ihr gezeigt hatte, die andere hatte ihn schließlich geheiratet. Zu allem Überfluss fiel Amelie ein, dass sie sich nach ihrem unrühmlichen Abgang noch immer nicht bei der Duchess entschuldigt hatte. Es war so viel in so kurzer Zeit passiert, dass sie das ganz vergessen hatte.

Allerdings war es bereits zu spät, hinter den Vorhang zu

flüchten, der ihr eine gewisse Anonymität bewahrt
hätte, und so wartete Amelie mit hochrotem Gesicht, in
diesem Ungetüm von Kleid darauf, dass das Schicksal
seinen Lauf nahm.

„Miss Windhurst?"

Als Amelie sich daraufhin mit einem gezwungenen
Lächeln umdrehte wäre sie beinahe von dem kleinen
Podest gestürzt, weil sie sich in den Stoffmassen
verheddert hatte. Beherzt griff die Duchess nach ihr
und bewahrte sie so vor einem peinlichen Sturz. Etwas
umständlich und zu Tode beschämt versuchte Amelie,
die Situation durch einen tiefen Knicks zu retten.

„Euer Gnaden." Dann wandte sie sich an die
Viscountess Fairmont und knickste auch vor ihr.

„Lady Fairmont."

Beide Frauen sahen sehr elegant aus, ihre Kleider
waren von einer dezenten Raffinesse, modern und aus
erlesenen Stoffen und Amelie beneidete sie im Stillen
darum. Unglücklich sah sie an sich hinunter. Ihrem
Kleid fehlte es leider an all dem. Freundlich nickten sie
Amelie zu, aber ganz sicher meinten sie das nicht ernst,
so lächerlich, wie sie aussah. Im Geheimen machten sie
sich bestimmt lustig über sie. Natürlich waren die
beiden vollendete Damen, adelig, wohlerzogen und
wunderschön. Und ganz sicher hätten sie sich niemals
in diesen endlosen Stoffbahnen verheddert und wären
dabei fast gestürzt! Weil sie nämlich niemals ein
solches Kleid ausgesucht hätten! Diese Frauen waren
dazu erzogen worden, in jeder Situation die Contenance
zu bewahren und nicht gleich vor Verlegenheit zu
erröten! Nicht zum ersten Mal fragte sie sich, wie sie
als zukünftige Marchioness und irgendwann einmal
Duchess bestehen sollte. Sie würde einen Rang

bekleiden, der sie an die Spitze der Peerage katapultieren würde. Nur der König selbst stand dann in ihrem Rang noch über ihr. Und auch nicht zum allerersten Mal bekam sie Angst vor dieser Bürde, die ihr eine plötzliche Übelkeit verursachte.

„Ich habe gehört, dass Sie in Kürze heiraten werden, Miss Windhurst." Das war die Stimme der Viscountess. Amelie erhob sich umständlich und nickte.

„Das stimmt, Lady Fairmont." Es war mehr ein heiseres Flüstern und Amelie schluckte schwer an dem Kloß, der ihr im Rachen saß.   .

„Dann gratulieren wir ganz herzlich." Unverhofft nahm die Viscountess ihre Hand und drückte sie.

„Ich freue mich ehrlich, dass Sie nun auch jemanden gefunden haben." Nun räusperte sich die Viscountess. „Ich meine, weil Sie... also, Sie und Colin..." Es erstaunte Amelie, dass diese Frau sie auf dieses heikle Thema ansprach. Und dass sie dabei sichtlich verlegen war, war ebenso ungewöhnlich.

„Aber es war, wie soll ich sagen, es war irgendwie doch Liebe auf den ersten Blick. Ich meine mit Colin, meinem Mann. Wir waren am Ende machtlos gegen unsere Gefühle." Verwirrt sah Amelie ihr Gegenüber an. Warum sagte Lady Fairmont das? Sie musste sich doch nicht erklären?!

„Aber ich versichere Ihnen, dass Colin nie, niemals mit ihren Gefühlen spielen wollte. Es wollte sie nicht verletzen, obwohl ich glaube, dass er das letzten Endes doch getan hat. Und ich wollte das auch ganz sicher nicht!" Als Amelie nur stocksteif dastand, weil sie nicht wusste, was sie darauf sagen sollte, ließ die Viscountess verlegen ihre Hand los.

„Und dafür entschuldige ich mich in aller Form bei Ihnen." Amelie blieb der Mund offenstehen. Was sollte das? Und warum sagte die Viscountess so etwas?

„Aber ich hoffe trotzdem, dass Sie und ich... also wir...", sie stieß ihre Freundin an und nickte ihr auffordernd zu. Zu Amelies großem Erstaunen schien nun auch die Duchess verlegen.

„Ja, also, was Violet, ich meine, Lady Fairmont, meint, ist, dass auch ich mich bei Ihnen entschuldigen möchte. Ich habe damals nicht ganz fair gespielt, aber nicht, weil ich Sie nicht mochte", beeilte sie sich zu versichern, „sondern weil ich irgendwie gespürt habe, dass Colin und Violet füreinander geschaffen sind." Jetzt blies sie undamenhaft die Luft aus und sah Amelie offen an.

„Violet und ich würden uns sehr freuen, wenn Sie uns die Gelegenheit geben würden, uns näher kennenzulernen." Das klang ehrlich und ohne Dünkel, aber Amelie war auf der Hut. Und obwohl sie das Gefühl hatte, die beiden Frauen meinten das ganz aufrichtig, konnte sie doch nicht verhindern, dass ihr Verstand nach dem Haken an der Sache suchte.

„Wir mögen Sie nämlich eigentlich sehr. Vielleicht können wir sogar... so etwas wie Freundinnen werden?" Amelies Augenbrauen wanderten vor Überraschung nach oben.

Wovon redeten die beiden da? Amelie hatte in ihrem ganzen Leben noch nie eine Freundin gehabt. Ihr Vater hatte stets dafür gesorgt, dass sie zwischen den Welten lebte. Für die bürgerlichen Familien wurde sie viel zu privilegiert behandelt, hatte die besten Privatlehrer und durfte sich auf Geheiß ihres Vaters auch nicht mit deren Töchtern anfreunden, weil sie in seinen Augen nicht gut genug waren. Für den Adel dagegen war sie eine ehrgeizige junge Frau, die ihren Platz im Leben nicht kannte, nämlich weit unter ihnen.

„Oh, ich..." Verlegen brach sie ab. Was sollte sie auch sagen? War es ihre zukünftige Stellung als Adelige, die diese beiden Frauen dazu brachte, ihr ihre Freundschaft anzubieten? Oder machten sie sich gerade lustig über sie? Es gab so viel, dass sie nicht über den Adel wusste, dem sie schon bald angehören sollte! Wenn sie schon bei so einer vergleichsweise harmlosen Frage ins Wanken geriet, wie sollte sie dann bloß auf dem glatten Parkett des *Tons* bestehen? Ein derartiges Angebot abzulehnen, war ganz sicher ein Affront. Es dagegen anzunehmen würde sie womöglich der Lächerlichkeit preisgeben, wenn die Duchess und die Viscountess sie nur verhöhnen wollten. Also zuckte sie nur hilflos mit den Schultern und konnte nicht verhindern, dass sich heiße Tränen den Weg in ihre Augen bahnten. Nie, niemals, konnte sie ihrer Rolle als zukünftige Marchioness gerecht werden! Verzweifelt schlug sie die Hand vor den Mund und floh nun doch hinter den aufgestellten Paravent. Sie wollte nur dieses Kleid loswerden, hatte das Bedürfnis, mit dem Stoff auch ihre Ängste und Bedenken abzulegen, aber leider wusste sie auch, dass das reines Wunschdenken war.

„Miss Windhurst? Was haben Sie denn?" Sie hörte noch die irritierte Stimme der Viscountess, aber sie reagierte nicht darauf. Eine Angestellte von Madame Angelique half ihr kommentarlos beim Ausziehen, während sie die Modistin mit ihren beiden Kundinnen sprechen hörte. Als sie schließlich wieder in ihrem Tageskleid steckte, atmete sie ein paar Mal tief ein und aus. Aber es half nichts. Sie würde sich dieser peinlichen Situation stellen müssen und dann wollte sie so schnell wie möglich nach Hause, in ihr Zimmer. Wenn ihr Vater nicht da wäre, könnte sie ihre Malsachen aus ihrem Versteck holen und sich so etwas ablenken und zur Ruhe kommen. Malen. Malen hatte ihr Vater ihr leider auch verboten, nach seiner Ansicht war das nichts für eine Dame. Sie hatte zu sticken oder sich in Haushaltsführung zu üben. Malen war in seinen Augen brotlose Kunst, die einen nicht weiterbrachte im Leben. Also straffte sie die Schultern und trat hinter dem Paravent hervor. Natürlich verstummte sofort das Gespräch. Madame Angelique sah sie tadelnd an und schüttelte pikiert den Kopf, während die beiden anderen Frauen sie eher neugierig musterten. Mit einem angedeuteten Knicks, einem leichten Kopfnicken und einem gehauchten „Entschuldigen Sie bitte!", rannte sie fast in Richtung Tür. Erleichtert riss sie diese auf, das fröhlich bimmelnde Glöckchen verhöhnte sie zusätzlich, und dann stand sie endlich wieder auf der Straße. Aber bevor sie erleichtert aufatmen konnte, preschte eine Kutsche in halsbrecherischem Tempo an ihr vorbei, und als die Räder sich durch eine tiefe Pfütze vor ihr gruben, spritzte ein Schwall dreckiges Wasser auf ihr hellblaues Kleid und in ihr Gesicht. Fassungslos sah sie an sich hinunter und stellte fest, dass der Teufel der Peinlichkeiten heute offensichtlich ganz besondere Freude daran hatte, sie zu quälen. Noch bevor sie sich aus der Starre des Entsetzens gelöst hatte, hörte sie hinter sich ein unterdrücktes Glucksen. Als Amelie sich umdrehte, sah sie, wie die Duchess und Lady Fairmont sich in ungläubigem Staunen ansahen und dann losprusteten. Beschämt, wütend und von der

Situation vollkommen überfordert, drehte Amelie sich möglichst würdevoll zu den beiden Frauen um.

„Ich denke, Sie haben sich Ihre Frage, ob ich mit Ihnen befreundet sein möchte, gerade selbst beantwortet." So gefasst wie möglich wischte Amelie sich mit einem spitzenverzierten Taschentuch über das Gesicht und nickte den beiden Frauen zu, die sie inzwischen mit einem gewissen Schalk in ihren Augen anstarrten.

„Ich kann gut auf Freunde verzichten, die eine gewisse Belustigung darüber empfinden, wenn ich mich blamiere!" Ihre Stimme klang gepresst, aber die Duchess unterbrach sie sofort.

„Nein, Moment..." Kurz atmete sie noch durch und versuchte, ihre Heiterkeit unter Kontrolle zu bringen, dann fuhr sie fort.

„Sie missverstehen unsere Heiterkeit, Miss Windhurst. Wir lachen mitnichten über Sie, nur..." Verschwörerisch sah sie ihre Freundin an.

„Nun ja, das war eben die Kutsche Seiner Gnaden, des Dukes of Ashmore, und Sie werden doch in diese Familie einheiraten, nicht wahr?"

Verwirrt nickte Amelie, dann schüttelte sie den Kopf.

„Ich wüsste nicht, was das jetzt..."

Die beiden Frauen hakten sich ohne viel Federlesens bei ihr ein.

„Also ich würde sagen: Willkommen im Club!" Die Duchess grinste sie verschmitzt an und auch Lady Fairmont kicherte.

„Wenn Sie nichts dagegen haben, fahren wir jetzt erst einmal zu mir, dann kann meine Zofe sich um Ihr Kleid kümmern und wir trinken Tee und klären Sie auf, Miss Windhurst." Als Amelie die beiden nur verständnislos ansah, lachten sie schon wieder lauthals los, ohne sich um die neugierigen Blicke der Menschen zu kümmern, die sie beobachteten. Für einen kurzen Augenblick dachte Amelie, dass das genau das war, was sie sich wünschte. Etwas zu tun, nur weil sie es wollte, ganz gleich, ob es den Konventionen entsprach oder nicht. So frei von der Meinung anderer zu sein, wie diese beiden Frauen.

Dann fuhr die Kutsche der Duchess vor und ehe Amelie sich weigern konnte, wurde sie schon hineingedrängt und gab wie immer ihren Widerstand kampflos auf.

Rowan betrat zum ersten Mal seit seiner Abreise nach Frankreich wieder sein Elternhaus. Er war gerade erst angekommen, die Überfahrt über den unruhigen Ärmelkanal war mehr als anstrengend gewesen und hatte nicht gerade dazu beigetragen, seine Laune zu verbessern. Er hatte den Kutscher angewiesen, ein schnelles Tempo einzuschlagen, denn er war gerade in der richtigen Stimmung, seinem Bruder gegenüberzutreten und ihm seine Wut über dessen Verhalten entgegenzuschleudern. Mit grimmiger Freude hatte er dabei mitbekommen, dass eine Frau dabei durch aufspritzendes Regenwasser in Mitleidenschaft gezogen worden war, was ihm eine vollkommen deplatzierte Genugtuung verschafft hatte. Sollten doch auch andere Unschuldige unter seiner Stimmung leiden! Dann war er wenigstens nicht das einzige Opfer seines Bruders.

Überrascht stand er nun in der großen Eingangshalle und ließ den vollkommen veränderten Eindruck, den diese machte, auf sich wirken. Irgendwie wirkte alles heller, als er es in Erinnerung hatte. Heller und *bunter?!* Ein Lichtstrahl, der von irgendwo oben kam, entflammte bunte Kreise und Prismen auf dem Boden, dessen hochglanzpolierte Oberfläche den Eindruck noch verstärkte. Fast wie in einem Kaleidoskop tanzten die verschiedensten Formen und Farben wie in einem unordentlichen Reigen umeinander. Als er daraufhin den Kopf hob, um die Ursache für dieses Schauspiel zu ergründen, blieb ihm der Mund offen stehen. Sein Bruder hatte das Dach, das früher über der Halle thronte, komplett entfernen lassen und durch eines aus bunten Glassteinen ersetzt!

„So gucken alle, die das hier das erste Mal sehen." Eine helle Stimme riss ihn aus seiner Betrachtung und er drehte sich um, nur um ein weiteres Mal vor Erstaunen die Augen aufzureißen. Das Mädchen, das da, die Arme wie ein Erwachsener vor der Brust verschränkt, vor ihm stand, war Georgina wie aus dem Gesicht geschnitten! Ein tiefer Schmerz lähmte für einen kurzen Augenblick seinen Körper und seinen Verstand und er stand einfach nur da und starrte das Kind an.

„Ich heiße Emily. Und du bist bestimmt mein Onkel Rowan!" Sie kam auf ihn zu und machte einen Knicks, bevor sie ihn wieder mit ihren unglaublich blauen Augen musterte. Ungewöhnliche Augen. Das waren nicht Georginas Augen, es waren... Joshuas? Oder die dieses Mannes? ... Nein, er riss sich zusammen. Nicht daran denken.

„Ja, ich bin dein Onkel. Wo ist dein Vater?" Mehr brachte er nicht heraus. Weder ein freundliches *'Ich freue mich, dich kennenzulernen',* kam über seine Lippen, noch konnte er sie mit ihrem Namen ansprechen, so sehr hatte ihn ihr Anblick aus dem Konzept gebracht. Sie runzelte kurz ihre Stirn, was sehr niedlich aussah, wie er sich eingestehen musste.

„Meinem Papa geht es heute ganz besonders schlecht. Er hustet schon den ganzen Tag und der Doktor sagt, dass er seine Ruhe braucht." Sie zog mit großen Augen die Unterlippe zwischen die Zähne und sah ihn an.

„Oh, dann... ja..." Sein Zorn war augenblicklich verraucht angesichts des kleinen Mädchens, das ihn so neugierig musterte, und dennoch wusste er nicht, wie er sich verhalten sollte. Er hatte sich fest vorgenommen, das Kind seines Bruders und der Frau, die er einst geliebt hatte, ebenfalls zu hassen, wie alles und jeden aus seiner Vergangenheit, aber die blauen Augen seines Gegenübers ließen seine Wut schmelzen wie Schnee in der Sonne. Nein, er durfte...wollte! sie nicht mögen! Sie war das Produkt von Untreue und Verrat, und auch, wenn sie nichts dafür konnte, gemahnte ihr Anblick ihn doch schmerzlich daran. Er räusperte sich.

„Gut, dann komme ich morgen wieder." Rowan wandte sich zum Gehen, aber ihre helle Stimme hielt ihn zurück.

„Aber Onkel, wir haben extra ein Zimmer für dich herrichten lassen. Und Amelie, ich meine, Miss Windhurst, kommt auch nachher zum Tee."

„Ich... nehme mir ein Zimmer in einem Hotel. Und Miss Windhurst", er spuckte den Namen aus wie eine zu heiße Kartoffel, „soll gerne ihren Tee hier trinken.

Nur ohne mich!" Er hatte nicht vor, seiner Braut vor
der Trauung zu begegnen. Immerhin war diese schon in
einer Woche angesetzt und je eher diese Miss
Windhurst verstand, dass er nicht gewillt war, ihr außer
seinem Namen und Titel noch etwas anderes zu geben,
desto besser. Falls sie diese romantische Vorstellung
von *reicher Adeliger heiratet schöne, jedoch
bürgerliche Frau aus Liebe* hatte, wäre es besser, er
würde diese Schwärmerei im Keim ersticken. Auf der
langen Überfahrt hatte er sich sehr genau ausgemalt,
wie er sein zukünftiges Leben gestalten wollte. Und
darin kam diese Frau nur auf der Heiratsurkunde vor!
Ohne ein weiteres Wort oder einen Blick zurück schritt
er zur Tür und rang sich gerade noch ein kurzes Nicken
für den Butler ab, der die Tür für ihn geöffnet hatte.
Dass sein Verhalten übertrieben, seine Flucht vor der
Situation und dem Mädchen, dessen Anblick ihn so
getroffen hatte, kindisch war, wusste er tief in seinem
Inneren selbst. Aber er redete sich ein, ein Recht auf
seine Wut seinem Bruder und dieser Frau gegenüber zu
haben. Er überhörte die innere Stimme, die ihm leise
zuflüsterte, dass er sich genauso halsstarrig verhielt wie
damals, als er einfach aus der Situation geflohen war,
statt mit Georgina zu reden. Und dass das damals schon
ein Fehler gewesen war und er ihn nun wiederholte,
aber die Stimme war zu leise um gegen das tosende
Gefühl des Schmerzes über Georginas Verrat
anzukommen und es zu übertönen. Und so verstummte
sie schließlich ganz und zog sich aus seinem Verstand
in den hintersten Winkel seines Herzens zurück.

Als Amelie das Stadthaus der Duchess of Ashfort verließ, war sie seltsam beschwingt. Sie hatte, entgegen ihrer Befürchtung, ein paar schöne Stunden mit den beiden Frauen verbracht. Sie wusste jetzt, warum Violet und Ava, sie hatten sich recht schnell geeinigt, sich im Privaten mit den Vornamen anzureden, so erheitert über die peinliche Begegnung mit dem schmutzigen Wasser der Pfütze gewesen waren. Beide Frauen hatten nämlich ihre eigenen Erfahrungen in oder vor dem Geschäft der Modistin gemacht. Die Duchess war ihrem späteren Gemahl buchstäblich vor die Füße gefallen, als sie ihn auf der Straße vor dem Laden fast umgerannt hätte, oder er sie, darüber stritten die beiden noch heute, wie Ava ihr verraten hatte. Und Violet war von ihren späteren Ehemann, eben besagtem Colin, vor einem durchgegangenen Fuhrwerk gerettet worden, indem er sich mit ihr sozusagen in den Eingang dieses Geschäftes geworfen hatte. Und beide Ehen waren dem Vernehmen nach außerordentlich glücklich, was die beiden als gutes Omen werteten, nämlich was Amelies Heirat mit dem Marquess of Walcott anging. Dass Amelie diesbezüglich erheblich mehr Bauchschmerzen hatte, behielt sie daher besser für sich. Dafür hatte sie allerdings die gelöste Stimmung umso mehr genossen und am Ende dieses Vormittags hatte sie tatsächlich das Gefühl, dass diese beiden Frauen dem, was man gemeinhin als Freundin bezeichnete, wohl sehr nahe kamen.

Und so machte sie sich beschwingt auf, um sich schnell noch umzuziehen, denn am Nachmittag stand ein Besuch zum Tee bei dem Duke of Ashmore an, bei dem sie auch seinen Bruder kennenlernen sollte. Den Mann, den sie in knapp einer Woche heiraten würde. Wegen der Kürze der Zeit hatte der Duke die Verhandlungen mit ihrem Vater übernommen, der darin kein ungewöhnliches Unterfangen sah, und so waren alle Formalitäten bereits geklärt und es blieb nur noch der offizielle Teil der Trauung, um das Bündnis endgültig zu besiegeln.

Leider gab ihr Kleiderschrank immer noch nichts her, indem sie sich wirklich wohl und nicht verkleidet fühlte. Aber mit dem Gefühl, das Violet und Ava ihr gegeben hatten, beschloss sie, sich sofort nach der Hochzeit, wenn ihr Vater ihr nicht mehr vorzuschreiben hatte, was sie anziehen sollte, neue Kleider in Auftrag zu geben. Kleider, die *ihr* gefielen!

Jane half ihr in das schlichteste Kleid, das sie ihr eigen nannte, das aber für ihren Geschmack immer noch viel zu üppig mit Spitze und Rüschen gearbeitet war. Aber immerhin passte es mit seinem zarten Fliederton wenigstens zu ihrem Teint und ihrer Augenfarbe. Viel Mühe gab Jane sich auch mit ihren oft widerspenstigen Haaren und drehte sie zu einem schlichten Chignon, so dass Amelie schließlich mit ihrer Erscheinung zufrieden war. Oder wenigstens mit dem, was man aus ihrem Kleiderschrank und ihrer Gestalt im günstigsten Fall herausholen konnte. Sie wusste, dass sie nicht besonders apart war. Ihr Haar war eben nicht so wie das von Belle, *besonders,* sondern nur braun, vielleicht mit einem Hauch Mahagoni. Und das auch nur, wenn das

Licht darauf fiel. Ihre Augen waren etwas zu groß und ihr Gesicht eher schmal als herzförmig, was als gängiges Schönheitsideal angesehen wurde. Und ihre Augenfarbe war grün. Aber eben nur grün, ohne die schwärmerischen Bezeichnungen, die Dichter sich ausdachten. Smaragdgrün, moosgrün, meergrün. Leider nur grün, ohne Moos und Meer oder Smaragd.

Als sie mit klopfendem Herzen vor der Tür des Stadthauses des Dukes of Ashmore stand, waren alle halbwegs positiven Gedanken, die sie sich über ihre Erscheinung eingeredet hatte, wie weggeblasen. Das Kleid war zu üppig, zu lila, und wahrscheinlich ließ es sie blass und krank aussehen. Und der Chignon ähnelte eher dem einer Gouvernante, statt dass er sie wie eine junge, lebhafte Frau aussehen ließ, die sie ja im übrigen und zu ihrer eigenen Enttäuschung auch gar nicht war. Wie sollte sie es da schaffen, ihren zukünftigen Ehemann von sich zu überzeugen, den sie ja gleich das erste Mal überhaupt zu Gesicht bekommen würde?

Als sich die Tür öffnete und der Butler sie freundlich hereinbat, musste sie sich zwingen, weiter zu atmen. Ihr Herz klopfte aufgeregt und ihre Hände waren unter den Handschuhen unangenehm feucht. Da war es eine willkommene Ablenkung, dass Emily wie ein Sturmwind aus dem Salon angesprungen kam und sich in ihre Arme warf. Amelie konnte nicht anders, als sich wieder einmal darüber zu wundern, wie herrlich frei Emily erzogen wurde. Sie hatte inzwischen mitbekommen, dass der Duke seine Tochter wirklich nur dann zur Ordnung rief, wenn sie wahrlich über die Stränge schlug, und auch dann war sein Tadel eher liebevoll als streng.

„Amelie, ich habe schon auf dich gewartet! Hast du dir

ein schönes Kleid ausgesucht? Das mit Spitze und...
und..." Amelie erwiderte die Umarmung und lächelte
über den Eifer der Kleinen. Sie hatte ihr erzählt, dass
sie heute eine Anprobe hatte und Emily hatte sie schon
vorher darüber ausgefragt, wie sie sich denn ihr
Hochzeitsleid vorstellte. Sie hatten zusammen ein
Modejournal angesehen und Emily hatte sich vor
Entzücken gar nicht an den Entwürfen sattsehen
können und schnell ihren Favoriten gefunden. Der auch
Amelies gewesen wäre, hätte sie ein Mitspracherecht
gehabt. Die Wirklichkeit sah leider anders aus, aber das
musste Emily nicht wissen.
„Ich erzähle dir gleich alles, Emily, aber drück mir
nicht die Luft ab, sonst falle ich noch tot um." Amelie
konnte nicht anders als lachen. Emilys natürliche Art
und ihr offenes, kindliches Wesen ließen sie ihre
eigenen Probleme und Bedenken immer sehr schnell
vergessen. Sie hatte einfach eine so einnehmende Art,
dass es ihr in kürzester Zeit gelungen war, einen Platz
im Amelies Herzen einzunehmen.
„Zuerst möchte ich aber deinen Vater begrüßen und...
deinen Onkel, Lord Walcott." Viel zu schnell verflog
das warme Gefühl, das Emilys Umarmung
hervorgerufen hatte und ersetzte es durch Beklemmung.
„Oh... Mein Papa ist heute zu krank, um Besuch zu
empfangen und mein Onkel...", sie stockte kurz. Fast
schien es so, als würde sie darüber nachdenken, was sie
sagen sollte, „...der war nur ganz kurz hier und dann
wieder weg."
„Dann kommt er später?"
„Glaub ich nicht." Noch bevor Amelie näher
nachfragen konnte, wie Emily zu diesem Schluss kam,

zog die sie auch schon mit sich.

Auf dem Weg durch einen langen Flur, den Amelie noch nicht kannte, dachte sie darüber nach, was wohl wichtiger sein könnte, als sich miteinander bekannt zu machen, bevor sie dann nächste Woche vor den Traualtar treten würden. Vielleicht brauchte er noch einen passenden Anzug? Oder es waren noch Dinge, den Ablauf der Zeremonie betreffend, zu regeln? Oder aber... Tief in ihrem Inneren ahnte sie den wahren Grund seines Fernbleibens, aber es war so viel tröstlicher, sich all die abwegigen Ausflüchte einzureden, die ihr in den Sinn kamen. Die Wahrheit war, er hatte gar kein Interesse daran, sie kennenzulernen. Was wiederum darauf schließen ließ, was er von ihr und dieser Ehe hielt. Aber konnte sie ihm das verübeln?

Sie hatte über ihre Gedanken nicht bemerkt, dass sie nun vor einer riesigen Fensterfront standen, in die eine Tür eingelassen war. Sie führte in einen verglasten Wintergarten, der nicht nur wegen seiner Größe ungewöhnlich war. Sehr selten nur hatten Stadthäuser in dieser Gegend noch Platz für einen großen Garten, geschweige denn für einen Wintergarten und, das konnte sie durch die Glasscheiben erkennen, noch zusätzlich einer kleinen Fläche, die mit Kieswegen und Blumen für eine gemütliche Atmosphäre sorgte.

Staunend blieb Amelie stehen und ließ den Anblick auf sich wirken, während Emily schon die Tür öffnete und ihr auffordernd zuwinkte.

„Komm, ich zeige dir meinen Lieblingsplatz." Schon war sie hinter einer Palme verschwunden und Amelie wusste vor lauter Begeisterung und Staunen nicht, wohin sie zuerst sehen sollte. Einige Pflanzen kannte sie, wie zum Beispiel die üppig blühenden Rosen oder auch einige der wunderschönen Orchideen. Andere kannte sie dagegen nicht, was aber deren Schönheit keinen Abbruch tat. Als sie Emily staunend weiter in das Innere dieser Wunderwelt folgte, nahm sie auch immer stärker diesen exotischen Geruch war, der zwar intensiv, aber nicht aufdringlich war. Süß, fruchtig, aber auch erdig und herb. Kein Parfümeur dieser Welt würde eine solche Fülle an einzelnen Komponenten mischen können und Amelie blieb unwillkürlich stehen, um diesen einzigartigen Geruch einzuatmen. Düfte konnte man nicht malen, leider, aber diese Pflanzen, die konnte man malen! Ihr Herz machte einen Satz und sie sah sich schon hier sitzen, mit einer Staffelei, um all das einzufangen was sie mit Worten nicht beschreiben konnte!

„Komm schon. Ich bin hier!" Emilys Stimme riss sie aus ihren Träumen und sie beeilte sich, dem Mädchen zu folgen. Emily saß auf einem zierlichen Sofa und ließ die Füße baumeln. Die bunten Farben des Seidenbezuges fügten sich perfekt in die Umgebung ein. Daneben stand ein kleiner Tisch aus Metall, mit zierlichen Füßen und einer Tischplatte aus buntem Porzellanmosaik. Alles wirkte so harmonisch, so leicht, dass Amelie sich sofort wohl fühlte. Emily grinste sie an und zeigte auf etwas, das Amelie noch nie gesehen hatte. Oder doch, korrigierte sie sich als sie sich das ungewöhnliche Etwas näher ansah. Es hatte einen ovalen Schuppenpanzer aus dem oben, einem Federbüschel gleich, starre, leicht gezackte Blätter wie Stacheln wuchsen. Sie erinnerte sich, dass ihre Mutter früher einmal eine Teekanne besessen hatte, die der

Form dieser Frucht ähnlich gesehen hatte. Sie war von dem bekannten Hersteller Wedgewood gewesen und sie hatte mächtig Ärger bekommen, weil sie diese Kanne einmal aus Unachtsamkeit hatte fallen lassen. Damals allerdings hatte sie noch gedacht, es wäre eine Phantasieform gewesen. Aber sie hatte genauso ausgesehen, wie dieses schuppige Etwas. Amelie kniff die Augen zusammen.

„Das ist... ist das...“

„Eine Ananaspflanze. Papa hat ein paar für mich gekauft. Sie schmeckt sehr gut, aber Papa sagt, die meisten Leute essen sie gar nicht, sondern stellen sie nur als Schmuck auf den Tisch.“ In kindlichem Unverständnis zog sie die Stirn kraus. Amelie ging näher an die Pflanze heran und schnupperte. Sie roch süßlich, exotisch, mit nichts vergleichbar, was sie jemals gerochen oder geschmeckt hatte. Und das benutzte der Adel als Dekoration? Einmal mehr wurde ihr bewusst, dass sie sich in diesen Kreisen nur blamieren konnte. Ihr Vater hatte zwar dafür gesorgt, ihr eine umfassende Bildung zukommen zu lassen, aber er hatte nicht darüber nachgedacht, dass ein Leben als Adelige so viel mehr von ihr fordern würde, als nüchterne Bildung. Diese Ananas schien ihr wie ein Symbol ihrer eigenen Unzulänglichkeit. Sie kannte den Namen der Frucht, aber sie hatte vorher weder eine gesehen noch wusste sie, wie sie von innen aussah und schmeckte. Oder dass sie in Adelskreisen oft nur als Dekoration für die aufwendigen Menüs diente. Tatsächlich bekam sie mit jedem Tag etwas mehr Angst vor dem, was sie erwartete.

Der Nachmittag verging dennoch sehr schnell. Emily führte sie stolz durch den Wintergarten von dem sie glaubte, dass Elfen und Feen darin wohnten, weil es einfach ein zauberhafter Ort war, was Amelie nicht abstreiten konnte. Am Ende des Tages wusste Amelie nicht, ob sie froh oder ärgerlich darüber sein sollte, dass ihr zukünftiger Ehemann tatsächlich nicht mehr erschienen war.

Als Rowan sich am nächsten Tag erneut im Haus seines Bruders einfand, ging es diesem besser, so dass er ihn endlich zur Rede stellen konnte. Mit vielen Fragen und noch mehr Wut im Bauch betrat er das Arbeitszimmer seines Bruders, nachdem er den angebotenen Tee dankend abgelehnt hatte. Das hier war kein nettes Familientreffen, kein freudiges Wiedersehen zweier Brüder, die einander aus den Augen verloren hatten. Noch nicht einmal ein Höflichkeitsbesuch. Das hier war eine freche Erpressung, jedenfalls soweit es ihn betraf!

Als er jedoch seinen Bruder Joshua hinter seinem Schreibtisch sitzen sah, erschrak er doch. Joshua schien um mehr Jahre gealtert als nur die, die sie sich nicht gesehen hatten. Seine Haut schimmerte im hereinfallenden Sonnenschein kränklich weiß, Schweiß stand ihm auf der Stirn und seine Augen wirkten seltsam müde. Und doch setzte er ein Lächeln auf, das unerwarteterweise ehrlich und offen war.

„Rowan, ich bin froh, dass du gekommen bist." Seine

Stimme klag etwas belegt, aber ob das von der Krankheit kam oder einer gewissen Sentimentalität geschuldet war, konnte Rowan nicht sagen

„Hatte ich eine Wahl?", fragte er bissig. Er blieb demonstrativ vor dem Schreibtisch stehen, anstatt sich zu setzen. Er wollte diese Zusammenkunft, und das war noch die freundlichste Bezeichnung, die ihm für diese Farce einfiel, möglichst kurz halten.

„Nein, ich fürchte nicht." Müde fuhr Joshua sich über die Augen.

„Aber für mein Handeln habe ich einen triftigen Grund, Rowan."

„Ach ja, was könnte das nur sein?" Er zog die Stirn kraus, so als suche er einen guten Grund für diese Erpressung, dann zuckte seine linke Augenbraue unvermittelt nach oben.

„Oh, ich glaube, ich kenne den Grund! Du willst, wie schon immer, die Fäden in der Hand halten. Du liebst es, die Menschen um dich herum nach deiner Pfeife tanzen zu lassen. Ist es das?" Nun stützte er beide Hände auf die hochglanzpolierte Tischplatte und beugte sich zu seinem Bruder hinüber.

„Oder geht deine brüderliche Liebe soweit, dass du mich vor deinem Tod noch einmal zu Gesicht bekommen wolltest? Erhoffst du dir vielleicht sogar, dass ich dir vorher noch vergebe, dir Absolution erteile, damit du in Ruhe sterben kannst?" Er war laut geworden und Joshua zuckte unter diesen harten Worten förmlich zusammen.

„Ich werde dir nie vergeben, dass du mit Georgina die Familie gegründet hast, die meine hätte sein können. Sein sollen!"

Joshua schüttelte nur traurig den Kopf, aber bevor er

etwas sagen konnte, fuhr Rowan schon fort.

„Und dass du mich jetzt zwingst, diese... diese Frau zu heiraten, werde ich dir auch nicht verzeihen."

„Rowan, bitte. Ich habe meine Gründe..."

„Die mich nicht interessieren, *Bruder*!" Er legte so viel Verachtung in seine Stimme, dass Joshua verletzt die Augen schloss, bevor er es noch einmal versuchte.

„Rowan, ich... tue es für Emily!" Aber er hatte keine Gelegenheit, das weiter auszuführen, denn Rowan richtete sich bereits auf und schickte sich an, den Raum zu verlassen.

„Was geht mich deine Tochter an, Joshua", entgegnete er kalt. Ohne ein weiteres Wort ging er hinaus und Joshua schüttelte traurig den Kopf.

Du hast keinen der Briefe gelesen, Rowan. Keinen!, stellte er fassungslos fest.

Eine Woche später wusste Amelie mit Sicherheit, dass es Rowans volle Absicht gewesen war, ihr aus dem Weg zu gehen. Und alle anderen wusste es auch. Schon vor der Hochzeit hatte die Klatschpresse damit ein neues Lieblingsthema. Den Marquess und seine bürgerliche Braut! Und ihre Beziehung zueinander, oder besser gesagt, ihre Nicht-Beziehung. Jeden Morgen der vergangenen Woche hatte Amelie in den Klatschspalten lesen müssen, dass ihr zukünftiger Ehemann offenbar wenig von Diskretion hielt. Man erfuhr, dass er nach einer Theateraufführung mit einer der Schauspielrinnen in den Vauxhall Gardens dinierte, am nächsten Tag hatte man ihn in einem einschlägigen Etablissement verschwinden sehen und am übernächsten hatte er eine verruchte Spielhölle besucht. Mit jedem weiteren Artikel nahm Amelie mehr wahr, dass sich der Verfasser zunehmend einer gewissen Schadenfreude hingab und mehr als einmal ausdrücklich betonte, dass der Marquess sich vor der Hochzeit offenbar noch einmal ordentlich austobte.

Jeden Morgen nahm Amelie die Zeitung unschlüssig in die Hand, bevor sie diese Artikel dann doch las. Und mit jedem weiteren Bericht über Rowans Umtriebigkeit fragte sie sich, ob sie die richtige Entscheidung getroffen hatte. Aber dann dachte sie an Emily und wusste, dass sie sich selbst dann nicht anders entschieden hätte, wenn sie das alles vorher gewusst hätte. Obwohl... sie hatte es ja gewusst. Joshua hatte ihr nichts verschwiegen, nur hatte sie die unsinnige, naive Hoffnung gehegt, dass es so schlimm schon nicht sein würde. Aber es war schlimm und verletzte sie schon vor der Hochzeit. Nicht nur, weil er all das tat, sondern weil er all das so öffentlich tat. Und sie damit zum Gespött der Leute machte. Aber hier ging es um Emily und ihre Zukunft, und so sehr sie auch jede neue Meldung über die Ausschweifungen ihres zukünftigen Mannes verletzte, so verstand sie die Bedenken des Dukes hinsichtlich Emilys Erziehung und des Charakters seines Bruders nun immer mehr.

Und heute war nun der Tag, an dem sich ihr Schicksal unweigerlich mit diesem Mann verbinden würde. Jane versuchte, sie durch belangloses Geplapper aufzumuntern, während sie ihr in das pompöse

Hochzeitskleid aus cremefarbener Seide und Brüsseler Spitze half, aber sie kam nicht gegen das Rauschen in Amelies Kopf an. Sie hatte sich mehr als einmal gefragt, warum der Marquess ihr das antat, welchen Grund er haben könnte, sie schon vor der Hochzeit so zu brüskieren. Sie war nicht so naiv, zu glauben oder sich gar zu wünschen, dass dieser Mann etwas für sie empfinden könnte. Es war eine typische Zweckehe, wie sie an der Tagesordnung war. Aber selbst in diesen erzwungenen Verbindungen gab es doch zumeist so etwas wie freundliche Gleichgültigkeit, ein friedliches Nebeneinander. Warum wollte dieser Mann, der sie nicht einmal kannte, dass sie derart bloßgestellt wurde? „Sie sehen umwerfend aus, Miss Windhurst." Janes Stimme riss sie aus ihren Gedanken. Nein, sah sie nicht. Eher wirkte sie in diesem Kleid wie ein überdimensionaler Baiser, wie ein zu großer Sahneklecks auf dem Nachmittagstee. Sie war wie ein weißer, aufgeplusterter Anachronismus, denn das ausladende Kleid hätte besser in das letzte Jahrhundert gepasst. Es klopfte an der Tür und ihr Vater trat ein, ohne darauf zu warten, dass sie ihn herein bat. Sie konnte echten Stolz in seinem Gesicht lesen und unter anderen Umständen hätte sie sich darüber gefreut. „Komm Tochter, es wird Zeit."
Die Trauung würde im Haus des Dukes stattfinden. Dessen Gesundheitszustand hatte sich in kurzer Zeit rapide verschlechtert, so dass man überein gekommen war, keine große Hochzeitsfeier auszurichten, was Amelie nur recht war. Natürlich würden dennoch zahlreiche Gäste anwesend sein, aber alles war besser, als eine große Hochzeit in einer der riesigen Kirchen in

London. Womöglich mit einer anschließenden Feier in den Räumlichkeiten von Londons strengsten Patroninnen, bei Almack's.

Als Amelie aus der Kutsche stieg, die vor dem Stadthaus des Dukes zum Stehen kam und die wenigen Stufen zum Eingang emporstieg, wurde ihr regelrecht übel. Ihr Magen krampfte sich zusammen, und obwohl sie noch keinen Bissen heruntergebracht hatte, oder vielleicht gerade deswegen, wurde ihr schwindelig. Als sich die Tür fast zeitgleich öffnete, schloss sie die Augen und atmete tief durch. So musste sich ein Gefangener fühlen, der in Newgate zur Hinrichtung geführt wurde. Oder viel mehr lebenslang eingesperrt, in eine dunkle Zelle. Denn genauso würde ihr Leben aussehen. Eingesperrt in eine dunkle Kammer, vielleicht nicht körperlich, aber ihr Herz würde sich so anfühlen. Die aufkommenden Tränen schluckte sie tapfer hinunter. Sie hatte sich für diesen Weg entschieden und für Emily würde sie ihn gehen.

Die Gesichter der Anwesenden wurden zu einer einzigen verschwommenen Masse, das aufkommende Gemurmel vermischte sich mit ihrem unregelmäßigen Herzschlag und wurde zu einer rauschenden Kakophonie von Tönen. Die Tür des festlich geschmückten Salons öffnete sich, und plötzlich verstummten alle Gespräche. Das Rauschen in Amelies Ohren war das einzige Geräusch, das sie wahrnahm. Ihr Vater sagte etwas zu ihr, jedenfalls bewegte er seine Lippen, aber sie hörte ihn nicht. Alles, was sie wahrnahm, war der Mann, der mit dem Rücken zu ihr vor dem Pfarrer stand und sich als einziger nicht zu ihr umdrehte.

An den verstummenden Geräuschen erkannte Rowan, dass *sie* eingetroffen war. Seine Braut. Und obwohl ihn doch eine gewisse Neugier bewegte, drehte er sich nicht zu ihr um. Er würde sie gezwungenermaßen noch oft genug ansehen müssen. Sein Bruder hatte offensichtlich keine Kosten und Mühen gescheut, den Salon als Ersatz für einen standesgemäßen Festsaal herrichten zu lassen. Die überall verteilten Blumenbouquets verströmten einen penetranten Geruch, der ihm Kopfschmerzen bereitete. Oder vielleicht war es auch nur der ordentliche Kater, der ihm Übelkeit bereitete, denn er hatte seinen letzten Abend als Junggeselle mehr als gebührend gefeiert. Selbst das leise Rascheln der Seide ihres Kleides, als sie neben ihn trat, verursachte ein unangenehmes Stechen hinter seiner Stirn. Ganz schwach nahm er einen angenehmen Geruch nach Zitrone wahr, der sich erfrischend von dem süßen, schweren Duft abhob, der den Raum erfüllte. Überrascht wollte er den Kopf zu der Frau hinwenden, die gleich *seine* Frau sein würde, als er sich noch gerade rechtzeitig daran erinnerte, dass sie ihn nicht interessierte. Weder wie sie roch, noch wie sie aussah. Und so starrte er die gesamte Zeremonie über stur geradeaus, obwohl er mehr als einmal ihre Blicke auf sich gerichtet fühlte. Erst als er ihr den Ring überstreifen musste, ein Familienerbstück, das sie nach seiner Ansicht nicht verdient hatte zu tragen, konnte er sich nicht länger davor drücken, sie anzusehen. Sie hielt die Augen sittsam gesenkt, wahrscheinlich hatte sie stundenlang dafür geübt, einen bescheidenen Eindruck zu hinterlassen. Die Haarfülle, die er unter dem Schleier erahnen konnte, war braun. Soweit er es erkennen konnte, war sie wenigstens schlank, einen guten Kopf kleiner als er und zitterte, wie er ebenfalls bemerkte, als er ihr den Ring überstreifte.

Wahrscheinlich vor Freude, weil es ihr gelungen war, einen Marquess zu erobern, der, glaubte man seinem Bruder, schon sehr bald ein Duke sein würde. Man hatte ihn mehr oder weniger offen bedauert, weil er wohl nicht der erste Adelige war, bei dem sie ihr Glück versucht hatte. Er hatte von mindestens drei Viscounts und Earls gehört, die sie versucht hatte, zu umgarnen. Umso mehr ärgerte es ihn, dass sie es nun bei ihm geschafft hatte, ihre ehrgeizigen Ziele zu erreichen. Er hatte sich den Kopf zerbrochen, warum sein Bruder ausgerechnet diese Frau für ihn ausgesucht hatte, aber seit dem wenig erfreulichen Gespräch am Tage nach seiner Ankunft hatte er jedes weitere Gespräch mit seinem Bruder vermieden. Obwohl der ihn mehr als einmal darum gebeten hatte.

Über diese Gedanken hatte er vergessen, seine Musterung rechtzeitig zu beenden und so sah er sich nur Augenblicke später mit ihrem Blick konfrontiert, der seinem flüchtig begegnete, bevor er schnell wieder nach vorne zu dem Pfarrer sah, der den Schlusssegen sprach und damit die offizielle Trauung beendet war. Er hätte nicht sagen können, welche Augenfarbe sie hatte, woran er sich aber noch sehr lange erinnerte, war der tieftraurige, verunsicherte Ausdruck, den er gesehen hatte. Und der genau das Gegenteil von dem triumphierenden Blick war, den er erwartet hatte. Jetzt, wo sie ganz offiziell eine Marchioness war.

Als sie an seinem Arm in das ebenfalls festlich geschmückte Esszimmer schritt, das durch die geöffneten Türen des Wintergartens an Größe und Exklusivität gewonnen hatte, verdrängte er das unangenehme Gefühl von Schuld, das er bei dem kurzen Blick in ihre Augen verspürt hatte. Diese Verletzlichkeit in ihrem Blick hatte ihn seltsam berührt. Schnell schüttelte er jedes noch so geartete Interesse daran, warum sie so verletzlich wirkte, ab. Es ging ihn nichts an und er wollte auch gar nicht näher mit ihrem Seelenleben konfrontiert werden.

Um sich von diesen verstörenden Gedanken abzulenken, musterte er sie nun aus den Augenwinkeln. Ihr Kleid war... hässlich! Ein viel zu pompöser Albtraum aus Seide, Spitze und Rüschen! Wollte sie damit etwa die adeligen Hochzeitsgäste beeindrucken? Merkte sie denn nicht, wie sich die anwesenden Frauen bereits jetzt über ihre Erscheinung lustig machten? Aber was ging das ihn an?! Sollte sie sich doch kleiden, wie sie wollte, schließlich gedachte er nicht, sich allzu oft mit ihr in der Öffentlichkeit zu zeigen.

Als sich schließlich alle Gäste um sie herum versammelt hatten, nahm er einem herbeieilenden Diener ein Glas Champagner aus der Hand und hielt es ihr scheinbar hin, nur um es gleich darauf in die Luft zu heben. Das kurze Zucken der Hand seiner Frau hatte er wohl bemerkt, als sie in dem Irrglauben, er wolle ihr das Glas reichen, zugreifen wollte, aber er ignorierte es geflissentlich. Laut bat er um Ruhe, denn er würde eine Rede halten. Eine, die man, besonders seine Frau, nicht so schnell vergessen würde. Ein erster Hinweis, wo ihr Platz in seinem Leben war.

„Liebe Gäste", er machte eine ausladende Handbewegung in den Raum, und als er sicher sein konnte, dass ihm alle Anwesenden ihre Aufmerksamkeit schenkten, drehte er sich zu Amelie um und nickte ihr kurz zu, „Lady Walcott." Er holte kurz Luft und überspielte den kurzen Moment der Verunsicherung darüber, ob er es wirklich tun sollte, ob sie es wirklich verdient hatte, aber dann besann er sich. Er war hier derjenige, dem übel mitgespielt wurde!

„Ich freue mich, dass Sie alle erschienen sind, um diesem Schauspiel..." Er fasste sich theatralisch an die Stirn und lächelte kalt.

„Verzeihen Sie mir, ich wollte sagen, ich freue mich, dass Sie heute hierher gekommen sind, um mit der frisch gebackenen Marchioness of Walcott ihren gesellschaftlichen Aufstieg zu feiern." Ein erstes Gemurmel erhob sich, aber Rowan fühlte nicht die Genugtuung, die ihm diese Worte, die er so oft vor dem Spiegel geübt hatte, verschaffen sollten. Seine Frau blickte betreten zu Boden und hielt ganz offensichtlich den Atem an. Einzig der kurze Blick, den er seinem Bruder zuwarf, der, auf einen Stock gestützt und blasser als noch vor wenigen Tagen, an einer Säule lehnte und ihn entsetzt ansah, verschaffte ihm ein gewisses Hochgefühl.

„Dieser Tag, an dem aus der bürgerlichen Miss Windhurst die Marchioness of Walcott wurde, soll Ihnen allen und auch ihr lange im Gedächtnis bleiben, das hat sie sich redlich verdient." Das Gemurmel wurde lauter und Rowan lächelte in sich hinein.

„Darum möchte ich Sie nun alle bitten, Ihre Gläser zu

erheben und darauf zu trinken, dass Lady Walcott nicht auf dem glatten Parkett der Eitelkeiten ausrutscht! Und wenn doch, dann bitte ich Sie schon jetzt um Nachsicht. Wie Sie sehen können", er maß Amelie mit einem schnellen Blick von oben bis unten, „muss sie noch viel lernen!" Er hob schnell sein Glas, denn er hatte sehr wohl mitbekommen, dass seine Frau wie gelähmt neben ihm stand und noch keine Gelegenheit gehabt hatte, sich selbst ein Glas zu nehmen. Schnell nahm er einen Schluck, um die Kränkung perfekt zu machen, aber irgendwie schmeckte der Champagner bitter als Amelie ihren Blick endlich hob und ihn mit Tränen in den Augen ansah. Schnell sah er weg, aber da räusperte sich sein Bruder und ergriff das Wort.

„Mein liebes Brautpaar, liebe Anwesenden!" Er stützte sich auf seinen Stock und kam mit schleppenden Schritten auf ihn und Amelie zu. Als er an ihrer Seite stand, reichte er ihr ein frisches Glas Champagner und nickte ihr freundlich zu.

„Ich fürchte, mein lieber Bruder hat in der Zeit in Frankreich seine guten Manieren vergessen. Oder möglicherweise hat er auch nie welche gehabt, ich erinnere mich nicht! Jedenfalls hat er gerade bewiesen, dass Ausrutschen auf glattem Parkett auch einem Marquess passieren kann!" Endlich löste sich die angespannte Stimmung etwas und von manchen Seiten ertönte leises Lachen.

„Jedenfalls soll meine frischgebackene Schwägerin nicht darunter leiden, dass der Marquess offenbar nicht in der Lage ist, seinen in Frankreich erworbenen Humor den englischen Gepflogenheiten anzupassen." Ein eiskalter Blick traf Rowan bevor Joshua sein Glas

100

hob und Amelie zuprostete, die sich sichtlich unwohl fühlte. Unsicher lächelte sie ihrem Schwager zu und hob nun ebenfalls ihr Glas mit zitternden Fingern an den Mund. Was sollte sie auch anderes tun, als gute Miene zu bösem Spiel zu machen?

Zuerst traten nur vereinzelt Gäste heran, um ihre Gratulation loszuwerden, und man sah ihnen ihre Verunsicherung, wie sie mit der Situation umgehen sollten, deutlich an. Dann jedoch war der peinliche Moment vorüber und es setzte wieder dahinplätscherndes Geplauder ein, während immer mehr Gäste vortraten, um dem Brautpaar zu gratulieren. Als endlich die Duchess of Ashford vor ihnen stand, umarmte sie Amelie herzlich, dann wandte sie sich an den Marquess, der sich artig vor ihr verbeugte.

„Mein lieber Marquess, Ihre Rede war, sagen wir mal, außergewöhnlich." Ihre grauen Augen schossen schwefelgelbe Blitze in Richtung des Mannes, der sich ihren Unmut zugezogen hatte.

„Außergewöhnlich stillos, um es zu präzisieren. Genauso wie Ihr Verhalten in den letzten Tagen." Sie lächelte ihn kalt an.

„Sie haben gerade bewiesen, dass schlechtes Benehmen auch vor einem Adelstitel keinen Halt macht. Es ist eher eine Charaktersache, *Mylord*. Im Gegensatz dazu hält sich Ihre Gemahlin tadellos. Obwohl sie bürgerlich ist!" Damit drehte sie sich um und machte einer bildschönen, blonden Frau Platz, die Rowan noch nie gesehen hatte.

„Wir sind uns noch nicht vorgestellt worden, Lord Walcott." Sie sah sich suchend um.

„Ich vermisse auch jemanden, der das übernehmen könnte, denn es ist wohl ungehörig, mich Ihnen selbst vorzustellen, aber wie ich gerade selbst Zeuge wurde, halten Sie wenig von Konventionen und Etikette." Sie lächelte ihn zuckersüß an.

„Viscountess Fairmont", stellte sie sich mit einem kurzen Nicken vor.

„ Mein Bruder war der Earl of Banbury."

„Oh ja, ich erinnere mich an ihn. Aber leider", er sah sie neugierig an, „kann ich mich wirklich nicht an Sie erinnern."

„Oh, das ist nicht verwunderlich. Sie müssen wissen", nun gefror ihr Lächeln, „dass ich wegen Menschen wie Ihnen die Veranstaltungen des *Tons* stets gemieden habe. Ganz offensichtlich gehören Sie zu jenen, von denen ich mich stets ferngehalten habe, weil ich ihrer Art von *Humor* nichts abgewinnen konnte. Und, mit Verlaub, ich habe gut daran getan, Menschen wie Sie zu meiden." Sie wandte sich an Amelie.

„Es tut mir leid, Amelie, ich habe mich wirklich bemüht, deinem Gatten unvoreingenommen zu begegnen und ihm die Möglichkeit zu geben, etwas Nettes an ihm zu finden, nach all dem, was man so über ihn hört, aber leider klappt das nicht. Ich denke, dieses Mal hat sich die *magische Schwelle* geirrt!", fügte sie an Amelie gewandt kryptisch hinzu. Dann rauschte sie ab und Rowan vergaß vor Verblüffung, seinen Mund zu schließen. Was sollte denn dieser Auftritt?

„Wir sollten langsam zu Tisch gehen." Die Stimme seiner Frau war nur ein leises Flüstern. Ärgerlich, weil er sich nicht so gut fühlte, wie er erwartet hatte, ging er auf das Kopfende des Tisches zu, ohne sich weiter darum zu kümmern, ob Amelie ihm folgte.

Die Stimmung, die herrschte, als die Speisen

aufgetragen wurden, war eine seltsame Mischung aus peinlich zur Schau getragener guter Laune und einem betretenen Schweigen zwischen Amelie und Rowan. Von ihrem Mann ging eine derartige Kälte aus, dass es sie unwillkürlich fröstelte. Wie sollte sie bloß die Hochzeitsnacht überstehen? Sie hatte nur eine vage Vorstellung von dem, was passieren würde, aber gerade das trug nicht zu ihrer Beruhigung bei. Sie stocherte appetitlos in ihrem Essen herum und bei einem scheuen Seitenblick stellte sie fest, dass Rowan wohl ebenfalls nicht hungrig war. Sie nahm allen Mut zusammen und beugte sich ein wenig zu ihm hinüber.

„Schmeckt es Ihnen nicht?"

Langsam legte er das Besteck beiseite und beugte sich ebenfalls in ihre Richtung. Dann drehte er ihr sein Gesicht zu und lächelte sie kalt an.

„Seien Sie unbesorgt, Lady Walcott, meinen Hunger stille ich ganz sicher nicht hier." Während sie noch über seine Worte nachdachte, rückte er seinen Stuhl ein Stück zurück und bedeutete ihr, aufzustehen. Noch einmal beugte er sich zu ihr hinunter.

„Falls Sie sich irgendwelche Hoffnungen in Bezug auf unsere zukünftige Beziehung machen, muss ich Ihnen leider mitteilen, dass sie sich nicht erfüllen werden. Mein Name und mein Titel sind alles, was ich mit Ihnen teilen werde." Dann wandte er sich an die Festgesellschaft.

„Entschuldigen Sie uns jetzt bitte. Ich habe noch etwas vor." Damit führte er Amelie aus dem Saal und ließ sie am Fuß der Treppe stehen, während er einen herbeigeeilten Diener anwies, seinen Mantel zu holen.

„Es steht Ihnen frei, zur Gesellschaft zurückzugehen oder den Anschein zu wahren, wir hätten uns zurückgezogen. Auf mich werden Sie in beiden Fällen allerdings verzichten müssen." Damit verließ er das Haus und ließ Amelie verwirrt und beschämt zurück.

Eigentlich hatte er vor gehabt, auf direktem Weg ins *Secret Sins* zu gehen, einem der edelsten Bordelle der Stadt, um seinen vermeintlichen Sieg über seine ehrgeizige Ehefrau und seinen bigotten Bruder zu feiern, aber seltsamerweise trugen ihn seine Füße in die entgegengesetzte Richtung zu seinem Club, dem *White's*. Die ganze Zeit schon verfolgte ihn der Ausdruck in ihren Augen. Den Augen seiner Frau, die er, wie beabsichtigt, vor den Anwesenden bloßgestellt hatte. Und nun fragte er sich, warum ihn dieser eine Augenblick, in dem er so viel Verletzlichkeit und Schmerz in ihren Augen gesehen hatte, so unangenehm berührt hatte. Er hatte dem ganzen die Krone aufsetzen wollen, indem morgen ein Artikel erscheinen würde, der über seinen Besuch in dem Bordell, ausgerechnet in seiner Hochzeitsnacht, berichten würde, denn in London blieb so gut wie nichts verborgen, was der Gerüchteküche und den Spekulationen der Menschen neue Nahrung geben würde. Von ganz besonderem Interesse waren seit jeher das Leben und vor allem die Fehltritte des *Tons*. Für die Mitglieder der Oberschicht waren die Skandale, die andere verursachten, ein

willkommenes Mittel um von sich selber abzulenken.
Für das Bürgertum indessen war es lediglich eine
Bestätigung, dass der Adel eben auch nicht besser war
als sie selbst.

Zum ersten Mal seit Johnson ihn in Paris aufgesucht
hatte, hatte er das Bedürfnis verspürt, die Hintergründe
zu hinterfragen. Warum hatte Joshua ihn in diese Ehe
gezwungen? Wenn er ehrlich zu sich war, dann war das
Verhältnis zu seinem Bruder immer sehr eng gewesen.
Jedenfalls bis er erfahren hatte, dass Joshua Georgina
geheiratet hatte. Das hatte er ihm nie verzeihen können.
Und ihr auch nicht. Die Erkenntnis, die er in dieser
einen verhängnisvollen Nacht im Garten ihres
Elternhauses gewonnen hatte, war, dass er nicht der
einzige gewesen war, dem sie ihre Gunst geschenkt
hatte. Und das würde sein verletzter Stolz ihr nicht
verzeihen. Niemals.

Als er schließlich von einem livrierten Diener begrüßt
und in das von würzigem Zigarrenduft und dem Geruch
nach exklusiven Spirituosen erfüllte Innere seines
Clubs geführt wurde, wurde er sofort von zotigen und
erstaunten Sprüchen der Anwesenden begrüßt.

„Hey, Walcott, es laufen gerade Wetten, wann dein
erster Statthalter zur Welt kommen wird!", begrüßte ihn
Lord Darnby, ein schmächtiger Mann in den
Dreißigern.

„Ja, und mit Walcotts Eintreffen ändere ich meine
Wette in: Nicht in neun Monaten!" Brüllendes
Gelächter erfüllte den Raum, während ein paar der
Männer zu ihm herüberkamen und ihm auf die Schulter
klopften.

„Oder aber bereits in weniger als neun Monaten!"
Rowan drehte sich zu dem Mann um, dessen Stimme

laut genug gewesen war, alle anderen zu übertönen, die nun mehr oder weniger betroffen zu Boden sahen. Der Mann, dem die Stimme gehörte, näherte sich Rowan bis auf wenige Schritte und seine kalten, bösen Augen bohrten sich in Rowans.

„Ihre Gemahlin verschenkt ihre Gunst sehr freizügig, Lord Walcott." Er deutete eine Verbeugung an und Rowan zog die Augenbrauen kraus. Der Mann war mindestens Mitte sechzig, wenn nicht älter.

„Ich bin der Earl of Woodland." Als Rowan nicht auf seinen Namen reagierte, fügte er zischend hinzu: „Ich bin sozusagen Ihr Vorgänger, Walcott."

„Mein was?" Rowan versuchte gar nicht erst, seine Verblüffung zu verbergen.

„Bevor Ihr Bruder sich eingemischt hat, war ich mit Ihrer Gemahlin verlobt! Und sie hätte in meinem Bett liegen sollen, anstatt in Ihrem!" Mit vor Wut verzerrter Miene drehte er sich jetzt um und zeigte auf das aufgeklappte Wettbuch, in dem die Mitglieder des Clubs Wetten auf alles und jeden abschließen konnten, ganz gleich, wie absurd oder unmöglich das jeweilige Unterfangen war.

„Schauen Sie doch nach, wer vor Ihnen schon die Gunst hatte, näher mit dieser Frau bekannt gewesen zu sein! Und auf wen die Mitglieder hier die höchsten Wetten abgeschlossen hatten!" Alkoholgeschwängerter Atem schlug Rowan entgegen, als der Earl sich ihm wieder zuwandte und die entstandene peinliche Stille erneut unterbrach.

„Oder haben Sie genau das bereits festgestellt und sind deswegen aus Ihrem Ehebett geflohen?!" Drohend hatte der alte Mann sich vor Rowan aufgebaut und lachte ihm höhnisch entgegen. Rowan machte einen Schritt auf ihn zu. Sollte er genauer nachfragen, was dieser schmierige Lord damit andeuten wollte, oder sollte er ihm gleich hier seine Faust ins Gesicht schlagen? Und warum interessierte es ihn überhaupt, was der Kerl zu berichten hatte?!

Bevor Rowan reagieren konnte, packten zwei der anwesenden Gäste den Earl unter den Armen um die Situation nicht eskalieren zu lassen. Sie übergaben den sich heftig wehrenden Mann einem der herbeigeeilten Bediensteten mit der Anweisung, ihn für diesen Abend herauszukomplimentieren.

Rowan stand immer noch stocksteif da, als der Earl schon längst hinausbegleitet worden war. Wie ein giftiger Stachel bohrten sich die Worte des Earls in seinen ohnehin schon misstrauischen Verstand. Konnte es tatsächlich sein, dass diese Frau nur deswegen einer so überstürzten Hochzeit zugestimmt hatte, weil sie dringend einen Mann brauchte, dem sie ein Kind unterschieben konnte? Hatte sie in der Hoffnung auf einen adeligen Mann ihre Gunst bereits anderweitig verschenkt, nur um dann sitzengelassen zu werden? Und war er der gehörnte Esel, der überrumpelte Trottel, der ihr ins Netz gegangen war? Wusste Joshua von ihrem Lebenswandel? Und wenn ja, warum arrangierte er dann diese Ehe? Er ärgerte sich über sich selbst, weil er noch vor kurzem darüber nachgedacht hatte, mehr über die Hintergründe dieser erzwungenen Ehe herauszubekommen. Und dass der traurige, verletzte Blick seiner Frau ihn überhaupt berührt hatte.

Im Laufe des Abends wurde die Stimme, die ihn gemahnte, keine voreiligen Schlüsse zu ziehen, immer leiser. Sie verlor sich im lauten Getöse seiner Gefühle, angestachelt von verletztem Stolz und einer gehörigen Menge an schottischem Whisky.

Als Amelie am nächsten Morgen das Esszimmer betrat, in dem das Frühstück aufgetragen wurde, fürchtete und hoffte sie gleichermaßen, dass Rowan anwesend sein würde. Sie hatte, gekleidet in zarte, durchscheinende Nachtwäsche, die Jane ihr aufgezwungen hatte, die halbe Nacht auf Rowan gewartet, aber er war nicht erschienen. Natürlich nicht, nach der eindeutigen Abfuhr, die er ihr gestern erteilt hatte. Er hatte mehr als deutlich gemacht, dass er nicht gedachte, eine normale Ehe mit ihr zu führen. Über das Warum hatte sie sich in den schlaflosen Stunden den Kopf zerbrochen. Und auch darüber, warum er sie so sehr verletzt hatte. Er kannte sie doch gar nicht, warum behandelte er sie dann so? Sie hatte gehofft, ihn heute morgen vorsichtig darauf ansprechen zu können, aber sie wurde enttäuscht.

Nur Emily saß noch, mit den Beinen schaukelnd, am Tisch und pustete ihre heiße Schokolade kühler. Erst jetzt wurde Amelie bewusst, dass sie Emily gestern so gut wie gar nicht wahrgenommen hatte. Wie im übrigen fast alles. Der Tag war an ihr vorbeigezogen und zurückgeblieben war nur ein verschwommener Albtraum.

„Guten Morgen, Amelie!", strahlte das Mädchen sie an und ein Teil ihrer dunklen Gedanken verflog bei dem Anblick der Kleinen.

„Guten Morgen, Emily." Sie ging auf die auf Warmhalteplatten angerichteten Speisen auf dem Sideboard zu und nahm sich wahllos Rührei, gebutterten Toast und Orangenmarmelade. Hunger hatte sie sowieso nicht, aber sie wollte auch nicht, dass Emily merkte, dass etwas ganz und gar nicht in Ordnung war. Als sie sich gesetzt hatte, eilte ein Diener herbei und goss ihr Tee ein, was sie mit einem dankbaren Lächeln quittierte.

„Du hattest gar nicht das Kleid an, das wir aus dem Katalog ausgesucht haben." Ein klein wenig Enttäuschung klang in der Stimme des Mädchens mit.

„Nein, ich... habe mich anders entschieden." Das war natürlich gelogen. Sie hatte sich nicht anders entschieden, weil sie gar nicht die Möglichkeit gehabt hatte, sich überhaupt für oder gegen etwas zu entscheiden. Ihr Vater hatte entschieden. Wie immer.

„Hat es dir besser gefallen?"

„Nein, also... mein Vater hat es für mich ausgesucht." Das Nein war ihr so herausgerutscht und ein klein wenig konnte sie die Verbitterung darüber, noch nicht einmal bei ihrem eigenen Hochzeitskleid Mitspracherecht zu haben, nicht verbergen.

„Dein Vater? Aber... ich meine, Männer interessieren sich doch gar nicht dafür, was Frauen anziehen." Sie zog ein wenig altklug die Augenbrauen nach oben.

„Mein Papa hat immer was ganz Wichtiges vor, wenn die Schneiderin kommt, um mir neue Kleider anzufertigen. Ich kann mir immer aussuchen, was ich will."

Dein Papa ist ja auch etwas ganz Besonderes, kleine Emily, dachte sie.

„Aber wenn dein Papa sich wünschen würde, dass du ein Kleid trägst, das ihm gefällt, dann würdest du das doch auch tun, oder?"

Kurz schien Emily zu überlegen, dann runzelte sie die Stirn.

„Ja. Nein. Also nicht, wenn ich es hässlich finde!"

Amelie wusste nicht, was sie darauf erwidern sollte, denn in Sachen Selbstbewusstsein schien Emily ihr mit ihren sechs Jahren sehr weit voraus zu sein. Plötzlich schlug sie eine Hand vor den Mund und riss die Augen auf.

„Oh, das habe ich nicht so gemeint. Du... du hast wunderschön ausgesehen und das Kleid war gar nicht so hässlich!"

Doch, war es!, pflichtete Amelie ihr im Stillen bei, wollte aber nicht, dass Emily sich wegen dieser Feststellung schämte.

„Was hältst du davon, wenn wir beim nächsten Mal zusammen zu Madame Angelique gehen und du mir bei der Auswahl hilfst?", lenkte Amelie sie vom Thema ab.

Emilys Augen begannen zu leuchten.

„Oh ja, das wird bestimmt lustig! Du suchst was für mich aus und ich für dich!"

„So machen wir das, Emily. Und anschließend gehen wir noch ein großes Eis bei Gunter's essen." Emily klatschte begeistert in die Hände.

„Können wir schon heute gehen?"

Amelie dachte an die Kleider, die sie im Schrank hatte

110

und die ihr allesamt nicht gefielen. Zwar hatte ihr Vater keine Kosten gescheut und die teuersten Stoffe für sie ausgesucht, aber die Kleider waren viel zu überladen für ihren Geschmack. Aber zuerst würde sie klären müssen, wie sie neue Kleider bezahlen sollte. Natürlich war ihr im Ehevertrag eine bestimmte Summe zugesichert worden, die sie für sich ausgeben konnte. Aber die würde sie nicht antasten. Bevor sie nicht mit Rowan geklärt hatte, wie er sich ihre Beziehung zukünftig vorstellte, würde sie keinen Pence davon für so Unnötiges wie Kleider oder Schmuck und Tand ausgeben. So viel Stolz war ihr immerhin geblieben. Wenn Rowan nicht vor hatte, eine richtige Ehe mit ihr zu führen, würde sie auch nicht mehr als unbedingt nötig von seinem Geld annehmen. Und solange sie das nicht geklärt hatte, mussten die alten Kleider ausreichen. Vielleicht konnte sie die Modelle selbst etwas abändern, indem sie die Rüschen und auffälligen Spitzen abtrennte, damit sie nicht ganz so überladen und aufdringlich wirkten. Sie hatte außerdem etwas von dem Geld gespart, das ihr Vater ihr hin und wieder als Nadelgeld zugestanden hatte, aber das würde nicht reichen, um auch nur *ein* neues Kleid in Auftrag geben zu können.

„Nein, heute habe ich leider keine Zeit, Emily", log sie, denn wenn sie etwas hatte, dann war das Zeit. Aber sie wollte es nicht verpassen, wenn Rowan nach Hause kam. Schließlich musste er sich ja irgendwann hier blicken lassen. Er hatte sich nämlich, wie sie von Joshua wusste, noch nicht darüber geäußert, wo sie demnächst wohnen würden. Vielleicht sah er es als unnötig an, ein eigenes Haus zu kaufen, da sie mit Joshuas Tod wohl ohnehin hier in seinem Elternhaus leben würden. Und so lange Rowan sich nicht dazu äußerte, würden sie eben hier bei Joshua wohnen. Was für Amelie eher ein Glück war, wenn sie an Emilys herzerfrischende Gesellschaft und das fast freundschaftliche Verhältnis dachte, das sie inzwischen mit Joshua verband. Wie viel lieber hätte sie ihn zum Ehemann gehabt! Es war keine glühende Liebe, die sie für ihn empfand, aber seine sanfte, verständnisvolle Art war dem kalten, abweisenden und zutiefst verletzenden Verhalten ihres Ehemannes auf jeden Fall vorzuziehen. Eine Ehe mit ihm wäre, nun ja, wie eine Bootsfahrt auf einem ruhigen Gewässer gewesen während ihre Beziehung zu Rowan schon jetzt eher einer selbstzerstörerischen Fahrt in einem Ruderboot über den tosenden Atlantik glich. Mit Rowan als Kapitän würde sie unweigerlich ihrem Ende entgegenfahren, vielleicht nicht ihrem körperlichen aber ganz sicher ihrem seelischen. Kurz dachte sie, dass ihre Ehe mit Rowan in nichts dem nachstehen würde, was sie von einer Verbindung mit dem Earl gefürchtet hatte. Er würde sie zerstören, wenn sie keinen Weg finden würde, ihn wenigstens zu einem friedlichen Nebeneinander zu bewegen. Um Emilys Willen musste sie das wenigstens versuchen, denn auch dem optimistischsten Betrachter konnte nicht entgehen, dass sich der Zustand des Dukes in der letzten Zeit rapide verschlechtert hatte. Und wenn er erst, und bei dem Gedanken daran zog sich ihr Herz schmerzhaft zusammen, tot war, brauchte das Mädchen ein liebevolles, stabiles Umfeld.

Emily hatte das Esszimmer bereits seit einiger Zeit verlassen und auch Amelie schickte sich an, ihr Zimmer aufzusuchen, als sie laute Geräusche vernahm, die von der Eingangstür zu ihr herüber drangen. Neugierig erhob sie sich und begab sich in die Halle, nur um zu sehen, wie sich Rowan, auf einen Diener gestützt und dem Anschein nach vollkommen betrunken, zur Treppe führen ließ. Er brabbelte unverständliches Zeug vor sich hin, aber als sein Blick zufällig in ihre Richtung abschweifte und er sie im Türrahmen stehen sah, richtete er sich mühsam auf und deutete auf sie.

„Ich soll Ihnen beste Grüße von Ihrem Verflossenen ausrichten, dem Earl of Woodland!" Seine Stimme klang nun erstaunlich klar und als Amelie bei der Nennung dieses Namens kurz zusammenzuckte, huschte ein boshafter Ausdruck über sein Gesicht.

„Wie ich sehe, erinnern Sie sich an ihn. Also haben Sie den Überblick über Ihre Verflossenen doch nicht ganz verloren!"

Entsetzt sah sie Rowan an. Es war nicht nur die Erwähnung des Namens, der sie immer noch erschreckte, sondern vielmehr der Tonfall, in dem Rowan mit ihr sprach. Wenn das möglich war, war er noch eine Spur kälter als gestern, abfällig und voll unterdrückter Wut. Und noch etwas ließ sie fassungslos zurück. Der unausgesprochene Vorwurf der Untreue, der in seinen Worten mitschwang. Geäußert von einem Mann, der jeden Tag mit seinen Eskapaden die Klatschspalten in den einschlägigen Zeitungen füllte. Der sich erdreistete, *sie* anzuklagen, obwohl er sich nicht einmal die Mühe gemacht hatte, sie kennenzulernen. Die Tatsache, dass er offensichtlich geneigt war, den Gerüchten, die möglicherweise über sie kursierten, zu glauben, zeigte ihr wieder einmal, was er von ihr dachte. Von ihr denken *wollte*.

Amelie stand noch lange in der Tür und versuchte, ihre Fassung zurückzuerlangen. Sie merkte nicht einmal, dass ihr Tränen der Enttäuschung und Kränkung die Wangen hinabliefen. Sie war endgültig in ihrer persönlichen Hölle angekommen.

Als Rowan schließlich am späten Nachmittag erwachte, fühlte er sich wie von einem Fuhrwerk überrollt. Der schmale Streifen Helligkeit, der durch die vorgezogenen, schweren Samtvorhänge fiel, verursachte ein heftiges Stechen in seinem Kopf mit fast gleichzeitig einsetzender Übelkeit. Er hatte Schwierigkeiten, den Blick länger auf etwas zu fokussieren, weil unter ihm das Bett zu schwanken schien. Der Geschmack in seinem Mund war fürchterlich und das pelzige Gefühl auf der Zunge ließ ihn angewidert aufstöhnen.

Es dauerte eine Weile, bis er in der Lage war, sich etwas von dem Wasser einzuschenken, das in einer Karaffe auf seinem Nachttisch stand. Mit zittrigen Händen versuchte er, aus dem Glas zu trinken, verschüttete dabei aber fluchend einen Großteil der Flüssigkeit auf die Bettdecke. Immerhin hatte er auch das Zittern seiner Hände nach einiger Zeit soweit im Griff, dass er nach einem Diener klingeln konnte. Er brauchte unbedingt ein heißes Bad und frische Wäsche.

Und, wenn das nicht zu viel verlangt war, am besten auch noch einen klaren Kopf. Heiße Wut stieg in ihm auf als er sich wieder an die wesentlichsten Geschehnisse des gestrigen Abends erinnerte. An Woodland, dessen Worte in ihm den Verdacht geschürt hatten, zum zweiten Mal der Betrogene zu sein. An die betretenen Gesichter der Anwesenden, die seinen Verdacht still zu bestätigen schienen.

Nachdem er ein Bad genommen hatte und sich wieder halbwegs menschlich fühlte, ging er hinunter ins Esszimmer, wo wahrscheinlich gerade das Abendessen aufgetragen wurde. Er hatte zwar keine Lust, seinem Bruder, oder, noch schlimmer, seiner Frau, zu begegnen, aber je eher er sich daran gewöhnte, desto besser. Schließlich ließ es sich nicht vermeiden, hin und wieder auf sie zu treffen. Und vielleicht war es ja auch von Vorteil, jede Gelegenheit zu nutzen, ihr ihren Platz in seinem Leben zu zeigen.

Als er eintrat, sah er Amelie neben Emily am Tisch sitzen. Ein Diener trug gerade das unbenutzte Geschirr vom Platz seines Bruders ab, was ihn insgeheim freute. So konnte Joshua auch nicht wieder Partei für diese Frau ergreifen. Ganz offensichtlich mochte er sie. Oder fühlte sich jedenfalls bemüßigt, sie vor seiner verletzenden Art in Schutz zu nehmen.

„Lady Walcott", grüßte er sie unpersönlich, bevor er sich setzte. Von Emily nahm er nicht weiter Notiz. Zu sehr schmerzte ihn ihr Anblick, der ihn mehr denn je an Georgina erinnerte. Verdammt! Wie schön wäre es gewesen, wenn sie seine Tochter wäre und anstelle von dieser Fremden könnte Georgina seine Frau sein! Sie hätten eine glückliche Familie sein können, stattdessen erinnerte ihn das Mädchen ständig an die Untreue ihrer

Mutter und als wäre das noch nicht genug, schien sich diese Tragödie mit der Frau zu wiederholen, mit der er nun unwiderruflich verheiratet war. Nur, dass er sie nicht liebte und es damit auch nicht schmerzte. Einzig die Tatsache, dass sie mit ihrem Verhalten den Ruf des Namens seiner Familie in den Schmutz zog, ärgerte ihn.

„Guten Abend, Onkel Rowan." Emily schien die angespannte Atmosphäre nicht zu bemerken, denn sie lächelte ihn unbekümmert an während sie in ein Custard Törtchen biss. Neugierig musterte sie ihren Onkel, der ihr nun gezwungenermaßen kurz zunickte und sich dann einen Teller mit geratenem Lamm und Minzsauce servieren ließ. Schweigend begann er zu essen und ignorierte seine Tischgenossinnen geflissentlich.

Amelie hielt den Kopf gesenkt, erlaubte sich aber, den Mann, *ihren* Mann, verstohlen aus dem Augenwinkel zu mustern. Gestern war sie viel zu aufgeregt gewesen, um einen längeren Blick auf diesen unnahbaren Mann zu werfen, aber heute konnte sie nicht verhindern, dass ihre Blicke zu ihm wanderten. Sein dunkelblondes Haar trug er etwas länger als es der gängigen Mode entsprach. Seine Gesichtszüge waren scharf geschnitten, sein Kinn kantig, seine Nase aristokratisch leicht gebogen. Dichte Augenbrauen, in der Farbe viel dunkler als sein Haar, wölbten sich über seine blauen Augen. Ein leichter Bartschatten lag auf seinen Wangen und verlieh ihm einen verwegenen Ausdruck. Seine Haltung allerdings strahlte Härte und Arroganz aus und schüchterte Amelie mehr ein als sein Aussehen. Er sah auf eine bedrohliche Art gut aus, das musste sie zugeben.

„Ich würde es sehr zu schätzen wissen, wenn Sie mich nicht so unverhohlen anstarren würden."

Amelie errötete ertappt, während sie sich noch fragte, woran er erkannt hatte, dass sie ihn angesehen hatte.

Seinen Blick hatte er starr auf seinen Teller gerichtet und ließ keinen Bissen Lamm aus den Augen, bevor er ihn in seinen Mund schob.

„Ich... äh... entschuldigen Sie", stammelte sie verlegen. „Ich wollte nicht..."

Nun hob er den Blick und Amelie hatte das Gefühl, als sinke die Temperatur im Raum um einige Grad.

Langsam wischte er sich den Mund an einer Serviette ab, bevor er sich zu ihr hinüber beugte.

„Wenn Sie genug gesehen haben, würde ich jetzt gerne gehen." Er rückte den Stuhl zurück und stand auf.

„Ich habe eine Einladung zur Soiree bei Lord Stansfield." Er betonte das Ich besonders, weil er sie reizen wollte.

Amelie erhob sich ebenfalls und neigte kurz den Kopf.

„Dann wünsche ich Ihnen einen schönen Abend, Mylord", entgegnete sie leise.

Nun war es an Rowan, kurz irritiert zu sein. Natürlich galt die Einladung nach seiner Hochzeit ihm und seiner Frau, und das musste auch Amelie wissen. Warum machte sie ihm keine Szene? Warum bestand sie nicht darauf, sich an seiner Seite in der Öffentlichkeit zu zeigen, jetzt, wo sie ihr Ziel erreicht und einen Titel ergattert hatte? Aber sie stand einfach nur mit gesenktem Kopf da, in einem weiteren scheußlichen Kleid aus violettem Musselin, mit zu viel Rüschen und Puffärmeln. Teuer zwar, aber geschmacklos. Als er nichts weiter sagte und sich nur räusperte, sah sie auf und der Blick aus ihren überraschend grünen Augen traf ihn unvorbereitet. Wenn er gestern schon eine tiefe Verletzlichkeit in ihnen gesehen hatte, so sah er nun Schmerz. Leid. Und eine Form von tiefer Resignation. Zum ersten Mal sah er sie intensiver an. Sie war vielleicht nicht im klassischen Sinn schön, aber auch nicht unattraktiv. Ihr braunes Haar trug sie streng zu einem Chignon frisiert, was sie älter erscheinen ließ. Sie hatte hohe Wangenknochen und natürlich gewölbte Augenbrauen. Aber das Auffälligste an ihr war ihr Mund, der schön geschwungen und vielleicht mit etwas zu üppigen Lippen ausgestattet war. Wie sie wohl aussehen würde, wenn ihr Haar ihr locker über die Schultern fiel, wenn ihre schönen moosgrünen Augen vor Freude strahlen würden, statt traurig und verletzt zu schimmern? Hatte sie Grübchen, wenn sie lächelte? Als ihm bewusst wurde, dass er sie ebenso angestarrt hatte wie sie ihn vor wenigen Augenblicken, riss er sich zusammen. Auch wenn sie ziemlich hübsch war, so änderte das doch wenig daran, dass er sie nicht wollte! Oder vielleicht wollte er sie auch nicht wollen, was aber für ihn keinen Unterschied machte. Nicht machen durfte.

Er nickte ihr noch einmal kurz zu, dann floh er förmlich vor ihr und seinen widerstreitenden Gefühlen. Sie passte so gar nicht in das Bild, das er sich von ihr gemacht hatte. Weder von ihrem Aussehen noch von ihrem Verhalten. Warum hätte er sich bloß so viel besser gefühlt, wenn sie ihm eine Szene gemacht und darauf bestanden hätte, ihn zu begleiten? Weil er sie dann in ihre Schranken hätte weisen können? Weil er ihr dann unmissverständlich hätte sagen können, dass ihr Platz nicht an seiner Seite war? Neuer Ärger auf sie wallte in ihm auf, weil sie einfach nur mit gesenktem Blick dagestanden und an ihrer Unterlippe genagt hatte. Und ihn ohne ein weiteres Wort oder einen Vorwurf hatte gehen lassen.

Wütend warf er sich seinen Mantel um, ließ sich seinen Zylinder reichen und machte sich auf den Weg in seinen Club. Er hatte plötzlich keine Lust mehr auf die Soiree, auf all die Blicke und das Getuschel, das sein unbegleitetes Erscheinen hervorrufen würde.

„Oh, schau nur, Amelie, ist die nicht wunderschön?" Emily klatschte begeistert in die Hände, während sie sich die Nase am Schaufenster des exklusiven Juweliergeschäftes in der Bond Street fast plattdrückte. Ihre Begeisterung galt einer zierlichen Brosche in Schmetterlingsform. Die Flügel waren mit kleinen bunten Edelsteinen besetzt, die feingliedrigen Fühler waren aus Gold und an deren Ende blitzten winzige Diamanten im hellen Licht.

„Ja, die ist wirklich wunderschön", musste Amelie anerkennen. Die kleinen Edelsteine reflektierten das auf sie fallende Licht und Amelie fühlte sich an ein Feuerwerk erinnert, das sie einmal in den Vauxhall Gardens hatte mitansehen dürfen.

„Sie funkelt genau wie die Lichter, die bei

Sonnenschein auf dem Boden in unserer Halle tanzen!"
Mit großen Augen sah sie Amelie an.

„Meinst du, die kann ich mir wünschen? Ich meine, ich
habe doch nächste Woche Geburtstag."

„Du hast dir doch schon ein Pony, ein Picknick und
neue Kleider gewünscht!" Amelie musste lächeln, was
sie in letzter Zeit selten tat, weil sie keinen Grund dazu
hatte. Sie war jetzt bereits seit zwei Wochen verheiratet
und bei den wenigen Gelegenheiten, bei denen sie ihren
Mann antraf, ignorierte er sie soweit wie möglich. Die
stille Hoffnung, er müsse sich nur erst an den
Gedanken an eine Ehe mit ihr gewöhnen, bevor er
zugänglicher werden würde, hatte sie inzwischen
verworfen. Das, was ihn antrieb, sie so zu behandeln,
saß tiefer. Sie fühlte förmlich, dass er irgendetwas mit
sich herumtrug, das ihn so reagieren ließ, aber das
änderte wenig an ihrer Situation. Sie war schon froh,
wenn er sie wenigstens nur ignorierte und sie nicht, wie
am Abend ihrer Hochzeit, so bloß stellte.

Eine weitere Sorge war die Gesundheit des Dukes. Er
war inzwischen so geschwächt, dass er das Bett kaum
noch verlassen konnte. Sie besuchte ihn mit Emily
jeden Tag, las ihm aus der Zeitung vor oder plauderte
bei einer Tasse Tee mit ihm. Immer öfter bemerkte sie,
wie er sie traurig musterte, denn natürlich entging ihm
nicht, wie Rowan sie behandelte. Und sie ahnte, dass er
sich die Schuld an der Situation gab.

„Können wir nicht mal hineingehen?", quengelte Emily
und riss Amelie aus ihren trüben Gedanken.

„Vielleicht nachher noch. Jetzt haben wir erst mal einen
Termin bei Madame Angelique. Du möchtest doch,
dass dein Kleid noch pünktlich zu deinem Geburtstag

fertig wird, oder?" Sie nahm Emilys Hand in ihre und zog sie sanft von der Auslage fort. Sie wusste, dass der Duke ihr ihren großen Wunsch nach einem Pony erfüllen würde und auch, dass er ein Konto bei Madame Angelique für seine Tochter eröffnet hatte, natürlich nur symbolisch, aber sie sollte sich aussuchen können, was ihr gefiel.

Emily schmollte noch ein wenig, ließ sich dann aber ablenken, indem Amelie sie aufzählen ließ, wie denn ihr neues Kleid aussehen sollte.

Die Schneiderin empfing sie höflich, aber Amelie bemerkte sehr wohl den verstohlenen Blick auf ihr Kleid. Dabei hatte sie schon das gewählt, das am ehesten geeignet war, ihrer neuen Stellung gerecht zu werden. Sie hatte das hochgeschlossene, hellblaue Musselinkleid von sämtlichen Rüschen befreit und stattdessen mit weißer Spitze am Ausschnitt, dem Saum und einem Unterbrustband aufgehübscht, aber es war natürlich immer noch weit entfernt von den modernen Roben, die Madame Angelique für gewöhnlich anfertigte. Wenn man auch für den Preis, den es gekostet hatte, zwei von den neuesten Kreationen bekommen hätte. Aber teuer war eben nicht immer geschmackvoll.

„Was kann isch 'eute für Sie tun, Lady Walcott? Isch 'abe eine neue Stofflieferung bekommen." Geschäftstüchtig eilte sie zu einigen auf einem großen Tisch ausgelegten Ballen feinster Seide und Musselin in den unterschiedlichsten Farben und begann, eine Elle von einem herrlich changierenden Seidenstoff abzurollen.

„Das Violett 'ier würde Ihnen vorzüglich stehen!" Amelie berührte kurz sehnsüchtig den schimmernden

Stoff. Natürlich wäre es schön, ein Kleid aus diesem Stoff zu tragen, aber da sie nicht vorhatte, ihre Apanage anzutasten, könnte sie sich ein solches Kleid gar nicht leisten. Und überhaupt: Zu welchem Anlass sollte sie es auch tragen? Rowan besuchte nach wie vor alle gesellschaftlichen Anlässe ohne sie, was natürlich zu einigem Gerede und Spekulationen führte. Dazu kamen die fast täglichen Artikel darüber, mit wem man ihn an ihrer statt hier oder da gesehen hatte. Und männliche Namen fielen dabei nur ganz selten.

„Der Stoff ist wunderschön, aber wir sind heute hier, weil Lady Emily ein neues Kleid braucht." Amelie spürte förmlich den missbilligenden Blick, den die Schneiderin ihr zuwarf, aber schließlich nickte sie.

„Wie Sie meinen, Lady Walcott. Dann kümmern wir uns mal um diese 'übsche kleine Lady!" Damit wandte sie sich Emily zu, die bis über beide Ohren strahlte.

„Ich weiß schon, was ich möchte! Ich möchte ein rosafarbenes Kleid mit Blüten und Glitzer und...", sie zog ein zerknittertes Blatt Papier aus einer in ihr Kleid eingenähten Tasche und reichte es der Schneiderin.

„So soll es aussehen! Das habe ich gezeichnet!", sagte sie stolz.

Madame Angelique nahm die Zeichnung und es war ihr anzusehen, dass sie versuchte, daraus abzuleiten, was Emily sich vorgestellt hatte.

„Äh, also... isch weiß nischt..." Ratlos sah sie zu Amelie. Die griff ebenfalls nach der Zeichnung und musste schmunzeln. Emily hatte einen rosafarbenen Klecks gemalt, mit weißen Punkten, aus dem Füße, dünne Arme und ein kleiner Kopf herausragten.

„Miss Brandon, können Sie viellei'scht einmal kurz

kommen?", rief die Modistin in den Raum und kurz darauf betrat eine junge Frau den Raum.

„Miss Brandon, diese junge Dame 'ier möchte ein ganz besonderes Kleid." Sie deutete auf Emily und nahm ihr die Zeichnung ab um sie der jungen Frau zu reichen.

„Und isch dachte, Sie können viellei'scht etwas zeichnen, das dem 'ier ähnelt?"

Während die Angesprochene die Zeichnung nahm und ebenfalls die Augenbrauen krauste, erklärte Madame Angelique: „Miss Brandon ist meine Zei'schnerin, sie 'ilft mir bei den Entwürfen."

Miss Brandon eilte hinter den Verkaufstresen und holte Stifte und einen Block hervor, bevor sie sich daran machte, eine neue Zeichnung anzufertigen.

In der Zwischenzeit holte Madame Angelique bereits einige Ballen rosafarbenen Stoff herbei und hielt sie Emily hin. Die konnte sich gar nicht an den schimmernden Stoffen sattsehen und fand einen schöner als den anderen. Kurz darauf kam Miss Brandon mit einer Zeichnung herbei und hielt sie Emily hin.

„So etwa?"

Das Mädchen nahm die Zeichnung und betrachtete sie aufmerksam, dann schüttelte sie trotzig den Kopf.

„Das ist nicht das Kleid, das ich mir wünsche. Schau mal, Amelie, ich möchte... also du weißt, wie es aussehen soll..." Auffordernd sah sie Amelie an.

Amelie lächelte in sich hinein. Ja, sie wusste ganz genau, was Emily sich wünschte. Für Emily war die Welt so einfach. Rosa und Glitzer. Schleifen und Rüschen. Eine Märchenprinzessin wollte sie sein, aber das Kleid, das Miss Brandon aufgezeichnet hatte war... normal. Ein Kleid wie für eine Erwachsene.

„Dürfte ich mal?" Amelie griff nach der Zeichnung und nahm der jungen Frau den Stift aus der Hand. Sie hatte noch Emilys Beschreibung im Kopf und begann, den Entwurf abzuändern. Nach wenigen Minuten hatte sie ein Kleid skizziert, das Emilys rosafarbenem Traum sehr nahe kam. Emily warf einen kurzen Blick auf die Zeichnung und klatschte begeistert in die Hände.

„Ja, genau so soll es aussehen!"

Madame Angelique starrte erst die Zeichnung an, dann Amelie. Nach einem quälend langen Augenblick räusperte sie sich und nickte, bevor sie Miss Brandon zunickte und mit ihrer Hilfe schließlich begann, rosafarbene Seide um Emilys kleinen Körper zu drapieren. Sie steckte sie hier und dort ab, heftete kleine, weiße Margeritenblüten an Saum und Ärmel und legte zum Schluss noch eine Lage Glitzerstoff über das Rockteil. Dann trat sie einen Schritt zurück um sich ihr Werk anzusehen. Sie kniff die Augen prüfend zusammen, so als suche sie nach einem Fehler in ihrem Werk, das genau den Entwurf wiedergab, aber schließlich nickte sie. Dann schickte sie Miss Brandon wieder nach hinten in die Nähräume, bevor sie sich räusperte.

„Lady Walcott, ich muss sagen, ich bin überrascht, wie professionell ihre Zeichnung ist. Ich..."

In diesem Augenblick öffnete sich die Ladentür mit einem fröhlichen Bimmeln der Glocke über dem Eingang.

„... es auf jeden Fall versuchen!" Leises Gekicher begleitete den Satz, dann ein Seufzen.

„Er ist verheiratet, Bridget!"

„Macht nichts, ich doch auch! Aber er ist jede Sünde

wert! Außerdem scheint seine Ehe ja nicht besonders glücklich zu sein. Jedenfalls erscheint er überall alleine und Lady Walcott, nun ja...."

Amelie war froh über den Paravent, der sie vor den eingetretenen Frauen abschirmte. Schamesröte stieg ihr in die Wangen und sie senkte den Blick, als sie Madame Angeliques Augen auf sich gerichtet fühlte. Konnte sie denn nirgendwo hingehen, wo sie nicht daran erinnert wurde, dass ihre Ehe ein einziges Fiasko war? Madame Angelique räusperte sich kurz, dann legte sie ihr für einen Wimpernschlag die Hand auf die Schulter.

„Bleiben Sie, solange Sie möchten!" Dann trat sie hinter dem Paravent hervor und begrüßte die Frauen, die munter weiter über den atemberaubend gutaussehenden Lord Walcott und ihre Chancen bei ihm plauderten.

„Ah, Madame Angelique, haben Sie schon gehört, dass Lady Pemberton am Ende der Saison einen großen Maskenball plant? Es ist zwar noch einige Zeit bis dahin, aber wir wollten uns frühzeitig bei Ihnen anmelden. Wir benötigen für diesen Anlass etwas ganz... Außergewöhnliches! Meine Freundlin hat... eine Mission!" Wieder war ein aufgeregtes Kichern zu hören und Amelie sank noch etwas mehr in sich zusammen. Wie konnte man diese Anspielung nicht verstehen? Es dauerte eine Weile, bis die beiden Frauen das Geschäft wieder verließen, weil sie sich sämtliche Modekataloge angesehen hatten, die im Geschäft auslagen. Leider entsprach nichts ihren außergewöhnlichen Wünschen, wie Amelie ebenfalls mitbekam, aber immerhin war die Luft jetzt rein und Amelie stand auf.Gott sei Dank hatte Emily nichts von dem Geschehen mitbekommen, denn sie drehte und wendete sich strahlend vor dem großen Spiegel, zupfte hier und da eine Falte zurecht und spielte verträumt mit den angehefteten Blüten.

Madame Angelique erschien wieder und sah Amelie betroffen und mitleidig an. Amelie zuckte innerlich zusammen. Diese Blicke, die sie immer wieder verstohlen trafen, schmerzten genauso wie Rowans Verhalten. Aber sie gab sich alle Mühe, die Leute nicht merken zu lassen, dass sie unter dem Mitleid und Spott litt, der ihr überall entgegenschlug. Schnell schluckte sie die Bitterkeit hinunter, die sich in ihr Herz geschlichen hatte und stand entschlossen auf.

Amelie atmete erleichtert durch, als sie schließlich wieder auf der Straße standen. Und obwohl ihr die Lust gründlich vergangen war, erinnerte sie sich an das Versprechen, das sie Emily gegeben hatte.

„Und jetzt gehen wir noch zu Gunter's, wie versprochen! Und vielleicht treffen wir da ja die Duchess of Ashford. Und Lizzy. Ich habe da so eine Ahnung." Sie zwinkerte Emily verschwörerisch zu. Amelie hatte sich heimlich mit Ava verabredet und auch, dass die ihre Tochter Lizzy mitbringen sollte, denn Emily verstand sich sehr gut mit ihr. Und Amelie war daran gelegen, dass Emily Kinder in ihrem Alter kennenlernte und sich mit ihnen anfreundete. Etwas, das ihr selbst nie vergönnt gewesen war, das sie sich dafür aber umso mehr für Emily wünschte.

Als Rowan wieder einmal verkatert von der letzten Nacht die Treppe hinunterging, um im Esszimmer ein sehr verspätetes Frühstück einzunehmen, hörte er Stimmen aus dem Salon. Eine sehr laute, aufgebrachte männliche und eine sehr leise, unsichere weibliche. Neugierig ging er näher an die Tür heran.

„Das ist ganz alleine deine Schuld, Amelie!"

Sie schien etwas zu erwidern, was er nicht verstand, aber der Mann, den er als seinen Schwiegervater erkannte, fuhr ihr über den Mund.

„Hör auf damit! Isabelle wäre das nie passiert! Sie hätte eine perfekte Marchioness abgegeben! Sie wäre nicht zum Gespött der Leute geworden!"

Leises Gemurmel, dann ein Schluchzen.

„Du bist nur zweite Wahl, Amelie, das weißt du. Gerade deshalb musst du dich mehr anstrengen!"

Wieder eine leise Erwiderung, dann wurde plötzlich die Tür aufgerissen und noch bevor er reagieren konnte, prallte Amelie vor seine Brust. Erschrocken riss sie die Augen auf, ihr vom Weinen geröteter, verletzter Blick bohrte sich für einen kurzen Moment in seinen, bevor sie die Hand vor den Mund schlug und die Treppe nach oben lief. Rowan hatte keine Gelegenheit, sich einen Reim darauf zu machen, denn kurz hinter Amelie erschien sein Schwiegervater in der Tür. Kurz blinzelte er verdutzt, dann beugte er sich verschwörerisch zu Rowan hinüber.

„Walcott, ich muss mit Ihnen über meine Tochter reden." Irgendetwas an der Tonlage missfiel Rowan, aber seine Neugier war geweckt. Also bedeutete er seinem Schwiegervater, wieder in den Salon zu gehen und folgte ihm.

„Ich weiß nicht, wie oder womit Amelie Sie verärgert

hat, aber ich möchte, dass Sie wissen, dass ich Sie nicht dafür verurteilen werde, wenn Sie sie... nun... härter anfassen!" Er setzte ein wölfisches Lächeln auf.

„Wir beide wissen doch, dass manche Frauen eine harte Hand benötigen, die sie führt."

Rowan kniff die Augen zusammen. Hinter seiner Stirn pochte es und er war sich nicht sicher, ob das nur die Nachwehen des gestrigen Abends waren.

„Ich meine, wenn sie Ihnen Vorwürfe macht, weil Sie... nun weil Sie sich auch außerhalb des Ehebettes..." Nun schien er doch etwas verlegen, schlug Rowan aber gleich darauf kameradschaftlich auf die Schulter.

„Sie wird sich daran gewöhnen, Junge. Sie müssen ihr nur zeigen, wo ihr Platz ist. Ich habe sie schließlich so erzogen, dass sie ihrem Ehemann keine Schande macht, aber wenn Sie mit ihr nicht zufrieden sind, bin ich der Letzte, der... nun., der Sie dafür verurteilt, wenn Sie sich auch anderweitig Abwechslung suchen!" Sein schmieriges Lachen sollte vertraulich klingen, aber Rowan widerte es nur an. Welcher Vater sprach so von seiner Tochter! Zum ersten Mal war er geneigt, für Amelie Partei zu ergreifen, aber er hielt sich gerade noch zurück. Was ging es ihn an, wie Windhurst über seine Tochter redete?! Ganz tief in seinem Inneren meldete sich eine hässliche Stimme, die ihn daran erinnerte, dass er selbst nicht besser über seine Frau dachte und sprach, aber er überhörte diesen Misston und nickte seinem Schwiegervater nur zu.

„Machen Sie sich keine Sorgen um mich oder Ihre Tochter, Windhurst." Damit zeigte er unmissverständlich zur Tür.

„Ich verstehe, Walcott!" Grinsend zwinkerte er Rowan

zu und schlug ihm kameradschaftlich auf die Schulter. „Nichts für ungut." Damit ging er und ließ Rowan ärgerlich zurück. Weil nämlich die Erinnerung an ihren Blick zurückkehrte. Große grüne Augen, vor Scham und Schmerz dunkel wie Moos. Sie hatte ihn angesehen wie ein scheues Reh, das in die Flinte des Jägers sah, das Ende vor Augen. Tiefe dunkle Schatten lagen unter ihren Augen und er musste sich eingestehen, dass sie noch viel verzweifelter und trauriger ausgesehen hatte, als noch am Tag ihrer Hochzeit. Unwillkürlich fragte er sich, ob es wirklich das war, was er wollte. Sie so zu sehen. Traurig, verletzt. Er hatte sich in seine Vorstellung von Rache hineingesteigert, mit der die Wirklichkeit nichts zu tun hatte. Er hatte sich insgeheim vorgestellt, wie seine Frau nach der Hochzeit toben würde, wenn sie feststellte, dass er nicht gedachte, sie wie seine Frau, seine Marchioness, zu behandeln. Wie sie sich ärgern oder ihm eine Szene machen würde, wenn sie wieder einmal in der Zeitung lesen musste, dass er seine Zeit lieber mit anderen Frauen verbrachte als mit ihr. Und dass er es genießen würde, wenn sie doch nichts dagegen tun könnte, wenn er sie so behandelte. Aber nichts davon war eingetroffen. Nichts war so, wie in seiner Vorstellung, schon gar nicht *sie*.

Der Hunger war ihm vergangen, also ging er grübelnd die Treppe zu seinem Zimmer hoch, um sich ausgehfertig anzukleiden. Er hatte noch keine genaue Vorstellung, wie er den Tag totschlagen sollte, jedenfalls bis zum Abend nicht, für den er mehrere Einladungen zu Soireen und Bällen hatte. Oder vielleicht würde er in die Vauxhall Gardens gehen, dort stieß man immer auf Ablenkungen aller Art.

Ein Schluchzen ließ ihn innehalten und obwohl er es nicht wollte, trugen ihn seine Schritte in die entgegengesetzte Richtung, in der sein Zimmer lag. Er verhielt vor der Tür seine Schritte und lauschte. Das erstickte Schluchzen, das zu ihm nach draußen drang, machte etwas mit ihm. Er fühlte sich schuldig, obwohl es dafür keinen Grund gab. Schließlich waren es die Worte ihres Vaters gewesen, die sie verletzt hatten.

„Sie weint bestimmt wieder wegen dir!"

Ertappt trat Rowan von der Tür zurück.

„Was?" Irritiert sah er Emily an, die mit in die Hüfte gestemmten Armen hinter ihm stand.

„Amelie weint und du bist schuld!"

„Ich... nein..." Warum versuchte er, sich zu verteidigen, wenn es ihm doch ganz gleich war, ob sie verzweifelt war?

„Doch! Sie weint oft. Weil du immer so... so... na ja, so schrecklich zu ihr bist!" Ihre blaue Augen funkelten ihn böse an.

„Wer sagt das? Sagt sie das? Hat sie sich darüber beschwert?" Herausfordernd deutete er mit dem Kopf zur Tür.

„Nein, die Dienstboten sagen das. Jedenfalls wenn sie glauben, dass niemand es hört." Jetzt kam sie näher und baute sich vor ihm auf.

„Und weil sie erst so traurig ist, seit du hier bist. Also bist du schuld daran!", warf sie ihm an den Kopf.

Er sollte sich nicht so ertappt fühlen, so vorgeführt von einem kleinen Mädchen, und doch war da eine Stimme, die ihm sagte, dass Emilys Feststellung ein Körnchen Wahrheit enthielt. Hatte er nicht gerade selbst festgestellt, dass Amelie noch sehr viel unglücklicher wirkte als am Tag der Hochzeit? Und warum traf ihn diese Erkenntnis überhaupt?

Weil du Tränen der Wut, der verletzten Eitelkeit und der Empörung über dein Verhalten hervorrufen wolltest! Weil du den Schmerz, der in deiner verletzten Eitelkeit wühlt, jemand anderem zufügen wolltest, um dich selbst besser zu fühlen!

Aber er fühlte sich nicht besser, weil Amelie nämlich nicht die Sorte von Tränen vergoss, die er brauchte, um sich überlegen zu fühlen. Weil sie nicht wütend oder anmaßend war, sondern nur... tief verletzt, traurig und unsicher.

„Weißt du was?" Emilys Stimme lenkte ihn von dieser unangenehmen Wahrheit ab, um ihn mit einer anderen, genauso unangenehmen zu konfrontieren.

„Papa hat gesagt, ich soll nett zu dir sein, weil du mein Onkel bist. Und weil du meine Mama gern gehabt hast. Deswegen würdest du auch mich gern haben, aber das stimmt gar nicht. Du magst mich nicht. Und Amelie auch nicht! Und meinen Papa auch nicht!" Jetzt liefen Tränen über das kleine Gesicht und vielleicht zum ersten Mal seit er wieder in London war, bröckelte etwas in ihm. Zerrte wie ein knurrender Hund an einem Knochen an dem Ding in seiner Brust, das Georgina vor Jahren als tote Hülle zurückgelassen hatte. Und nun erinnerte ihn das kleine Mädchen, das seiner Mutter wie aus dem Gesicht geschnitten war, dass dieses Ding doch noch lebte. Vielleicht vernarbt, gezeichnet, aber es lebte. Und es schlug und kämpfte mit der ganzer Kraft darum, dass er dieses neue Gefühl zuließ. Zuließ, all den Hass und Groll zu vergessen und nicht die Menschen zu bestrafen, die nichts dafür konnten, dass er innerlich abgestorben war.

„Was ist hier los?" Amelie stand plötzlich in der Tür, die deutlichen Tränenspuren noch im Gesicht, und sah verstört von Emily zu Rowan. Sah, dass Emily ihren Onkel böse anstarrte, sah, dass sie geweint hatte, ohne genau zu wissen, warum. Und plötzlich fand sie die Kraft, die sie für sich selbst nie gespürt hatte. Die Kraft, für Emily Partei zu ergreifen.

„Sie hören mir jetzt genau zu, Mylord. Vielleicht haben Sie einen Grund, mich so zu behandeln, wie Sie es tun. Vielleicht habe ich es verdient, dass Sie Ihren Unmut über diese Ehe an mir auslassen." Sie sah Rowan mit so viel Entschlossenheit an, wie sie aufbringen konnte.

„Aber ganz bestimmt hat Emily nichts damit zu tun! Sie verdient Ihre schlechte Laune nicht!" Sie straffte die Schultern in dem Gefühl, alles ertragen zu können, nur nicht die Zurückweisung dieses kleinen Kindes.

„Was auch immer Sie mit Ihrem Verhalten bezwecken, wagen Sie es nicht, Emily das zu nehmen, was ich nie hatte! Wagen Sie es nicht, ihr Zuhause und ihre Familie zu einem Ort zu machen, an dem sie sich nicht geliebt und geborgen fühlt!" Amelies Herz pochte so laut in ihrer Brust, dass sie glaubte, jeder müsse es hören. Dann wurde ihr bewusst, dass sie in ihrer Sorge um das Mädchen viel mehr von sich preisgegeben hatte, als sie eigentlich wollte.

Einige Atemzüge herrschte absolute Stille. Eine unangenehme Spannung baute sich auf und Rowan sah sie betroffen an. Aber dieses Mal senkte Amelie nicht den Blick, zu wichtig war ihr, dass er ihre Botschaft verstand. Er schluckte, einmal, zweimal, dann drehte er sich auf dem Absatz um und stürmte mit großen Schritten davon. Aber es war nicht seine Reaktion auf ihre Worte, die ihr noch lange Kopfzerbrechen bereitete, sondern der gequälte Ausdruck in seinen Augen, den sie erhascht hatte und der ihr einen kurzen Blick in seine Seele gewährt hatte. Und ihr eine Ahnung davon vermittelt hatte, warum er sich so unnahbar und verletzend ihr gegenüber verhielt. Sie hatte gesehen, dass er den gleichen Schmerz fühlte, den er ihr zufügte.

Rowan saß im Salon und las gerade die Zeitung als er die aufgeregte Stimme seiner Nichte vernahm. Sie und Amelie waren schon unterwegs gewesen als er sich zum Frühstück im Esszimmer eingefunden hatte und er war froh gewesen, seine Ruhe zu haben. Wobei Ruhe zu haben nicht das Problem war, denn wenn er die beiden zu den Essenszeiten dort antraf, war es immer still. Aber es war die Art von Stille, die ihn eher aufwühlte als beruhigte. Weil es eine laute Stille war, eine, die in den Ohren dröhnte und ihn den eigenen Herzschlag spüren ließ. Eine, die ihn anschrie, dass er ein verdammter Bastard war, weil er sich so benahm, wie er sich benahm. Das eigentlich Beschämende daran war, dass ihn nie ein anklagender Blick von Amelie getroffen hatte, oder ein Versuch von ihr, seine Aufmerksamkeit zu erringen. Sie saß einfach still da, grüßte ihn höflich und aß schweigend, doch ihre Haltung verriet ihm, dass sie sich in seiner Gegenwart unwohl fühlte. Und das begann ihn langsam zu zermürben. Emily dagegen starrte ihn öfter unverhohlen an. Fast feindselig, so, als würde sie ihn für die angespannte Atmosphäre, die immer herrschte, wenn sie aufeinander trafen, verantwortlich machen. Und für Amelies Traurigkeit. Und genau das hatte sie ihm ja gestern auch gesagt.

„Weißt du, es sind Mamas Lieblingsblumen gewesen, sagt Papa. Er hat extra welche im Garten anpflanzen lassen, damit ich sie Mama an meinem Geburtstag bringen kann, weil sie doch da gestorben ist." Die Tür öffnete sich.

„Ob ihr wohl mein neues Kleid gefällt? Papa sagt, sie ist im Himmel, aber sie kann mich immer sehen. Deshalb hat er auch diese bunten Glasscheiben einbauen lassen. Er hat gesagt, dass ich sein helles Licht bin und dass Mama von oben herab durch sie hindurch sehen kann, um mich immer zu sehen, wenn sie möchte."

Rowan zuckte zusammen. Eine Faust umklammerte seine Brust und schnürte sein Herz zusammen. Anemonen, das waren Georginas Lieblingsblumen. Sie hatte diese zarten, fragilen Blumen geliebt. Ob sie welche in ihrem Hochzeitsstrauß gehabt hatte, als sie Joshua... Der Gedanke daran schmerzte Rowan so sehr, dass er die Augen schloss und versuchte, das Stechen in seiner Brust wegzuatmen.

„Ganz sicher gefällt ihr..." Er hörte, wie Amelie mitten im Satz abbrach und öffnete die Augen. Beide starrten ihn an wie einen Eindringling. Jemanden, den sie hier nicht erwartet hatten, obwohl er doch hier wohnte. Wobei wohnen ein dehnbarer Begriff war. Er kam

134

meistens nur zum Schlafen hierher, oder wenn er frische Kleidung brauchte, ansonsten vermied er es so gut wie möglich, sich im Haus seines Bruders aufzuhalten. Daher war das Erstaunen der beiden darüber, ihn hier anzutreffen, gar nicht mal so abwegig. Und trotzdem ärgerte und verletzte es ihn. Zeigte ihm, dass er nicht dazu gehörte. Zum ersten Mal wurde ihm bewusst, dass er hier wie ein Fremdkörper war, ein Eindringling in eine Welt, die ihn ausgeschlossen hatte. Nein, die er ausgeschlossen hatte, wenn er ehrlich zu sich war. Weil er den Schmerz über das, was er verloren hatte, was vielleicht hätte sein können, nicht zulassen wollte. Teil dieser Familie zu sein, würde heißen, all die Gefühle zulassen zu müssen, die er so lange mehr oder weniger erfolgreich aus seinem Herzen verbannt hatte. Er musste nur Emily ansehen und alles war wieder da. Die Erinnerung an Georgina, an seine Träume, an den Schmerz, als diese zerbrachen...

„Mylord." Amelie knickste kurz vor ihm und griff dann nach Emilys Hand.

„Wir wollten nicht stören... verzeihen Sie..." Er verstand erst nicht, was sie meinte, aber ihr Blick auf seine geballten Fäuste ließ ihn erstarren. Ihm war nicht bewusst gewesen, dass er sich so versteift hatte. Schnell öffnete er sie und räusperte sich.

„Sie stören nicht." Dann wandte er sich an Emily, die ihn misstrauisch beäugte.

„Deine... deine Mutter wird sich sehr über die Anemonen gefreut haben, die du ihr gebracht hast." Ungläubig riss das Mädchen die Augen auf.

„Woher weißt du, dass sie Anemonen so schön fand?"

„Weil ich deine Mutter einmal sehr... gut kannte." Er konnte nicht verhindern, dass seine Stimme ein wenig zitterte, aber er hoffte, das Mädchen würde es nicht bemerken. Emily legte den Kopf etwas schief und musterte ihn.

„Dann hätte sie sich bestimmt gefreut, wenn du heute mitgekommen wärst."

Jedes Wort traf ihn wie ein Faustschlag in den Magen. Er war jetzt fast vier Wochen wieder in London und nicht einmal war er an Georginas Grab gewesen. Es war Feigheit gewesen, die ihn davon abgehalten hatte. Und die Erkenntnis, dass er längst bereit war, der Frau, die er einst geliebt hatte, zu verzeihen. Er hatte nicht das Recht, sie zu verurteilen, das war selbst in seinem meist alkoholvernebelten Gehirn angekommen. Vielleicht wäre vieles anders gekommen, wenn er damals nicht so überstürzt abgereist wäre.

„Ich..." Er hasste sich dafür, dass seine Stimme so belegt klang, und noch viel mehr hasste er den hilflosen Blick, den er Amelie zuwarf.

„Dein Onkel hatte heute keine Zeit, weißt du. Er muss... sich um vieles kümmern, weil dein Papa das ja nicht mehr kann." Sie sah Emily liebevoll an und drückte ihre Hand. Rowan schluckte den Kloß hinunter, der ihm im Hals steckte. Warum nahm sie ihn vor Emily in Schutz? Das Mädchen schien kurz zu überlegen, dann nickte sie.

„Wir können ja mal gehen, wenn du Zeit hast."

Rowan konnte nur nicken. Verdammt.

„Hast du denn jetzt Zeit?" *Zeit für was?*

„Ich darf jetzt meine Geschenke auspacken und dann wollen wir zu Papa, er kann ja nicht runterkommen."

Er spürte seinen Herzschlag, dumpf und anklagend. Es wäre eine Gelegenheit, sich seinem Bruder wieder anzunähern, ein wenig Normalität zu leben, aber er konnte nicht. Es war alles zu viel. Zu viel Familie, zu viel Freundlichkeit. Zu viel Licht für sein dunkles Herz, das erst wieder vorsichtig zu schlagen begonnen hatte. Er schloss kurz die Augen und kämpfte die Panik hinunter, die ihn in diesem Augenblick befiel. Als er sie wieder öffnete, traf ihn Amelies Blick. Und das, was er in ihren Augen las, war vielleicht das Erschütterndste, das er bisher an diesem Tag gefühlt hatte. Verständnis, Mitleid und noch etwas anderes, das er nicht deuten konnte. Nicht deuten wollte.

„Ich... ich...“ Er schluckte, aber die Enge in seinem Hals blieb. Plötzlich trat Amelie auf ihn zu und stellte sich an seine Seite. Ihre Nähe machte etwas mit ihm, aber konnte nicht sagen, was es war. Vielleicht beruhigte sie ihn, vielleicht tröstete sie ihn. Ihr leichter Zitronenduft wehte zu ihm hinüber und legte sich wie Balsam auf seine aufgewühlte Seele.

„Hast du auch ein Geschenk für mich?“ Emily sah ihn herausfordernd an.

„Du hast doch bestimmt vergessen, dass ich heute Geburtstag habe, oder?!“ Als er nur ertappt und beschämt zu Boden sah, wurde ihr Blick plötzlich traurig. Intuitiv erfasste sie die Spannung, die im Raum hing. Sie verschränkte die Arme vor dem Körper.

„Papa hat gesagt, dass du meine Mama sehr lieb gehabt hast. Aber du hast sie heute nicht besucht. Und du hast meinen Geburtstag vergessen. Das passiert nicht, wenn man jemanden lieb hat. Also hast du uns auch nicht lieb!“ Tränen sammelten sich in ihren blauen Augen.

„Wenn Papa stirbt, so wie meine Mama, dann habe ich nur noch Amelie, die mich lieb hat.“ Sie drehte sich auf dem Ansatz um und rannte zur Tür, aber Amelie hielt sie zurück.

„Emily!"

Er fühlte, wie Amelie ihn am Arm berührte, ihm etwas in die Hand drückte. Es fühlte sich samtig an, aber viel irritierender war, was er fühlte, als sie kurz seine Hand berührte. Sie trug keine Handschuhe mehr. Haut an Haut. Wärme, Kribbeln. Aber er hatte keine Zeit, sich darauf zu konzentrieren, denn Emily war stehengeblieben und drehte sich mit Tränen in den Augen um.

„Ich glaube, dein Onkel hat deinen Geburtstag nicht vergessen, Liebes", sagte Amelie sanft. Sie deutete auf seine Hand, in der er, wie er erst jetzt erkannte, eine kleine Schatulle hielt. Fragend sah er sie an, aber sie wich seinem Blick aus.

„Was ist das?" Zögerlich trat Emily näher und er wusste nicht, was er tun sollte. Amelie nickte ihm zu und er kam sich wie ein Idiot vor, als er Emily die Schatulle hinhielt. Wie ein jämmerlicher, ignoranter, Idiot. Vorsichtig nahm das Mädchen die Schatulle und öffnete sie. Eine Weile starrte sie nur hinein, dann berührte sie ehrfürchtig den kleinen bunten Schmetterling, den sie enthielt.

„Woher... woher wusstest du, dass ich mir genau die gewünscht habe?"

Ihm blieb nur, Amelie ein weiteres Mal hilflos anzusehen.

„Ich habe deinem Onkel erzählt, dass du sie so schön findest, weil sie dich immer daran erinnert, dass dein Papa... dass er diese Glaskuppel hat einbauen lassen, weil er dich sehr, sehr lieb hat." Nun versagte auch ihre Stimme und sie räusperte sich.

138

„Und weil es ja schon eine Glaskuppel gibt..." Rowan
hörte ein leichtes Lächeln aus ihrer Stimme heraus. Wie
sie sich darum bemühte, ihm aus der Bredouille zu
helfen, berührte ihn auf eine eigenartige, beängstigende
Weise. Beängstigend, weil es an dem Panzer um sein
Herz rüttelte. Warum tat sie das alles für ihn? Er hatte
sie verletzt, gedemütigt, ignoriert. Warum gab sie ihm
das Geschenk, das ganz offensichtlich sie für Emily
besorgt hatte? Warum ließ sie ihn nicht aussehen wie
den Idioten, der er war? Warum...?

„Ich mag dich, Emily, wirklich. Ich kann nur nicht... ich
weiß nicht, wie..." Er musste raus hier. Weg von seinen
Gefühlen, seinen Gedanken, seiner Vergangenheit.
Flucht war schon immer sein Weg gewesen. Damals
wie heute. Nur wusste er im Gegensatz zu damals, dass
es vollkommen falsch war, vor etwas weg zu laufen,
das ihn unweigerlich einholen würde. Er musste sich
dem stellen, aber er konnte es nicht. Jetzt noch nicht.

Amelie kämpfte mit ihren Gefühlen, nachdem Rowan
so aufgewühlt davon gestürmt war. Emily hatte sie das
mit einem wichtigen Termin erklärt und das Mädchen
hatte es halbwegs besänftigt hingenommen. Sie waren
dann zu Joshua hochgegangen und er hatte Emily
gesagt, dass im Stall ein Pony auf sie warten würde,
was sie vollends auf andere Gedanken gebracht hatte.

Sie war sofort losgestürmt, um sich ihr Pony anzusehen und Amelie hatte Zeit, ihre Gedanken zu ordnen. Am Morgen, als sie kurz nach Joshua sehen wollte, um sicherzugehen, dass es ihm gut genug ging, um mit Emily zu feiern, hatte er sie gebeten, sich kurz zu ihm zu setzen. Er hatte sich nicht lange damit aufgehalten, seinen Zustand zu beschönigen, er wusste, dass er nicht mehr lange zu leben hatte und er hatte beschlossen, dass er über eine Sache nicht länger schweigen konnte. Er war sich sicher, dass Rowan die Briefe, die Georgina und auch er selbst ihm geschrieben hatte, noch nicht gelesen hatte. Vielleicht hatte er sie sogar vernichtet, aber ohne sie würde ein Teil der Wahrheit mit Joshua sterben. Und das durfte nicht geschehen. Nach wie vor war er nicht bereit, alles preiszugeben, da es Rowans und Georginas Geschichte war, aber ein wichtiges Detail, fand er, war es an der Zeit, offen zu legen. Und diese Eröffnung hatte Amelie zutiefst erschüttert. Es machte alles noch viel schwerer, als es ohnehin schon war. Joshua hatte sich bei ihr entschuldigt, tief enttäuscht von seinem Bruder, und ihr versichert, dass er sie nie in diese Lage gebracht hätte, wenn er gewusst hätte, wie sehr sein Bruder sich verändert hatte. Er hatte sie um Vergebung gebeten, aber es gab in Amelies Augen nichts zu vergeben. Er hatte das Beste für Emily gewollt. Sie hätte an seiner Stelle nicht anders gehandelt. Vielleicht hätte er seinem Bruder die Wahl seiner Ehefrau überlassen sollen, anstatt ihn zu zwingen, eine Frau zu heiraten, von der er glaubte, sie würde Emily die Mutter ersetzen können, die sie nie kennengelernt hatte. Andererseits bestätigte Rowans Verhalten Joshua in der Annahme, er sei nicht in der

Lage, für eine Familie zu sorgen. In jedem Fall aber war es nun nicht mehr zu ändern. So oder so, und gerade nach dem, was sie heute Morgen erfahren hatte, konnte sie diese Ehe nicht einfach so aufgeben, so schwer es Rowan ihr auch machte. Es ging dabei nicht um sie, war es nie gegangen, aber um Emily.

Und noch etwas war ihr klar geworden, als er sie kurz angesehen hatte. In seinem Blick hatte sie so viel Verlorenheit gesehen, so viel Angst und Verletzung, dass es ihr fast das Herz zerrissen hatte. Sie musste unwillkürlich an den streunenden Hund denken, den sie einmal vor ihrem Haus gesehen hatte. Er war mit eingezogenem Schwanz herumgeirrt, auf der Suche nach Futter, aber als sie ihm etwas aus der Küche geholt hatte und ihn anlocken wollte, hatte geknurrt und seine Zähne gefletscht und sich nicht getraut, näher zu kommen. Sie hatte ihn schließlich gepackt, um ihn zu dem Napf mit Fleischresten zu tragen, aber da hatte er sie gebissen und war fortgelaufen. Damals war sie noch zu klein gewesen, um zu verstehen, dass er Angst hatte, weil ihm ganz bestimmt Schlimmes widerfahren war und er kein Zutrauen zu Menschen mehr hatte. Heute war sie klüger. Rowan benahm sich ganz ähnlich. Er verletzte, weil er verletzt worden war. Er hatte Wunden, die heilen mussten. Und er wollte, dass sie heilten, auch das hatte sein Blick ihr signalisiert. Aber sie wusste besser als alle anderen, dass das Zeit brauchen würde.

Rowans Füße hatten ihn schließlich in die Bond Street geführt, in die angesehene Boxakademie von John Jackson. Sein Ziel war aber nicht der Boxunterricht, den Jackson in einem großen Raum im Erdgeschoss abhielt, sondern eher der Boxring im Untergeschoss. Hier konnten Männer aller Gesellschaftsschichten gegeneinander boxen, denn hier unten galten nur die Regeln des Boxkampfes Mann gegen Mann, nicht die prüden Vorstellungen der Londoner Gesellschaft. Vielleicht, so hatte er gehofft, würde die körperliche Anstrengung seine durcheinanderwirbelnden Gedanken klären, sein aufgewühltes Inneres beruhigen und ihm einen Weg zeigen, wie er mit der neu gewonnenen Erkenntnis, dass ihm sein Leben gerade entglitt, umgehen sollte.

Nach zwei gewonnenen und einem verlorenen Kampf taten ihm nun alle Knochen weh, seine Handknöchel waren aufgeplatzt und wahrscheinlich würde er am nächsten Tag ein blaues Auge haben, aber während sich sein Körper erschöpft nach Ruhe sehnte, kreisten seine Gedanken hellwach um die Gefühle, die ihn in diesen Keller geführt hatten. Er wollte Joshua, Emily und allen voran Amelie hassen, aber im Grunde genommen hasste er nur sich selbst. Dafür, dass er Amelie so behandelte, wie er sie behandelte. Dafür, dass er seinem Bruder aus dem Weg ging, obwohl dieser sich alle Mühe gab, sich mit ihm auszusprechen und zu versöhnen. Und dafür, dass er damals so überstürzt nach Paris abgereist war, ohne noch einmal mit Georgina geredet zu haben. Schon kurz nach seiner Abreise hatte er damit gehadert, aber er war zu verletzt gewesen, um sich ihre fadenscheinige Entschuldigung anzuhören.

Er hatte sie überall im Haus gesucht, damals, auf dem Ball, den ihre Eltern aus Anlass ihres neunzehnten Geburtstages gaben. Er hatte ihr an diesem Abend einen Antrag machen wollen, vor ihr knien und sie fragen wollen, ob sie seine Frau werden wollte. Stattdessen hatte er sie schließlich draußen im Garten gefunden, eng an einen Mann geschmiegt, den er nur zu gut kannte. Lord Tobermoor war ein Schürzenjäger, ein Frauenheld, vor dem kein Rock sicher war, aber das Georgina sich mit ihm eingelassen hatte, traf Rowan unter der Gürtellinie. Sie hatte mit dem Rücken an einen Baum gepresst dagestanden, Tobermoors rechte Hand hatte ihre Brust umfasst, während die andere unter ihren Röcken verschwunden war. Er hatte gestöhnt, Georgina gekeucht und das war der Augenblick gewesen, als Rowans Welt in sich zusammengefallen war. Georgina hatte aufgeschrien, als er sich schließlich geräuspert hatte und dieser Bastard Tobermoor war erstarrt, hatte sich dann langsam zu ihm umgedreht, ohne die Hand von ihrer Brust oder unter ihren Röcken hervorzunehmen.

„Walcott." Mehr hatte er nicht gesagt, aber der Spott und die selbstsichere Überlegenheit in seiner Stimme hatten Rowan wie ein Fausthieb getroffen. Georgina hatte die Gelegenheit ergriffen, um Tobermoor von sich zu stoßen.

„Rowan, ich bin so froh...", hatte sie sich zu rechtfertigen versucht und einen Schritt auf ihn zu gemacht, aber er hatte sich vor unterdrücktem Hass versteift.

„Entschuldigen Sie die Störung. Lord Tobermoor, Lady Trenton." Während seine Stimme pures Eis gewesen war, hatte sein Herz in Flammen gestanden. Es hatte ihn alle Kraft gekostet, sich umzudrehen und zu gehen, während Georgina hinter ihm her geeilt war und ihn angefleht hatte, sie anzuhören, aber was gab es da noch zu sagen?

Er hörte noch auf dem Schiff die Verzweiflung in ihrer Stimme, aber er war zu verletzt gewesen, um sich einzugestehen, dass er sie zumindest hätte anhören müssen. Dazu hatte er nicht erst nach London zurückkehren müssen, das war ihm ziemlich schnell schon in Paris klar geworden, aber er war zu stolz und verletzt gewesen, um es zuzugeben.

Aber nun gab es kein Zurück mehr. Er musste sich all dem stellen, vor dem er damals geflohen war. Rowan wusste, hatte es im Grunde immer gewusst, dass er nur seinen inneren Frieden wiederfinden konnte, wenn er sich darauf einließ. Und mit seinem Bruder zu reden und endlich auch die Briefe zu lesen, die Georgina ihm geschrieben hatte, würde ein Anfang sein.

Ausnahmsweise war Rowan an diesem Abend nüchtern nach Hause gekommen. Die körperlichen Schmerzen, mehr aber noch die Erkenntnis, dass er sich selbst fremd geworden war, hatten ihn einen großen Bogen um seinen Club und alle anderen Verlockungen machen lassen, die London nachts zu bieten hatte. Im Grunde genommen hatte er in den letzten sieben Jahren nicht das Leben geführt, das er führen wollte. Frauen, Alkohol und Glücksspiel hatten den tief sitzenden Schmerz zwar für eine Weile verdrängt, aber zurück in London war ihm nun klar geworden, dass es nichts als eine Flucht vor der Wahrheit gewesen war. Er war wieder in alte Verhaltensmuster zurückgefallen, weil sie etwas waren, das seinem Leben eine vermeintliche Struktur gab und ihm die Sicherheit vorgaukelten, alles im Griff zu haben. Es waren verlässliche Partner bei seinem Kampf gegen den Schmerz, der in seinem Inneren tobte, seit Georgina ihn so verletzt hatte. *Sie* war es gewesen, wegen der er sein damaliges Leben aufgegeben hatte. Ein Leben, das schon damals von diesen Ablenkungen beherrscht wurde. Den Frauen, dem Glücksspiel und dem Alkohol hatte er gerne entsagt, weil er all das nicht mehr brauchte, seit er *sie* kannte. *Sie* hatte ihm Halt und seinem Leben Sinn gegeben. Und *sie* hatte ihm all das auch wieder genommen. Und so war er wieder zu dem Mann geworden, der er gewesen war, bevor er Georgina kennengelernt hatte. Zu dem Mann, der er im Grunde nicht sein wollte. Er hatte sich nie wieder so angekommen, so zufrieden gefühlt, wie in der Zeit mit Georgina. Aber nun war sie tot, und ganz gleich, wie schwer ihr Verrat an ihm wog, er hatte mit Amelie vielleicht eine neue Chance auf dieses Leben bekommen, das er mehr wollte als den vorübergehenden Rausch des Alkohols und der flüchtigen Bettgeschichten. Kurz dachte er an Anouk, aber auch sie war im Grunde nur eine Ablenkung gewesen, auch wenn er sie über einen längeren

Zeitraum in seinem Bett geduldet hatte.

Über all diese Gedanken und Wahrheiten hatte er nicht in den Schlaf gefunden und so war er schnell auf den Beinen als er einen Aufruhr vor seinem Zimmer vernahm. Er zog sich seinen Morgenmantel über und trat auf den Flur. Er sah gerade noch, wie sich die Tür zum Zimmer seines Bruders schloss und Johnson mit einem Öllicht in der Hand zur Treppe eilte.

„Johnson, was ist hier los?" Seine Stimme ließ den Mann herumfahren.

„Mylord, Seine Gnaden, der Duke... es geht ihm schlecht. Ich wollte gerade den Doktor rufen..."

„Warum haben Sie mir nicht Bescheid gesagt?" In Rowan kämpfte das schlechte Gewissen, sich bisher nicht um seinen Bruder geschert zu haben mit der Angst, er könne sein Vorhaben, mit Joshua zu reden, vielleicht gar nicht mehr in die Tat umsetzten, wenn er jetzt starb. Daher klang seine Stimme schärfer als es angemessen war und Johnson zuckte erwartungsgemäß zusammen. Dann aber straffte er sich und sah Rowan fest in die Augen.

„Mit Verlaub, Mylord, ich wusste erstens nicht, dass Sie ausnahmsweise zuhause sind und zweitens", er kniff die Augen anklagend zusammen, „konnte ich nicht ahnen, dass der Gesundheitszustand des Dukes Sie interessiert." Beide wussten, dass Johnson mit diesen Worten eine Grenze überschritt. Aber es zeigte Rowan auch, dass Johnson und seinen Bruder mehr als nur ein Angestelltenverhältnis verband. Johnson war bereits in den Diensten seines Vaters gewesen und nach dessen Tod geblieben. Er war mehr ein Mitglied dieses Haushaltes als nur ein Angestellter. Und er war Joshua gegenüber stets loyal gewesen. Und obwohl es Rowan ärgern sollte, dass jemand vom Personal so mit ihm sprach, nötigte es ihm doch Respekt ab und er beließ es dabei.

„So wie ich nicht weiß, ob Sie überhaupt irgendetwas interessiert, was hier im Haus geschieht, *Mylord!*", fügte Johnson noch hinzu. Dann eilte er die Treppe hinunter und Rowan zog verärgert die Augenbrauen zusammen. Aber durfte er sich darüber wundern, was alle von ihm dachten? Er hatte sich in der Tat seit seiner Ankunft weder oft hier aufgehalten noch sich um irgendwelche Belange des Haushalts gekümmert, obwohl das seine Aufgabe gewesen wäre. Er hätte Bücher durchsehen und sich beim Notar einen Überblick verschaffen müssen, was während seiner Abwesenheit mit den Liegenschaften passiert war, die der Familie gehörten, statt sich bei *White's* zu betrinken. Er hätte sich vor allem auch um seine Nichte kümmern müssen, die bald Vollwaise sein würde. An Amelie wollte er dabei gar nicht denken. Seine Versäumnisse wogen auch ohne den Gedanken daran, wie er sie behandelt hatte, schon schwer genug. Vorsichtig öffnete er die Tür, um seinen Bruder nicht zu stören, dann aber hielt er die Luft an. Amelie saß an Joshuas Bett, ihre Haare hingen ihr in einem lockeren Zopf über den Rücken, verirrte Strähnen kräuselten sich um ihr Gesicht und sie machte einen verschlafenen Eindruck. Sie hatte nur einen dünnen Morgenmantel um sich geschlungen und im schwachen Licht des Öllichtes schien sie irgendwie zu leuchten. Jedenfalls erschien es Rowan so und er fragte sich, warum er nicht schon viel eher bemerkt hatte, dass sie nicht nur hübsch sondern wirklich schön war. Auf eine unaufgeregte, dezente Art, still und zurückhaltend, aber gerade das machte sie aus. Als sie ihn bemerkte, zuckte sie zusammen. Die Bewegung zauberte glänzende, mahagonifarbene Reflexe in ihre braunen Haare, die sie sonst in einem strengen Chignon bändigte. Ihre Augen funkelten im schwachen Schein des Öllichtes wie geschliffene Smaragde, dunkel, verhangen, geheimnisvoll. Für einen Wimpernschlag lang sah sie ihn an, riss bei dem Anblick seines geschwollenen Auges kurz die Augen auf, dann senkte sie den Blick und stand auf. Rowan bemerkte, dass sie Joshuas Hand eilig losließ, was ihm einen Stich versetzte. Es kam dem Gefühl nahe, das er empfunden hatte, als er Georgina an diesem verhängnisvollen Abend im Garten mit diesem anderen Mann angetroffen hatte.

„Mylord." Sie knickste und wollte sich an ihm vorbei drängen und den Raum verlassen, aber er hielt sie am Arm zurück. Er konnte durch den dünnen Stoff ihres Morgenmantels ihre warme, weiche Haut spüren und zum ersten Mal hatte er das Bedürfnis, sie in seine Arme zu nehmen und sich bei ihr für alles zu entschuldigen, was er ihr angetan hatte. Gleichzeitig fühlte er aber auch die Distanz, die es zwischen ihnen gab und wie sie sich bei seiner Berührung versteifte. Eine Distanz, die er aufgebaut hatte und nun am liebsten überbrücken würde, aber nicht wusste, wie. Er dachte daran, dass sie ihn noch nie mit seinem Namen angesprochen hatte und ärgerte sich. Sie begegneten sich wie zwei Fremde, obwohl sie verheiratet waren. Und das war nur seine Schuld.

„Rowan." Er nickte ihr zu und seine Kehle wurde eng, als sie ihn daraufhin aus ihren großen, grünen Augen

148

erschrocken ansah.

„Ich heiße Rowan, Amelie." In Gedanken nannte er sie schon länger beim Vornamen, ihn aber jetzt hier auszusprechen, fühlte sich richtig an. Wie ein erster Schritt zur Versöhnung. Sie sagte immer noch nichts, sah ihn nur weiter verwirrt an.

„Und ich möchte, dass du bleibst. Wenn du es auch möchtest." Seine Stimme klang kratzig und belegt, aber er nahm den Blick nicht von ihr, sah, wie sie schluckte, einmal, zweimal und dann an ihrer Lippe knabberte. Es machte etwas mit ihm, sie so unentschlossen vor sich zu sehen. So, als würde sie gerne bleiben wollen, sich aber nicht trauen, weil seine Gegenwart sie verunsicherte. Schließlich nickte sie.

„Ja, ich möchte bleiben." Der Klang ihrer sanften Stimme ließ den letzten Rest seiner mühsam um sein Herz errichteten Mauer bröckeln. Er hätte sie am liebsten berührt, ihre Wange gestreichelt oder noch lieber ausgetestet, wie ihre vollen Lippen, an denen sie eben noch so sinnlich geknabbert hatte, schmeckten, aber das war weder der richtige Ort, noch die richtige Zeit dafür. Noch stand zu viel zwischen ihnen, das geklärt werden musste. Stattdessen nahm er vorsichtig ihre Hand und führte sie zurück zu dem Stuhl, auf dem sie gesessen hatte und zog sich einen zweiten heran, auf dem er Platz nahm.

„Amelie... ich...", begann er, aber sie nahm nur seine Hand und drückte sie kurz. Scheu und zurückhaltend, aber doch stark und bestimmend. Dann schüttelte sie leicht den Kopf um ihm zu signalisieren, dass es nicht die Zeit und der Ort für Erklärungen war. Rowan wunderte sich darüber, wie viel Widersprüche sich in dieser Frau vereinten, sagte aber nichts weiter, als sie einen Finger an die Lippen legte. Nicht hier, nicht jetzt. Er verstand, was sie damit ausdrücken wollte und nickte.

Und so saßen sie schweigend nebeneinander, bis schließlich der Arzt kam, Joshua abhörte, ihm die Brust mit Kampfersalbe einrieb und ein Fläschchen Laudanum da ließ. Zum Abschied schüttelte er traurig mit dem Kopf und bedeutete Rowan, ihn nach draußen zu begleiten. Amelie blieb an Joshuas Bett sitzen, denn sie wusste, was der Arzt Rowan sagen würde. Sie drückte Joshuas Hand und zum ersten Mal seit Tagen spürte sie einen leichten Druck seinerseits. Sie sah zu ihm auf, sah sein leichenblasses, eingefallenes Gesicht mit den blauen Lippen, die den Eindruck vermittelten, er sei schon tot, aber ein leichtes Lächeln, ein kurzes Zucken nur, umspielte seine Mundwinkel, so als wolle er sagen, dass nun alles gut werden würde. Aber Amelie war nicht so naiv, dass sie daran glaubte.

Nicht erst die ernsten Worte des Arztes hatten Rowan angedeutet, dass es Zeit wurde, Verantwortung für die Menschen und Güter zu übernehmen, die von den Entscheidungen, die das Familienoberhaupt traf, abhängig waren. Und das war, in Anbetracht von Joshuas Krankheit, nun einmal er. Der Arzt hatte ihm keine Hoffnungen gemacht, dass sein Bruder wieder genesen könnte. Dazu war die Krankheit zu weit fortgeschritten. Niemand konnte sagen, wann es soweit war, aber dass Joshua dem Tode geweiht war, stand fest. Und so war Rowan auch nicht überrascht, dass sein Bruder bereits alle Vollmachten an ihn übertragen hatte, damit er zu Joshuas Lebzeiten noch die Familiengeschicke übernehmen konnte.

Nun saß er vor dem Berg an Verträgen, Abrechnungen und Vermögensauflistungen, die der Notar ihm am Morgen vorbeigebracht hatte. Aber er konnte sich nur schwer auf die Zahlen und Vertragsdetails konzentrieren, zu sehr beschäftigte ihn die Begegnung mit Amelie in der vergangenen Nacht. Nachdem der Arzt gegangen war, hatten sie noch eine lange Zeit schweigend nebeneinander gesessen, aber es war kein unangenehmes Schweigen gewesen. Vielmehr war es Rowan so vorgekommen, als käme er endlich zur Ruhe. Er hatte das Gefühl als heile irgendetwas in ihm. Wie eine Wunde, die sich langsam schließt. Er hatte tatsächlich Amelies Nähe genossen, sie vielleicht sogar gebraucht, um dieses Heilen voranzutreiben. Schließlich war sie eingenickt, was Rowan die Möglichkeit gegeben hatte, sie ausgiebig zu mustern. Der Schlaf hatte ihr diese Aura von Verletztheit genommen, die sie immer irgendwie umgab. Er hatte alles Traurige weggewischt und ihre Züge entspannt. Ganz vorsichtig hatte er ihr eine Strähne ihres weichen Haares aus dem Gesicht gestrichen und den Wunsch, viel mehr von ihrer weichen Haut zu berühren, hatte er nur mühsam unterdrücken können. Aber er beherrschte sich, denn so, wie er sich ihr gegenüber benommen hatte, hatte er ganz sicher nicht das Recht dazu. Er wünschte sich in diesem Augenblick nichts mehr, als die vergangenen Wochen ungeschehen machen zu können und ganz von vorne anzufangen. Damit hätte er vielleicht eine Chance gehabt, sie für sich zu gewinnen, ihre Zuneigung zu bekommen, um eine harmonische Ehe zu führen. Denn das wünschte er sich inzwischen, das wurde ihm schlagartig bewusst. Aber er hatte es vermasselt. Und nun standen die Chancen, dass sie ihm vergeben würde, gleich Null. Welche Frau würde einem Mann solch ein Benehmen, all die Verletzungen und Demütigungen verzeihen? Er hätte ewig so neben ihr sitzen können, aber schließlich war sie hochgeschreckt, hatte ihn entsetzt angesehen und dann mit einem gemurmelten *„Oh, entschuldigen Sie!"* das Zimmer verlassen. Noch lange war dieses *Sie* in ihm nachgeklungen, das ihr aus einem Impuls heraus entwichen war, und er fühlte sich bestätigt, dass Amelie noch nicht gewillt war, Nähe zuzulassen.

All das beschäftigte ihn auch jetzt noch als er die Abrechnungen der letzten Monate vor sich hatte. Joshua hatte Amelie eine hohe Summe als monatliche Apanage zugesichert, wie er dem Heiratsvertrag entnommen hatte. Nur fand er keinerlei Abrechnungen, die ihre Ausgaben belegten. So sehr er auch in den Papieren suchte, außer einer Summe von 50 Pfund, die an einen Juwelier ausgezahlt worden waren, fand er nichts. Keine Ausgaben für weiteren Schmuck, Kleidung oder irgendwelche anderen Dinge, für die Frauen für gewöhnlich ihr Geld ausgaben. Kurz dachte er an Anouk, die sich ihre Gesellschaft und andere Dienste stets fürstlich hatte bezahlen lassen. Konnte es sein, dass auch Amelie... Nein, rief er sich selbst zur

Ordnung. Warum nur schlichen sich immer diese zerstörerischen Gedanken in seinen Kopf? Und warum schmerzte ihn allein der Gedanke an Amelie und andere Männer so sehr? Er verbot sich, sich die Antwort darauf selbst zu geben und widmete sich wieder den Aufzeichnungen, aber nach einer Weile schob er den Stapel mit den Dokumenten entnervt zur Seite. Es hatte keinen Zweck, er konnte sich einfach nicht auf Zahlen und Vorgänge konzentrieren, wenn Amelie so präsent in seinem Kopf war. Er rieb sich über die Augen, was sein lädiertes Auge mit einem stechenden Schmerz quittierte. Gerade als er das Arbeitszimmer verlassen hatte, kam Amelie die Treppe hinunter. Verlegen blieb sie auf der untersten Stufe stehen und sah ihn kurz an, dann senkte sie den Kopf, so als ob ihr diese Geste bereits in Fleisch und Blut übergegangen wäre, trat einen Schritt näher und knickste vor ihm.

„Mylo... Rowan." Sie klang so unsicher wie er sich fühlte.

„Amelie... ich... kann ich dich kurz sprechen?" Er räusperte sich. Ihre Verunsicherung setzte ihm zu, war er doch der Grund dafür.

„Natürlich." Sie sah ihn an und biss sich verlegen auf die Lippe, so als suche sie den Grund dafür, dass er sie zu sprechen wünschte.

Im Arbeitszimmer deutete er auf den Stuhl vor dem Schreibtisch und erst jetzt wurde er sich bewusst, dass die Atmosphäre für das Gespräch, das er eigentlich mit ihr führen wollte, viel zu unpersönlich war. Wer entschuldigte sich schon in einem Arbeitszimmer für sein verletzendes Verhalten gegenüber seiner Frau? Wer fragte in einem Arbeitszimmer, ob sie der Ehe vielleicht eine neue Chance geben würde? Wer gestand seiner

Frau im Arbeitszimmer, dass er sich in sie verliebt hatte? Bei diesem Gedanken schrillten sämtliche Alarmglocken in seinem Kopf. Das hatte er nicht gerade gedacht?! Das konnte nicht sein... Aber der Gedanke daran erschreckte ihn zu seinem Erstaunen nicht länger, im Gegenteil. Er wusste nicht, wann es genau passiert war, aber er konnte es auch nicht länger leugnen. Er hatte sich in seine eigene Ehefrau verliebt! Nur standen die Chancen leider schlecht, dass dieses Gefühl auf Gegenseitigkeit beruhte. Und daher musste er vorsichtig vorgehen. Er konnte Amelie nicht mit dieser Erkenntnis überrumpeln.

„Äh, also, worüber ich mit dir reden wollte..." Er suchte noch nach einem unverfänglichen Thema, aber Amelie riss schon die Augen auf.

„Habe ich etwas falsch gemacht?"

„Falsch?" Rowan runzelte verärgert die Augenbrauen. Wovon redete sie denn? Was sollte sie schon falsch gemacht haben? Nein, *er* hatte alles falsch gemacht.

„Nein, natürlich nicht. Du hast gar nichts falsch gemacht, Amelie. Es ist nur... ich wollte nur..." *Dir sagen, dass ich mich in dich verliebt habe? Dich fragen, ob du mir nicht vielleicht all meine Verletzungen einfach so vergeben kannst und wir noch einmal von vorne anfangen? Du Narr,* schalt er sich, aber sie sah ihn weiterhin an, als erwarte sie, für etwas gescholten zu werden.

„Also ich wollte dich fragen, ob du vielleicht weißt, wo die Abrechnungen für deine Ausgaben abgelegt sind." Innerlich verdrehte Rowan die Augen. Wie erbärmlich war dieser Versuch, vom eigentlich Thema, das ihn beschäftigte, abzulenken?

154

„Meine Abrechnungen?" Irritiert zog Amelie die Stirn kraus. Gleichzeitig rutschte sie auf dem Stuhl unbehaglich nach vorne. Sie hielt die Hände im Schoß verschränkt und senkte, wie sie es immer tat, die Augen. Rowan stellte sich auf einmal die Frage, ob ihr Verhalten allein damit zu begründen war, dass er sie immer wieder gedemütigt hatte, oder ob mehr dahinter steckte. Viel zu sehr waren ihr diese kleinen Gesten der Verunsicherung, des Kopfsenkens und des Schuld-bei-sich-Suchens in Fleisch und Blut übergegangen, als dass sie erst mit seinem Auftreten entstanden sein konnten, das erkannte er jetzt. Ihm fiel der Besuch ihres Vaters ein und wie er mit ihr geredet hatte. Konnte es sein, dass er sie ebenso schlecht behandelt hatte wie er selbst? Konnte es sein, dass ihre schüchterne, schuldbewusste Haltung viel tiefere Wurzeln hatte, als er bisher vermutet hatte?

„Ich habe meine Apanage nicht angerührt, wenn es das ist, was Sie meinen. Nur einmal..."

„Amelie, wir sind verheiratet! Du kannst mich ruhig mit meinem Vornamen ansprechen!" Er sprach lauter als er wollte, denn es verletzte ihn mehr als er gedacht hatte, dass sie ihn immer noch mit dieser Distanz ansprach. Sie schluckte, dann nickte sie.

„Ich habe nur einmal davon Gebrauch gemacht. Für Emilys Brosche."

Ihm wurde heiß. Sie hatte das Geld nicht angerührt? Nichts für sich ausgegeben, nur für... Emily? Und dann hatte sie ihm auch noch das Geschenk überlassen, damit er nicht wie der größte Trottel in Englands Geschichte dastand, weil es ihn schlichtweg nicht interessiert hatte, dass seine Nichte Geburtstag hatte?

„Warum hast du das für mich getan, Amelie? Du hättest

es doch... dabei bewenden lassen können, dass ich kein Geschenk hatte."

„Nein, Sie... du musst wissen, dass ich alles dafür tun würde, dass Emily... also, dass sie sich geliebt fühlt. Wenn ihr Vater", Rowan wunderte sich, dass ihr Tonfall sich bei diesen Worten leicht angespannt anhörte, „also wenn der Duke stirbt, dann sind Sie... bist du ihr Vormund, ihre Familie. Sie soll nicht das Gefühl haben, dass du sie nicht magst." Rowan erinnerte sich plötzlich an die Worte, die sie ihm neulich an den Kopf geworfen hatte: *Wagen Sie es nicht, Emily das zu nehmen, was ich nie hatte! Wagen Sie es nicht, ihr Zuhause und ihre Familie zu einem Ort zu machen, an dem sie sich nicht geliebt und geborgen fühlt!* Eine kalte Hand griff nach seinem Herzen, bohrte sich schmerzhaft hinein und drückte es zusammen, bis er nicht mehr atmen konnte. Er war so ein gefühlloser Bastard! Er begann, sich vor sich selbst zu ekeln als er alle Puzzleteile an die Stelle rückte, bis sie einen Sinn ergaben. Amelie war bereits von ihrem Elternhaus aus traumatisiert gewesen. Zu deutlich stand die Begegnung mit ihrem Vater vor seinen Augen. Windhurst hatte mehr als deutlich gemacht, was er von seiner Tochter hielt, nur hatte Rowan das damals nicht gesehen, nicht sehen wollen, wenn er ehrlich zu sich war. Er war viel zu beschäftigt mit seinen eigenen Gefühlen gewesen, viel zu versessen darauf, anderen den gleichen Schmerz zuzufügen, den er selbst erlebt hatte, als dass es ihn interessiert hätte. Ihm wurde schlagartig das gesamte Ausmaß seines Handelns klar und er schloss für einen Moment die Augen, weil er Amelie nicht ansehen konnte, nicht in ihre traurigen Augen blicken konnte, ohne von Schuld zerfressen zu werden. Wie konnte er all das wieder gut machen? Wie sollte es möglich sein, dass Amelie ihm dieses Verhalten je verzeihen könnte? „Rowan, ich... es tut mir leid. Ich hatte kein eigenes Geld, um Emily eine Freude zu machen. Ich...“ Wieder diese leise, zurückhaltende Stimme, die ihm das Herz zerriss, weil er nun wusste, warum sie immer in sich die Schuld an allem suchte, von dem sie glaubte, dass es ein Fehler, *ihr* Fehler, war.

„Warum hast du dir nie etwas für dich gekauft? Kleider, Schmuck? Warum, Amelie? Du hast doch eine beträchtliche Summe zu deiner eigenen Verfügung bekommen.“ Er konnte sie immer noch nicht ansehen, und in dem Moment, als er sie das fragte, ahnte er bereits, dass sie es wieder falsch auslegen würde. Er hätte ihr lieber sagen sollen, dass sie ihm keine Rechenschaft über das Geld schuldig war, das ihr zustand.

„Ich konnte nicht, ich meine, das Geld steht laut Ehevertrag deiner Ehefrau zu, aber... ich...“ Zum Ende hin war ihre Stimme so leise, dass er sie kaum mehr verstand. Dann räusperte sie sich und sah ihm überraschend fest in die Augen.

„Ich fühle mich nicht wie deine Frau, Rowan. Wir führen keine Ehe, also habe ich auch kein Anrecht auf das Geld.“ Zum ersten Mal wich sie seinem Blick nicht aus, die Verletztheit in ihren Augen war einem gewissen Stolz gewichen und Rowan erkannte in ihr plötzlich die Frau, die sie hätte sein können, die sie wahrscheinlich unter all den Verletzungen und Demütigungen nur versteckt hielt, um sich einen Rest Selbstachtung zu erhalten. Er hatte auf einmal nur den einen Wunsch, sie zu heilen, die Frau zum Vorschein zu

157

locken, die sie so gut versteckt hielt. Er wollte plötzlich nichts mehr als sie in seinen Armen halten, sie alle Kränkungen vergessen lassen und ihr die Liebe geben, nach der sie heimlich suchte. Und die sie verdiente. Er wusste nicht, wie er das anstellen sollte, sie hatte ihm gerade sehr deutlich zu verstehen gegeben, dass sie ihre Ehe nicht als solche ansah. Aber er war sich nie in seinem Leben sicherer gewesen, dass es genau das war, was er mehr als alles andere wollte. Sie lieben und von ihr geliebt werden.

„Amelie, ich...‟

Ein lautes Klopfen ertönte und unterbrach ihn unsanft. Er wollte jetzt nicht gestört werden, wollte Amelie endlich sagen, dass er ein gottverdammter Bastard war, ein armseliger Narr, und dass er sich nichts sehnlicher wünschte als ihre Vergebung und einen neuen Anfang, aber das Klopfen wurde von Johnsons lauter Stimme begleitet.

„Mylord, Ihr Bruder, der Duke, hatte wieder einen Anfall! Es ist...‟

Noch bevor er sich überhaupt bewegen konnte war Amelie bereits aufgesprungen und zur Tür hinaus. Rowan brauchte einen Augenblick, um seine Gedanken von Amelie weg und auf seinem Bruder zu lenken, dann folgte er ihr.

Allerdings war er auf das Bild, das ihn im Zimmer seines Bruders erwartete, nicht vorbereitet. Nicht so wie Amelie jedenfalls, denn sie hatte bereits mit Johnson begonnen, Joshua aufzurichten und die blutige Bettwäsche abzuziehen. Die Augen weit aufgerissen, den Mund weit geöffnet und zwischen röcheln und rasselnd atmen, hing Joshua in Johnsons Armen und wenn Rowan noch ein Fünkchen Hoffnung gehabt hatte, sein Bruder könnte vielleicht doch genesen, so erlosch diese Hoffnung gerade und wich der Gewissheit des nahenden Todes. Er konnte nur da stehen und Amelies routinierte, ruhige Art bewundern, mit der sie das Notwendige tat, und doch stahl sich vollkommen unpassend auch so etwas wie Eifersucht in Rowans Herz. Amelie wirkte sehr vertraut mit Joshua, redete beruhigend auf ihn ein und drückte immer wieder aufmunternd seine Hand. Dann flößte sie ihm etwas von dem Laudanum ein, das der Arzt dagelassen hatte und wartete, bis es zu wirken schien. Joshua hustete noch ein paar Mal blutigen Auswurf in sein Taschentuch, das Amelie ihm hinhielt, dann schloss er schließlich die Augen und schien wieder in seine eigene Welt hinabzutauchen. Während Amelie einer inzwischen herbeigeeilten Magd die blutige Bettwäsche übergab sah sie Joshua traurig an, dann nickte sie Johnson zu.

„Ich bleibe bei ihm, Johnson. Ich rufe Sie, wenn ich Sie brauche." Erst jetzt schien sie zu bemerken, dass auch Rowan anwesend war, und errötete leicht. Er bemerkte, wie ihr Anblick, an Joshuas Bett sitzend und seine Hand haltend, etwas in ihm auslöste, das er nicht unter Kontrolle hatte. Wie in dem Moment, als er Georgina und diesen Bastard zusammen gesehen hatte. Etwas Glühendes breitete sich von seinem Herzen aus Bahn, rauschte durch seine Adern bis es in seinem Kopf explodierte. Diese brisante Mischung aus verletztem Stolz und verschmähter Liebe, aus verraten werden und dem Schmerz darüber, verursachte wieder diesen einen Augenblick, der ihm die Worte in den Mund legte, die er nie aussprechen wollte. Er wusste, dass es falsch war. Dass er sich nicht unter Kontrolle hatte, aber bevor er es verhindern konnte, kniff er die Augen zusammen, durchbohrte Amelie mit seinem Blick und presste mühsam beherrscht hervor:

„Was ist das zwischen euch? Liebst du ihn?"

Mit jedem Wort war sie etwas blasser geworden.

„Was spielt ihr hier für ein Spiel mit mir?" Er hatte sich kaum noch unter Kontrolle, so sehr traf ihn ihr Anblick. Amelie zuckte betroffen zusammen, aber ein Blick in ihre Augen verriet ihm, dass es keine ertappte, schuldbewusste Reaktion war. Sondern etwas, das so weit entfernt von dem war, was er ihr gerade unterstellt hatte, dass ihm plötzlich übel wurde. Er ahnte, dass er sie damit mehr getroffen hatte, als all seine Anfeindungen vorher es gekonnt hätten. Er verfluchte sich innerlich für diese unbedachten Worte und schloss in dem Bewusstsein, dass er wieder zu dem Mann mutiert war, der er niemals wieder sein wollte, beschämt die Augen. Die Vorstellung, Joshua hätte ihm zum zweiten Mal die Frau genommen, die er liebte, und der Schmerz, alles noch einmal durchleben zu müssen, hatten ihm den Verstand vernebelt und ihn das aussprechen lassen, was er ihr niemals hätte unterstellen dürfen, wenn er noch darauf hoffen wollte, dass sie ihm verzieh.

„Amelie...", setzte er schuldbewusst an, seine Stimme kaum mehr als ein heiseres Flüstern, aber sie hob nur die Hand und unterbrach ihn. In ihrem Blick stand all das, was er eben selbst erkannt hatte. Tiefe Verletzung, Resignation und auch eine erschreckende Endgültigkeit, so, als habe er dieses Mal wirklich eine unsichtbare Grenze überschritten.

„Sie haben recht, Mylord. Es ist eine Form von Liebe, die uns verbindet. Und wie könnte ich den Menschen, der mir als einziger in meinem bisherigen Leben nichts weiter als Zuneigung entgegengebracht hat, mir ehrlich und unvoreingenommen begegnet ist und für mich nur das Beste wollte, nicht lieben? Wie könnte ich mich nicht um den Mann sorgen, der sich um mich gekümmert hat, als ich nicht weiter wusste? Wie könnte ich für den Mann", sie stand auf, machte einen Schritt auf ihn zu und sah ihm entschlossen in die Augen, „der sich die letzten Jahre bemüht hat, etwas zum Guten zu wenden, was ein anderer in seiner Verblendung ausgelöst hat, keine Achtung empfinden?" Jedes Wort war wie ein Messerstich in Rowans Brust.

„Sagen Sie mir, *Mylord,* wie könnte ich diesen Mann nicht lieben?" Tränen traten in ihre Augen und ihre Wut fiel in sich zusammen als sie Luft holte. Sie stand so nah vor Rowan, dass er bemerkte, wie ihre Brust bebte, aber sie war noch nicht fertig.

„Sie unterstellen mir und Ihrem Bruder, was doch nur Sie sich vorzuwerfen haben. Während Sie sich in den unterschiedlichsten Etablissements in London *umgesehen* haben", sie brachte ein verächtliches Schnauben zustande, „habe ich am Bett Ihres Bruders gesessen und um seine Gesundheit gebangt. Und ja, ich streite es nicht ab, ich liebe Ihren Bruder, aber eben wie einen Bruder. Er hat diese Ehe nicht arrangiert, um mich als seine Geliebte zu versorgen, sondern Emily, und wenn Sie auch nur eine Minute von Ihrer kostbaren Zeit erübrigt hätten, um mit Ihrem Bruder zu reden, dann wüssten Sie, warum." Jetzt rannen ihr Tränen über die Wangen und Rowan fühlte sich hilfloser als jemals zuvor in seinem Leben. Er hatte sie mehr verletzt als er

161

für möglich gehalten hätte, das war ihm bewusst, aber er hätte nie gedacht, dass es ihm so vernichten würde, sie derart aufgelöst zu sehen.

„Ich verstehe, dass Sie diese Ehe nicht wollten, aber auch ich hatte nicht wirklich eine Wahl. So wie ich noch niemals in meinem Leben wirklich die Wahl gehabt habe." Sie drehte sich von ihm weg und holte tief Luft, bevor sie weitersprach.

„Ihr Bruder wollte nach seinem Tod geordnete Verhältnisse für Emily und glauben Sie mir, ich wünsche mir nichts mehr, als ihm diesen Wunsch zu erfüllen, aber..." Sie öffnete die Tür und drehte sich noch einmal zu Rowan um.

„... ich glaube, ich kann das alles nicht mehr. Ich liebe Emily, aber das alleine reicht nicht. Nicht für Emily, nicht für mich und auch nicht für Sie. Ich biete Ihnen an, eine Scheidung oder Annulierung dieser Ehe, die Ihnen so sehr zuwider ist, zu beantragen." Sie hob den Kopf, aber Rowan konnte nicht erkennen, ob das Stolz oder Trotz war, was in ihren Augen aufblitzte.

„Ich weiß, dass Sie mich dafür der ehelichen Untreue bezichtigen müssen, wie Sie es ja bereits mehrmals getan haben. Scheuen Sie sich also nicht, es macht mir nichts aus." Ihre Stimme versagte, aber sie räusperte sich und sprach leise weiter.

„Jeder wird Ihnen glauben, bei dem, was man sich über mich erzählt. Und Sie müssen auch keine Rücksicht auf meinen Ruf nehmen. Schlimmer als die mitleidigen und abschätzenden Blicke, die ich jetzt schon ertragen muss, kann es nicht mehr kommen, dafür haben Sie ja bereits gesorgt!"'"

Damit trat sie durch die Tür und ließ Rowan wie einen

geprügelten Hund stehen. Das Schlimme daran war, dass ihre Worte nicht nur wahr waren, sondern ihm auch verdeutlicht hatten, dass er sie ein für alle Mal verloren hatte.

Er wollte hinter ihr her, einen letzten verzweifelten Versuch wagen, sie zurückzuhalten, aber in der Tür prallte er mit Emily zusammen, die ihn aus weit aufgerissenen Augen anstarrte. Tränen rannen ihr über das Gesicht, dann trat sie auf ihn zu und traktierte ihn mit ihren kleinen Fäusten.

„Du... du...", schluchzte sie, als Rowan sie vorsichtig festhielt und sie so zwang, von ihm abzulassen, „... du bist böse! Du... hast Amelie weh getan! Du hast alles kaputt gemacht!" Dann riss sie sich von ihm los und rannte davon

Es klopfte schon wieder an ihre Tür. Laut und eindringlich. Amelie hielt sich die Ohren zu. Sie wollte nichts hören, niemanden sehen und schon gar nicht mit jemandem sprechen. Vor allem mit *ihm* nicht. Seit sie gestern aus Joshuas Zimmer geflohen war, hatte sie sich in ihrem eigenen eingeschlossen. Einzig Jane, ihre Zofe, ließ sie herein. Auch wenn Rowan seit gestern immer wieder versuchte, mit ihr zu reden. Wieder und wieder hatte er an ihre Tür geklopft, sie gebeten, mit ihm zu reden, aber Amelie ignorierte all seine Versuche und stellte sich taub. Schließlich hatte er es aufgegeben.

Amelie fühlte sich wie in tausend Teile zersprungen. Wie ein an die Wand geworfenes Glas, das gesplittert war und nie wieder zusammengesetzt werden konnte. Sie hätte niemals gedacht, dass irgendetwas, das Rowan sagte oder tat, ihr Herz noch mehr verletzen könnte, als es schon war, aber sie hatte sich geirrt. Sie hatte in dem Moment, als er ihr vorgeworfen hatte, seinen Bruder zu lieben und ihn zu hintergehen erkannt, dass sie dem Ganzen nicht gewachsen war. Ohne sie wirklich zu kennen, oder auch jemals nur ein persönliches Wort mit ihr gewechselt zu haben, traute er ihr zu, hinter seinem Rücken mit Joshua...

Für einen winzigen Augenblick hatte sie diese Verachtung in seinen Augen gesehen, diese stumme Anklage, die er dann ja auch ausgesprochen hatte, und das hatte ihr so weh getan, dass sie nun hier stand und über ihre Zukunft nachdenken musste. Sie ahnte, dass es etwas mit Georgina zu tun hatte, dass er so um sich schlug. Sie hatte sich aus Joshuas Andeutungen so einiges zusammengereimt und mutmaßte, dass Rowan einfach nicht mit der Vergangenheit abschließen konnte. Diese Frau hatte ihn zutiefst verletzt, ihn gekränkt, und solange er das nicht verarbeitet hatte, würde er sich nicht ändern können. Aber ihn zu verstehen war eins, damit auf Dauer zu leben etwas anderes. Vertrauen war etwas Unentbehrliches, wenn eine Beziehung funktionieren sollte, und Rowan würde das nie haben. Nicht zu ihr. Das bewies ihr sein ständiges Misstrauen. Zum ersten Mal, als er kurz nach ihrer Hochzeit von ihren *Verflossenen* gesprochen hatte. Wahrscheinlich hatte er irgendwo aufgeschnappt, dass sie bereits mit mehreren Männern gesehen worden war, was zwar der Wahrheit entsprach, aber nicht gleichzeitig bedeutete, dass sie wie eine Hure von Bett zu Bett gehüpft war. Allein die Tatsache, dass er es zu glauben schien, traf sie schwer. Und heute hatte er ihr erneut misstraut, ihr dieses Mal sogar eine Beziehung mit seinem Bruder unterstellt. Das war mehr als sie ertragen konnte. Und auch für Emily wäre ein Aufwachsen mit diesen Spannungen nicht das, was sich Joshua gewünscht hatte. Und so war es Amelie wie eine logische Konsequenz erschienen, Rowan die Scheidung anzubieten, ihm einen Neuanfang mit einer Frau zu ermöglichen, die ihm dieses verloren gegangene Vertrauen wiedergeben konnte. Dass ihr bei diesem Gedanken schier das Herz herausgerissen wurde, durfte dabei keine Rolle spielen. Denn ganz gleich, was Rowan gesagt oder getan hatte, sie hatte begonnen, etwas für diesen Mann zu empfinden. Sie spürte, dass seine so offen zur Schau getragene Überheblichkeit und Kälte nur eine Fassade war, um etwas viel tiefer Liegendes zu verbergen. Joshua hatte ihr viel über seine gemeinsame Jugend mit Rowan erzählt, über die tiefe Zuneigung, die sie einst verbunden hatte, und im Herzen, das fühlte sie, war Rowan noch immer dieser Mensch, den sie nie hatte kennenlernen dürfen. Aber nun war es zu spät.

In das stetige Klopfen an der Tür mischte sich nun eine tiefe Stimme, die Amelie aufhorchen ließ.

„Gott verdammt, Amelie, mach endlich die Tür auf! Emily ist verschwunden!"

Mit einem Satz war sie an der Tür, schloss auf und stand einem vollkommen aufgelösten Rowan gegenüber.

„Was?" Ihr Herz klopfte heftig in ihrer Brust.

„Emily ist weg. Verschwunden." Er war ihr noch nie so verloren vorgekommen, so hilflos und besorgt.

„Wir haben schon überall nachgesehen, aber sie ist nirgendwo im Haus. Hast du eine Ahnung, wo sie sein könnte?" Er flehte fast und Amelie musste sich zurückhalten, um ihm nicht beruhigend die Hand auf den Arm zu legen. Er wirkte so schuldbewusst, wie sie sich oft genug selbst gefühlt hatte, und sie fragte sich, wieso.

„Sie ist bestimmt nur im Wintergarten." Er schüttelte den Kopf.

„Oder auf der Galerie. Da ist sie oft und beobachtet... " Amelie hielt inne. Wieder nur ein Kopfschütteln. Dann schloss er für einen kurzen Moment die Augen und fuhr sich durch seine zerzausten Haare.

„Sie... sie hat gestern mitbekommen, was du gesagt hast. Sie... sie... hat gesagt, ich hätte alles kaputt gemacht." Seine Stimme zitterte so sehr, dass Amelie ihn fast nicht verstand.

„Kaputt gemacht? Aber..." Dann verstand sie. Emily hatte offensichtlich mit angehört, dass sie von Scheidung gesprochen hatte. Entsetzt schlug sie die Hand vor den Mund. Das hatte sie nicht gewollt!

„Hast du eine Ahnung, wo sie sein könnte? Du", er senkte beschämt die Augen, „kennst sie besser. Wir haben schon überall im Haus und in den Ställen gesucht. Sie ist wie vom Erdboden verschluckt."

Amelie atmete mehrmals tief ein und aus um sich zu beruhigen und ihre Gedanken darauf zu konzentrieren, wo Emily sein könnte. Ihre bislang heile Welt war durch Amelies Worte ziemlich erschüttert worden. Einmal hatte das Mädchen sie gefragt, ob sie sie auch verlassen würde, so wie ihre Mutter es getan hatte, aber sie hatte Emily immer wieder versichert, dass sie bei ihr bleiben würde, ganz gleich, was auch passiert. Und nun musste Emily glauben, dass Amelie gelogen hatte und sie doch alleine lassen würde! Ein Schluchzen entrang sich ihrer Kehle und sie ahnte plötzlich, wohin Emily gegangen sein könnte. Ohne darauf zu achten, ob ihr jemand folgte, rannte sie die Treppen hinunter, ignorierte den Butler, der ihr verdutzt ihren Umhang reichen wollte, und trat auf die Straße. Regentropfen verschleierten ihre Sicht, als sie unter den teils neugierigen, teils abschätzigen Blicken der wenigen Personen, die sich bei diesem Wetter draußen aufhielten, die Straße hinunter rannte.

„Amelie!" Sie hörte Rowans Stimme hinter sich, aber sie blieb nicht stehen.

„Amelie!" Rowan hielt sie am Arm fest und sie wurde herumgerissen. Kurz prallte sie vor seine Brust und ihr blieb die Luft weg, aber sie wand sich schnell aus seinem Griff.

„Amelie, bleib stehen. Wo willst du denn hin? Du holst dir noch den Tod!" Rowan sah sie besorgt an, weil ihr dünnes Tageskleid bereits jetzt vollkommen durchnässt war, aber sie ignorierte ihn.

„Das wäre doch ganz in Ihrem Sinn, oder nicht?! Dann wären Sie mich endlich los!" Sie funkelte ihn wütend an, nicht bereit, ihm die Besorgnis abzukaufen, die sie ganz deutlich in seinem Blick sah.

„Aber wo wir gerade beim Thema sind. Ich glaube, Emily ist auf dem Friedhof, am Grab ihrer Mutter!" Amelie drehte sich um und lief weiter. Niemand wusste genau, wie lange das Mädchen schon verschwunden war, aber sehr wahrscheinlich war sie inzwischen ebenfalls durchnässt und durchgefroren. Das ängstigte Amelie mehr als ihre eigene Verfassung. Sie lief also weiter und kümmerte sich nicht darum, dass Rowan ihr fluchend folgte.

Schließlich erreichte sie das schmiedeeiserne Tor, das den Friedhof umzäunte und hastete weiter zu Georginas Grab. Schon von weitem sah sie die kleine, zusammengesunkene Gestalt, die darauf kauerte, aber mit jedem Schritt, den sie näher kam, wich ihre Erleichterung, sie gefunden zu haben, tiefer Besorgnis. Emily reagierte nicht auf ihre Rufe, bewegte sich nicht und als sie endlich neben ihr kniete, sah sie, dass ihre Lippen bereits blau angelaufen waren. Rowan stürzte neben ihr auf die aufgeweichte Erde, hob Emily in seine Arme und strich ihr das nasse Haar aus der Stirn. Der Blick, mit dem er Emily ansah, war so voller Schuld, so voll tiefer Verzweiflung und Liebe, dass sie die Augen davor verschließen musste. Er berührte etwas in ihr, ließ ihr Herz flattern und sich wünschen, dass diese Gefühle ihr gelten würden. Es hatte erst dieses Unglücks bedurft, um seine unnahbare Fassade einzureißen und ihm zu erlauben, jemanden an sich heranzulassen. Aber immerhin wusste sie nun, dass er Emily so sehr liebte, wie sie es verdiente, auch wenn er das vielleicht nicht nicht wahrhaben wollte. Und das war wichtiger als alles andere.

Rowan hatte Emily in seinen Mantel gehüllt und sie keinen Augenblick aus den Augen gelassen, bis sie wieder zuhause angekommen waren. Amelie hatte noch mitbekommen, wie ein Arzt gerufen und hektisch ein heißes Bad für Emily vorbereitet worden war, dann war sie zitternd vor Kälte und nachlassender Anspannung in ihrem Zimmer zusammengebrochen.

Und dann war da nur diese Kälte gewesen, Dunkelheit, dann verzehrende Hitze und Stimmen. Alles drang wie durch einen dichten Nebel in ihr Bewusstsein, zäh und keinen Sinn ergebend. Sie hörte Rowans besorgte Stimme, fühlte eine kühle Hand auf ihrer erhitzten Haut, aber es war alles zu weit weg, um sie wirklich zu erreichen. Sie versuchte, die Augen zu öffnen, aber ihre Lider waren viel zu schwer. Ihr gelang nur ein Blinzeln, aber selbst diese kleine Anstrengung ließ sie aufstöhnen. Sofort war da wieder Rowans Stimme, nur verstand sie nicht, was er sagte und dann wurde es wieder dunkel.

Als sie das nächste Mal die Augen öffnete, war es wieder dunkel um sie herum, aber es war nicht die Dunkelheit der Ohnmacht, wie sie schnell feststellte. Ihr Kopf schmerzte, ihr Mund war trocken und sie fühlte sich zerschlagen. Zitternd versuchte sie, sich aufzusetzen, aber sie hatte keine Kraft und ließ sich frustriert wieder in das weiche Kissen gleiten. Aber es war nicht mehr diese krankhafte Mattigkeit, die sie die letzte Zeit so geängstigt hatte, dass sie sich dem Tod nahe gefühlt hatte. Es war eher eine sanfte Erinnerung daran, dass sie ihre Kraft zum Gesundwerden brauchte. Nach einiger Zeit versuchte sie es noch einmal und es gelang ihr, sich vorsichtig im Bett aufzusetzen und nach dem Glas mit Wasser zu greifen, das an ihrem

Bett stand. Gierig trank sie es leer und nach einiger Zeit fühlte sie sich sogar in der Lage aufzustehen. Sie wollte unbedingt zu Emily und wissen, wie es ihr ging. Sie verdrängte den Gedanken daran, dass Emily vielleicht... Nein, rief sie sich zur Ordnung, das durfte einfach nicht sein! Kurz wurde ihr wieder schwarz vor Augen als sie die Beine aus dem Bett schwang und aufstand, aber sie verdrängte das ebenso wie die Hitzewelle, die ihr durch den Körper schoss. Zittrig griff sie nach ihrem Morgenmantel und war froh, dass Emilys Zimmer nur wenige Türen von ihrem entfernt war. Es dauerte eine gefühlte Ewigkeit, bis sie sich an der Wand entlang bis zu der Tür getastet hatte, die nur angelehnt war und hinter der Emily lag. Eine leise, sonore Stimme drang zu ihr hinaus auf den Flur. Vor Schwäche begannen ihre Beine zu zittern und eine neue Hitzewelle überrollte sie, aber der Wunsch, zu sehen wie es Emily ging, ließ sie tapfer dagegen ankämpfen. Nachdem das Rauschen in ihren Ohren sich gelegt hatte, wagte sie einen Blick durch die Tür. Emily lag leichenblass und verschwitzt unter dicken Decken. Einzig das rasselnde Atmen verriet, dass sie noch lebte. Neben ihr saß Rowan und hielt ihre kleine Hand. Amelie musste schlucken als sie im schwachen Dämmerlicht sein von Sorge gezeichnetes Gesicht sah, unrasiert, mit dunklen Ringen unter den Augen. Nicht einmal nach seinen schlimmsten Abstürzen hatte er so zerstört ausgesehen. Sein Haar war zerzaust und von der einst unnahbaren, kalten Ausstrahlung war nichts mehr übrig geblieben. Für Amelie sah er in diesem Moment anziehender aus als jemals zuvor. Das war also der echte Rowan! Mehr denn je wünschte sie sich, er könnte sich auch ihr gegenüber so öffnen, aber sie wusste, dass sie dieses Gefühl tief in ihrem Inneren verschließen musste. Um sich selbst zu schützen und um den winzig kleinen Rest Selbstachtung, den ihr Vater und Rowan noch nicht niedergetrampelt hatten, nicht auch noch zu verlieren. Sie hatte immer gedacht, ihre Schuld Belle gegenüber abtragen zu können, indem sie auch litt, aber sie hatte längst begriffen, dass das leichter gesagt als getan war.

„Emi, bitte, du musst das überstehen. Du musst kämpfen. Wenn du mich verlässt..." Rowan sprach leise, aber Amelie verstand dennoch jedes Wort.

„Es gibt so viel, dass ich dir sagen muss. Ich... ich hab es doch nicht gewusst! Obwohl... es ändert nichts daran, dass ich dich liebe. So wie ich deine Mutter geliebt habe. Du bist ihr so ähnlich." Amelie schloss die Augen und spürte dem Schmerz nach, den seine Worte in ihr auslösten. Sie hatte natürlich gewusst, dass er Georgina geliebt hatte, es ihn aber mit dieser vor tiefen Gefühlen vibrierenden Stimme aussprechen zu hören, tat trotzdem weh.

„Ich habe immer nur eine Familie gewollt, Emi. Alles, was ich getan habe, war falsch. Aber ich verspreche dir, wenn du wieder gesund wirst, sorge ich dafür, dass alles gut wird." Seine Stimme klang müde und rau, aber Amelie zweifelte nicht an der Aufrichtigkeit seiner Worte. Das machte es leichter für sie, das zu tun, was sie vorhatte.

„Emi, wenn du wieder gesund wirst, dann... werde ich dafür sorgen, dass du eine richtige Familie bekommst." Er fuhr sich durch sein ohnehin schon zerzaustes Haar und Amelie hatte Mitleid mit ihm. Er wirkte so verzweifelt, so vollkommen hilflos, dass es ihr die Brust zusammenschnürte.

„Du, ich und..." Amelie hielt die Luft an, denn ein kleiner Schmetterling namens Hoffnung fing in ihrem Bauch an zu flattern.

„...eine ganz bestimmte Frau, eine, zu der ich mich schon vor längerer Zeit hätte bekennen müssen, dann wäre das alles hier nicht passiert. Ich muss natürlich erst mit Amelie reden. Es gibt noch vieles zu besprechen, aber dann, wenn alles geregelt ist, werden wir eine Familie sein." Er küsste Emily auf die Stirn und zog die Decke etwas höher. Amelie erstarrte. Sie musste weg hier, bevor er sie noch entdeckte. Seine Worte hallten wie Kanonenschläge in ihren Ohren.

Zu der ich mich schon vor längerer Zeit hätte bekennen müssen...

Warum war sie nur nie auf die Idee gekommen, Rowan hätte bereits eine Frau gefunden, mit der er eine Familie gründen wollte? Ein Mann wie er, reich, gut aussehend und mit einem Adelstitel, war ganz sicher begehrt. Und Paris, wo er lange Zeit gelebt hatte, war ganz sicher voll schöner Frauen, die sich einen Fang wie ihn nicht entgehen lassen würden! Jetzt ergab vieles in Amelies Augen einen Sinn.

So schnell wie sie es auf ihren zittrigen Beinen vermochte, tastete sie sich an der Wand entlang bis zu ihrem Zimmer. Dort ließ sie sich frierend und verstört von dem eben Gehörten auf ihr Bett fallen. Rowan war also nicht nur gezwungen worden, sie zu heiraten, nein, er war damit auch gezwungen worden, eine Frau aufzugeben, die er liebte. Und wahrscheinlich geheiratet hätte, wenn nicht die Hochzeit mit ihr dazwischen gekommen wäre. So jedenfalls waren seine Worte zu deuten, oder? Und auch, wenn es sie so sehr

172

schmerzte, diesen Mann aufgeben zu müssen, so konnte sie doch nicht anders handeln. Wenn sie ehrlich zu sich war, hatte sie sich in Rowan verliebt, vielleicht nicht vom ersten Augenblick an, und auch nicht in den kalten, abweisenden Mann, den er nach außen kehrte. Aber den Rowan, hinter dessen Fassade sie in den letzten Tagen hatte blicken dürfen, diesen Rowan liebte sie. Aber das hieß auch, ihn frei zu geben. Denn wie könnte man dem Menschen, den man liebte, sein Glück nicht gönnen? Und vielleicht war das ja auch ein ganz anderer Weg, die Schuld an Belles Tod zu sühnen: So wie es Belle nicht vergönnt war, einen Mann zu finden, den sie lieben konnte, ihn zu heiraten und Kinder zu bekommen, so blieb ihr das nun ebenfalls verwehrt. Nun ja, geheiratet hatte sie, aber das war eben nur eine Farce, keine richtige Ehe. Und diesen Fehler hieß es nun zu korrigieren. Damit Rowan und Emily glücklich werden konnten. Damit sie die Familie werden konnten, die Emily so dringend brauchte. Und dem stand sie nun einmal im Weg. Also gab es nur eines, das sie tun konnte.

Am nächsten Morgen schlich Amelie wieder zu Emilys Zimmer. Sie hatte gehört, wie Rowan kurz vorher das Krankenzimmer verlassen hatte und vertraute darauf, dass er sich nun selbst etwas ausruhen würde. Da sein Zimmer auf der anderen Seite des Flurs war, bestand also wenig Gefahr, dass er sie erwischen würde, wenn sie Emily einen kurzen Besuch abstattete. Aber sie musste einfach nachsehen, wie es dem Mädchen ging. Jane hatte sie vorgespielt, noch viel zu schwach zu sein, um das Bett zu verlassen, denn niemand sollte wissen, was sie vorhatte, bis es soweit war. Zu sehr fürchtete Amelie einen tränenreichen Abschied, der möglicherweise ihren Entschluss ins Wanken bringen würde. Sie würde auch Joshua nicht mehr besuchen, und auch Emily würde sie heute zum letzten Mal sehen, es war sozusagen ein Abschied, ohne dass es jemand bemerken würde.

Emily lag noch so unverändert zwischen den weißen Kissen, dass ihr Anblick Amelie erschreckte. Sie streichelte vorsichtig ihre Wange und stellte fest, dass sie wenigstens kein Fieber mehr hatte. Eine kurze Weile stand sie einfach da und beobachtete, wie Emily atmete, dann war es an der Zeit, zu gehen. Für immer aus Emilys Leben zu verschwinden, so sehr sie das auch schmerzte, aber ihr blieb keine andere Wahl. Vielleicht würde sie es Emily später einmal erklären können, wenn etwas Zeit vergangen war und vielleicht würde sie es verstehen und ihr verzeihen. Aber jetzt war nicht die Zeit dazu. Sie musste gehen bevor Emily erwachte. Sie würde nicht gehen können, wenn sie die Enttäuschung und stumme Anklage in Emis schönen blauen Augen sehen würde, wenn sie ihr sagen würde, dass sie wegging. Sie würde noch so lange warten, bis sie sicher sein konnte, dass es Emily besser ging, aber besuchen würde sie das kleine Mädchen bis dahin nicht mehr. Es war besser, Emily würde sie dafür hassen, sie entgegen aller Beteuerungen und ohne Abschied verlassen zu haben als dass das Kind diese Wut auf Rowan übertrug. Denn er war ihre Zukunft, wollte ihr die Familie geben, die sie nach Joshuas Tod so sehr brauchen würde. Und das durfte sie nicht zerstören, indem sie Emily gegen ihn aufbrachte.

Eine laute Stimme drang aus der Halle zu ihr hinauf, jemand antwortete etwas leiser, dann wieder diese eindringliche weibliche Stimme. Schritte auf der Treppe waren zu hören und Amelie zog sich etwas von der Tür zurück, durch die sie gerade hatte gehen wollen. Wieder leise Stimmen, eine Tür wurde geöffnet und wieder zugezogen, dann Schritte auf dem Flur.

„Verzeihen Sie, Mylord, aber sie ließ sich nicht abweisen." Amelie erkannte die Stimme eines Bediensteten.

„Schon gut, Lewis, ich kümmere mich darum." Das war Rowans Stimme und er klang müde und resigniert. Nachdem Amelie sicher sein konnte, dass beide in der Halle angekommen waren, wollte sie schnell in ihr Zimmer zurück, aber wieder ertönte die Frauenstimme.

„Rowan! Was soll das? Warum lässt du mich hier in der Halle warten?!" Nun hörte Amelie, dass die Frau mit einem starken französischen Akzent sprach.

„Was willst du hier, Anouk?"

„Was ich hier will? Merde! Du schreibst mir einen Brief, verschwindest und lässt mich allein zurück mit... mit... j'attends un enfant, Rowan!"

Amelie keuchte entsetzt auf. So viel französisch verstand sie, dass diese Frau ganz offensichtlich ein Kind erwartete, ein Kind von Rowan!

Ein erstickter Laut entkam ihm und sie presste sich schnell eine Faust vor den Mund.

„In den Salon, sofort!", befahl Rowan, ein kurzes

Gerangel schien zu folgen, eine Tür wurde zugeschlagen, dann herrschte Stille. Eine Stille, die Amelie nicht empfand. Im Gegenteil. Ihr Blut rauschte in ihren Ohren, ihr Herz klopfte zum Zerspringen in ihrer Brust und sie hielt sich die Hand vor den Mund, um das Schluchzen zu unterdrücken, das sich ihr entrang. Es nur zu ahnen, dass Rowan eine Geliebte hatte, schmerzte sie, aber ihr leibhaftig zu begegnen, noch dazu als werdende Mutter, war mehr als Amelie ertragen konnte. So schnell sie konnte, lief sie in ihr Zimmer, warf sich auf ihr Bett und ließ den heißen Tränen freien Lauf.

Die Erkenntnis, dass Rowan bereits jemanden gefunden hatte, mit dem er sich die Gründung einer Familie vorstellen konnte, ja, sie sogar schon gegründet hatte, traf Amelie bis ins Mark. Für sie war kein Platz in seinem Leben, aber solange er Emily liebte und sich um sie kümmerte, konnte sie damit leben. Von Anfang an hatte Emilys Wohlergehen bei ihrer Entscheidung, Rowan zu heiraten, eine große Rolle gespielt. Weil sie ihr ein harmonisches Familienleben hatte bieten wollen. Aber jetzt schien es so, als wenn Emily gerade das nicht bekommen würde, wenn Amelie blieb. Das Mädchen würde zwischen der Kälte und Verachtung, die Rowan Amelie entgegenbrachte, aufgerieben werden. Denn Rowan würde Amelie immer spüren lassen, dass sie einer Beziehung zu der Frau, die die Mutter seines ungeborenen Kindes war, im Wege stand. Emily war noch jung genug, um sich an eine andere Frau an Rowans Seite zu gewöhnen.

Rowan hatte noch mehrmals versucht, mit ihr zu reden, aber Amelie hatte Jane angewiesen ihm zu sagen, ihr ginge es noch zu schlecht, um ihn zu empfangen. Was gelogen war, aber Amelie sah sich außer Stande, ihm jetzt gegenüber treten zu müssen. Im Grunde gab es ja auch nichts mehr zu sagen. Ihr Entschluss stand fest.

Als Jane ihr am nächsten Tag die gute Nachricht überbrachte, dass Emily auf dem Weg der Besserung war, wusste sie, dass es an der Zeit war.

Sie selbst hatte sich ebenfalls so weit erholt, dass sie sich stark genug fühlte, ihren Plan in die Tat umzusetzen. Sie würde gehen. Heute noch. Sie würde erst einmal nach Bath reisen. In dem bekannten und beliebten Seebad würde hoffentlich niemand Fragen stellen, wenn sie als Alleinreisende dort unterkam. Es war üblich, dass häufig die Damen der Gesellschaft ohne ihre Ehegatten zur Kur dorthin kamen und auch sie würde vorgeben, einen Kuraufenthalt zu machen. Dann würde sie von dort aus Rowan kontaktieren, damit er wusste, wohin er die Scheidungspapiere senden musste. Leider würde sie große Teile ihrer Apanage einsetzen müssen, wenn sie erst in Bath war, aber für ihren Stolz war jetzt kein Platz. Für den Anfang hatte sie nur ein paar Pfund dabei, für die Postkutsche, Essen und vielleicht ein paar andere notwendige Ausgaben. Sie wollte nicht unnötig Aufsehen erregen, falls Rowan sich doch ihre Ausgaben ansehen würde. Ein paar Pfund würden sicher nicht auffallen, ein paar Hundert schon. Amelie wollte nicht, dass irgendjemand mitbekam, dass sie ging. Und schon gar nicht wollte sie, dass Rowan sich genötigt fühlte, ihr irgendetwas erklären zu müssen. Sie waren beide in diese Ehe hineingeschlittert, und obwohl Joshua es sicherlich gut gemeint hatte, als er sie arrangiert hatte, war doch nur Schmerz und Bitterkeit daraus entstanden. Dafür konnte Rowan nichts, ebenso wenig wie sie, aber sie hatte es in der Hand, das zu ändern.

Jane hatte sie gesagt, sie wäre müde und bräuchte Ruhe und dass sie nicht gestört werden wollte. Von ihr wusste sie auch, dass Rowan das Haus verlassen hatte. Die Dienstboten tratschten seit gestern über nichts anderes als diese Madame Chevalier, nur dass niemand so genau wusste, was sie hier wollte. Niemand außer Amelie. Und natürlich Rowan selbst. Jane hatte gehört, wie er sie gebeten hatte, sich ein Zimmer in einem Hotel zu nehmen, bis er Zeit hatte, sich um sie zu kümmern. Was immer das heißen mochte, aber das ging Amelie nichts mehr an. Entschlossen zog sie den Ring von ihrem Finger, den er ihr an ihrem Hochzeitstag angesteckt hatte. Sie wusste, dass es ein Familienerbstück war und da sie nicht länger ein Teil dieser Familie sein würde, ja es niemals wirklich gewesen war, war es nur recht, dass sie diesen Ring hier ließ. Er sollte irgendwann der Frau gehören, die Rowan zu einem Teil dieser Familie machen wollte. Sie legte ihn auf ihren Sekretär, dann aber erinnerte sie sich daran, dass ihr Verschwinden so lange wie möglich unentdeckt bleiben sollte. Jane würde sofort wissen, was passiert war, wenn sie den Ring beim

Bettenmachen fand. Es war besser, sie so lange wie möglich in dem Glauben zu lassen, sie hätte ihr Zimmer nur kurz verlassen. Amelie sah sich suchend um, dann ließ sie den Ring in eine leere Vase fallen. Es tat weh, ihn abzustreifen und damit auch ihre Zeit hier in diesem Haus hinter sich zu lassen, aber gleichzeitig fühlte sie sich auch befreit. Sich für oder gegen etwas zu entscheiden war ein vollkommen neues Gefühl für sie. Nie zuvor hatte sie bei irgendeiner Sache Mitspracherecht gehabt. Nur tat es weh, dass ihre erste freie Entscheidung von ihr verlangte, nicht nur ihre Vergangenheit hinter sich zu lassen sondern auch ihre Zukunft zu opfern. Traurig strich sie über die Stelle, an der ihr Ring gesessen hatte, dann straffte sie entschlossen die Schultern. Sie würde Rowan mitteilen, wo er ihn finden würde damit er nicht verloren ging. Zufrieden mit sich atmete sie einmal tief durch. Vielleicht war es dumm von ihr, nichts weiter mitzunehmen, aber sie wollte durch nichts an ihre Zeit hier im Haus erinnert werden, also nahm sie nur ihr Retikül mit dem Geld und ihren Umhang, bevor sie zur Eingangstür schlich. Sie atmete noch einmal tief durch, verabschiedete sich in Gedanken von allen und allem und trat dann in den seltenen Londoner Sonnenschein hinaus. Fast schien ihr das wie ein Zeichen, dass sie das Richtige tat, auch wenn ihr Herz dabei schwer wurde. Tief in ihren Umhang vergraben, ihren Hut weit in die Stirn gezogen, erreichte sie schließlich die Postkutschenstation. Sie kaufte ein Ticket und setzte sich in die Wartehalle.

„Was soll das heißen, Sie wissen nicht, wo sie ist?"
Rowan war, wie seit Tagen schon, vor Amelies Tür
erschienen, um endlich mit ihr zu reden. Kurz hatte ihn
Anouks Auftauchen aus dem Konzept gebracht, an
seinem Entschluss, endlich reinen Tisch zu machen und
Amelie seine Gefühle zu gestehen, hatte sich dadurch
aber nichts geändert. Sollte Anouk tatsächlich ein Kind
von ihm erwarten, würde er die Verantwortung dafür
natürlich übernehmen, aber eine Beziehung mit ihr
schloss er aus. Er wollte Amelie. Anouk und dieses
Kind waren nur noch ein weiterer Punkt, für den er
Amelie um Vergebung bitten und auf ihr Verständnis
hoffen musste. Schließlich hatte das nichts mit ihr zu
tun. Anouk war seine Vergangenheit, Amelie
hoffentlich seine Zukunft.
„Ich weiß es doch auch nicht, Mylord!" Jane war
verzweifelt und den Tränen nahe, aber im Gegensatz zu
den letzten Tagen schien sie ihn nicht anzulügen. Er
hatte ihr kein Wort geglaubt, wenn sie ihn in Amelies
Namen mit der Begründung, ihre Herrin sei noch zu
schwach, abgewiesen hatte. Es hatte ihn zwar geärgert,
dass Amelie ihn nicht sehen wollte, aber nach allem,
was zwischen ihnen vorgefallen war, wollte er ihr die
Zeit geben, die sie brauchte, um ihm zuhören zu
können. Aber jetzt schien es so als sei sie weg. Fort,
verschwunden, und niemand schien zu wissen, wo sie
war. Jane hatte auf sein Geheiß Amelies Zimmer

durchsucht, aber es war alles noch da, bis auf ihr Retikül und ihren Mantel. War sie einfach nur kurz ausgegangen? Aber warum hatte sie dann Jane nicht mitgenommen? Oder auch nur irgendjemandem gesagt, wo sie hin ging? Dagegen sprach auch, dass sie bereits seit gestern verschwunden war, wenn Jane sich nicht irrte. Das war jedenfalls der Zeitpunkt, zu dem Jane sie das letzte Mal gesehen hatte.

Angst, dass ihr etwas passiert sein könnte, machte sich in Rowan breit und er schloss die Augen. Nein, das durfte nicht sein. Er durfte nicht schon wieder die Frau verlieren, die er liebte.

Er hatte vor Tagen endlich den Mut gefunden, die Briefe zu lesen, die Georgina und Joshua ihm während seiner Zeit in Paris geschrieben hatten und er hatte eine ganze Weile gebraucht, um das zu verdauen, was er erfahren hatte. Emily war seine Tochter, seine und Georginas Tochter! Das was er damals glaubte gesehen zu haben, stellte sich plötzlich in einem ganz anderen Licht dar und die Scham darüber, Georgina derart misstraut zu haben, hatte sich wie ein Stachel in sein Herz gebohrt. In den ersten Briefen nach seiner überstürzten Abreise hatte sie ihn händeringend darum gebeten, zurück zu kommen und sie anzuhören. Sie hatte ihm erklärt, dass dieser Bastard sie unter einem Vorwand in den Garten gelockt hatte, weil er eine Wette gewinnen wollte, wie sie später erfahren hatte. Er hatte sie geohrfeigt, als sie sich gewehrt hatte, und dann hatte er ihr damit gedroht, sie zu kompromittieren, wenn sie sich weigere. Aus Angst um das Kind, von dem sie damals bereits wusste und aus Angst vor dem Skandal, den das mit sich brächte und eine Verbindung zwischen Rowan und ihr gänzlich unmöglich machen würde, hatte sie schließlich still gehalten. Und nachdem sie erst erleichtert gewesen war, dass Rowan es durch sein plötzliches Auftauchen verhindert hatte, dass dieser Bastard ihr Gewalt antun konnte, war sie später umso verzweifelter, dass er die Situation offenbar missverstanden hatte. Sie hatte es nicht ausdrücklich aufgeschrieben, aber zwischen den Zeilen las Rowan, dass es sie unglaublich verletzt hatte, dass er ihr nicht vertraut hatte. Im nächsten Brief hatte sie ihm dann mitgeteilt, dass Joshua bereit war, sie zu heiraten, damit das Kind nicht unehelich zur Welt kommen musste und dass sie das als einzigen Ausweg ansehe, da er sich nicht meldete. Jeder Brief hatte mit *Ich liebe dich* und *Komm bitte bald zurück* geendet und Rowan hatte sich mehr denn je wie ein vollkommener Idiot gefühlt. Wie ein am Boden zerstörter, tief erschütterter Mann, der seine verletzte Eitelkeit über das Wohl der Frau gestellt hatte, die ihn in dieser Situation so sehr gebraucht hätte. Der nächste Brief kam dann von Joshua. In ihm teilte er Rowan mit, dass Georgina ein kleines Mädchen, Emily, zur Welt gebracht hatte, aber bei der Geburt verstorben war. Den Schmerz darüber hatte Rowan dieses Mal nicht mit Whisky ertränkt. Er hatte sich ihm hingegeben, hatte sich Zeit genommen, um Georgina und das zu trauern, was er hätte haben können, wenn er nicht so verbohrt und verletzt reagiert hätte. Er hatte das dumpfe Pochen seines Herzens willkommen geheißen, hatte sich endlich erlaubt, den Schmerz zuzulassen, den er so lange tief in sich vergraben hatte. Und es war heilsam gewesen, sich dem zu stellen, sich einzugestehen, dass seine Wut auf Georgina nie etwas anderes gewesen war als Wut auf sich selber. Er hatte

sich von ihr verabschiedet, hatte noch einmal all die
Gefühle für sie zugelassen, die er so tief in sich
verschlossen hatte, aber dann hatte er sie loslassen
können. In Frieden. Und war nun bereit, neu
anzufangen.

Nur schien es so, als habe er den gleichen Fehler noch
einmal gemacht und der Frau, die er liebte, wieder nicht
vertraut. Seine verdammte Eifersucht hatte ihm diese
unvernünftigen und zutiefst verletzenden Worte in den
Mund gelegt, und er war immer mehr davon überzeugt,
dass Amelie ihn deswegen verlassen hatte. Aber noch
war es nicht zu spät, Amelie zurückzuholen und sie um
Verzeihung zu bitten. Dieses Mal hatte er die Chance,
um die er sich mit seinem Verhalten bei Georgina selbst
gebracht hatte. Nur musste er dazu Amelie erst einmal
finden. Und hoffen, dass ihr nichts passiert war.

Nachdem sie zum dritten Mal umsteigen musste, war
Amelie war nicht mehr ganz so überzeugt davon, dass
ihr Plan so durchdacht gewesen war. Ihre Entscheidung,
ohne Gepäck oder wenigstens etwas Wäsche zum
Wechseln zu reisen, war im Gegenteil eher unbedacht
und impulsiv gewesen. Gelinde gesagt. Sie hatte zwar
alles zurücklassen wollen, was sie an ihr früheres
Leben erinnerte, insbesondere diese geschmacklosen
Kleider, die noch aus der Zeit stammten, als ihr Vater
über sie bestimmt hatte, aber ein oder zwei Garnituren

zum Wechseln wären sehr hilfreich gewesen. Zwar hatte sie an einer Wechselstation, an der die Kutschpferde getauscht wurden, in einem kleinen Laden, der allerlei Nützliches für Durchreisende anbot, etwas Wäsche, eine Reisetasche und noch ein paar weitere Dinge kaufen können, die sie dringend benötigte. Aber natürlich gab es dort kein Angebot an Überbekleidung, so dass sie sich jetzt, nach zwei Tagen ihrer Reise, reichlich verstaubt und unwohl fühlte. Und es wahrscheinlich auch war. Der Saum ihres Kleides war eingerissen und dreckig, ihr Hut hatte durch den immer heftiger fallenden Regen jegliche Form verloren und hing ihr traurig ins Gesicht. Dennoch traute sie sich nicht, ihn abzusetzen, denn noch immer wollte sie nicht erkannt werden. Oder besser gesagt: in diesem Zustand schon gar nicht. Gott sei Dank lag jetzt die letzte Etappe ihrer Reise vor ihr, und wenn alles nach Plan verlief, dann würde sie gegen Nachmittag in Bath ankommen.

Erschöpft lehnte sie den Kopf an das harte Polster ihres Sitzes und ignorierte geflissentlich die neugierigen Blicke eines älteren Herren, der zusammen mit seiner Gattin und einer weiteren Frau, die aber offenbar nicht zu dem Ehepaar gehörte, ihre Mitreisenden auf dieser letzten Etappe waren. Notgedrungen wechselte sie ein paar belanglose Worte mit der Frau, die sie angesprochen hatte, dann lehnte sie sich wieder müde zurück. Wenn sie ehrlich war, strengte sie die Fahrt doch viel mehr an als sie sich eingestehen wollte. Mit der gerade erst überstandenen Erkältung in den Knochen fühlte sie sich müde und ausgelaugt. Sie hätte vorher nicht gedacht, dass sie nicht nur vorgeben wollte, sich in Bath zu erholen, sondern es wahrlich bitter nötig hatte. Das Schaukeln der Kutsche, die stickige Luft im Inneren und ihre körperliche Verfassung führten dazu, dass sie schließlich einschlief. Ein lauter Ausruf, das Wiehern der Pferde, ein fürchterlicher Ruck und das Gefühl, die Welt drehe sich um sie herum, ließ sie unsanft aufwachen. Ihr Kopf stieß an etwas Hartes, alles drehte sich plötzlich, dann bohrte sich etwas in ihre Rippen und sie schrie vor Schmerz auf. Holz splitterte, Schreie und Stöhnen. Dann war alles still und Amelie stellte verwundert fest, dass ihr plötzlich gar nichts mehr weh tat. Weder ihr Kopf noch ihr Körper schmerzten, alles war irgendwie schwerelos. Und sie schwebte auch! Dann erreichte die Stille auch ihren Geist und sie ergab sich erleichtert der Dunkelheit, die sich über sie legte

❧

„Ich kann Ihnen leider nicht helfen, Lord Walcott." Die Duchess of Ashford musterte ihn kühl. Er hatte sie aufgesucht, weil Jane ihm gesagt hatte, dass sie so etwas wie eine Freundin von Amelie war.
„Ich weiß auch nicht, wo sie sein könnte." In ihrer Stimme klang aufrichtige Besorgnis um Amelie mit, gleichzeitig aber auch eine unausgesprochene Anklage, die an Rowan gerichtet war.
Rowan nickte ihr kurz zu. Er wollte keine Zeit

verlieren. Wenn er hier nichts erfahren konnte, musste er weiter.

„Ich danke Ihnen trotzdem dafür, dass Sie mich empfangen haben, Euer Gnaden." Er verbeugte sich und wollte zur Tür gehen, aber eine schneidende Stimme hielt ihn zurück.

„Dafür können Sie mir in der Tat danken, Lord Walcott. Leute wie Sie pflege ich im allgemeinen nicht in meinem Haus zu empfangen." Sie war aufgestanden und deutete zur Tür.

„Und wenn ich doch einmal eine Ausnahme mache, bin ich froh, wenn diese Leute auch schnell wieder gehen!"Rowan zuckte zusammen. Deutlich stand ihm die Szene vor Augen, die die Duchess ihm am Tag seiner Hochzeit gemacht hatte. Am meisten schmerzte es ihn, dass sie mit jedem Wort, das sie ihm an den Kopf geworfen hatte, recht gehabt hatte.

„Euer Gnaden, ich weiß, dass es Ihre Meinung von mir nicht ändern wird, wenn ich Ihnen sage, dass Sie damals im Recht waren. Und ich weiß auch, dass Sie mich für mein Benehmen verabscheuen." Er hielt inne und rieb sich müde und angeschlagen über die Augen. „Ich habe Ihre Ablehnung verdient und muss damit leben. Wenn Sie mir nicht helfen wollen, dann akzeptiere ich das, aber hier geht es nicht darum, ob Sie mich mögen oder nicht. Hier geht es um Amelie. Und darum bitte ich Sie, mir zu sagen, wenn Sie irgendetwas wissen." Als sie daraufhin nichts erwiderte, fügte er leise hinzu: „Ich will... muss wissen, ob es ihr gut geht."

Ava musterte ihn eine ganze Weile schweigend, dann ergriff sie wieder das Wort.

„Ich hatte bisher nicht das Gefühl, dass es Sie interessiert, wie es Ihrer Frau geht."

Rowan zuckte zusammen, obwohl er wusste, wie alle über ihn dachten.

„Ich bin nicht hier, um Ihre Meinung über mich zu hören, geschweige denn, zu ändern, Lady Ashford. Wenn es Sie dennoch interessiert, dann versichere ich Ihnen, dass ich inzwischen eingesehen habe, dass ich mich wie der größte Bastard im ganzen Königreich verhalten habe. Und Amelie so sehr damit verletzt habe, dass sie mich wahrscheinlich deswegen verlassen hat. Und wenn das so sein sollte, dann verspreche ich Ihnen, dass ich Amelie zu nichts zwingen werde, wenn ich sie wiederfinde." Kurz schlich sich Traurigkeit in sein Herz als er diese Option bedachte. Nämlich, dass sie nichts mehr mit ihm zu haben wollte.

„Aber ich muss wissen, dass es ihr gut geht und dass es ihr freier Wille ist, unsere Ehe nicht fortzusetzen." In Avas Augen blitzte kurz ein Funke Unglauben auf, dann hatte sie sich wieder im Griff.

„Ich verspreche Ihnen nicht, sie kampflos gehen zu lassen", er räusperte sich, denn was er auszusprechen gedachte, entsprach zwar der Wahrheit, kam ihm aber deswegen immer noch nicht leicht über die Lippen. Schon gar nicht vor dieser Frau, in deren Augen er so viel wert war wie der Staub unter ihren Füßen.

„Denn ich liebe Amelie." Drei Worte. Eigentlich vier, aber nur drei davon waren von Bedeutung. Nicht mehr und nicht weniger. Und doch sagten sie alles. Er wunderte sich, dass seine Stimme fest und entschlossen klang, aber es fühlte sich erstaunlich gut an, es auszusprechen. Er hielt Avas Blick stand, nicht gewillt, einen Zweifel an seinen Worten aufkommen zu lassen.

Eine gefühlte Ewigkeit standen sie sich so gegenüber und maßen sich mit Blicken. Schließlich nickte Ava. „Ich lasse es Sie wissen, wenn ich etwas in Erfahrung bringen kann." Damit war er entlassen.

Frustriert kehrte Rowan nach Hause zurück. Lewis, der Butler, nahm ihm den Mantel ab, aber er konnte dessen fragenden Blick nur mit einem leichten Kopfschütteln beantworten. Amelie war jetzt schon seit drei Tagen verschwunden. Rowan hatte inzwischen ein Heer an Detektiven damit beauftragt, herauszufinden, wo Amelie sein könnte, aber er konnte nicht einfach nur auf Ergebnisse warten. Er musste selbst etwas tun, um seine Verzweiflung und Angst in Schach zu halten. Daher hatte er ebenfalls alle Plätze aufgesucht, wo sie hätte sein können, seinen Schwiegervater und die wenigen Bekannten befragt, zu denen Amelie Kontakt hatte, aber niemand hatte ihm weiterhelfen können.

Er ging in sein Arbeitszimmer und setzte sich an seinen Schreibtisch. Er erinnerte sich noch gut daran, wie Amelie hier gesessen hatte. Fast meinte er, immer noch den leichten Zitrusduft wahrzunehmen, der sie immer umgab, aber das zeigte ihm nur, wies sehr er sie vermisste. Verzweifelt stützte er den Kopf in seine Hände und gab sich für einen Moment dem Schmerz hin, der seit ihrem Verschwinden in seinem Herzen bohrte. Gleich würde er Emily besuchen und ihr wieder die Lüge auftischen müssen, Amelie besuche eine Verwandte auf dem Land, denn das Mädchen fragte ständig, warum Amelie sie nicht besuchen komme. Noch war sie viel zu schwach, ihr die Wahrheit zu erzählen, wobei sich Rowan zunehmend fragte, was die Wahrheit war. Hatte Amelie ihn wirklich verlassen?

Oder war ihr etwas zugestoßen? Er hatte die Männer, die er mit der Suche nach ihr beauftragt hatte, angewiesen, alle Hospitäler und Arztpraxen in London abzuklappern, aber es waren einfach zu viele, um schnelle Ergebnisse zu erwarten. Wenn es denn überhaupt möglich war. Morgen würde er eine Vermisstenanzeige in der Zeitung schalten. Viel versprach er sich nicht davon, aber er wollte auch nichts unversucht lassen, so abwegig und weit hergeholt die Wahrscheinlichkeit auch war, sie dadurch zu finden.

Ein Klopfen an der Tür riss ihn aus seinen trüben Gedanken. Lewis trat nach seiner Aufforderung ein und meldete ihm einen Besucher.

„Ein Mr. Harris möchte Sie sprechen, Mylord."

„Wer ist das und was will er?", knurrte Rowan unfreundlich. Er hatte keinen Sinn für Anliegen irgendwelcher Art, außer sie betrafen Amelie und in diesem Zusammenhang war ihm kein Mr. Harris bekannt.

„Er ist ein Konstabler und möchte mit Ihnen über das mysteriöse Verschwinden Ihrer Ehefrau sprechen", beantwortete ein hagerer Mann mittleren Alters die Frage selbst und schob sich an Lewis vorbei, der ihn noch versuchte aufzuhalten, aber der dreiste Besucher stand bereits vor Rowans Schreibtisch.

„Schon gut, Lewis." Dann wandte er sich an den Mann, der sich als Konstabler vorgestellt hatte und bat ihn, sich zu setzen.

„Was können Sie mir über das Verschwinden Ihrer Ehefrau sagen, Lord Walcott?", begann Mr. Harris unvermittelt das Gespräch. Irritiert sah Rowan den Mann an. In dessen dunklen, leicht zusammengekniffenen Augen lag irgendetwas Lauerndes. Er musterte Rowan mit dem Blick eines Adlers, kurz bevor der sich auf seine Beute stürzt. Hatte Rowan noch zu Beginn einen Funken Hoffnung, dass dieser Mann über neue Erkenntnisse Amelies Verschwinden betreffend verfügte, so schwand diese Hoffnung nun und wich einem unguten Gefühl.

„Auf was genau zielt Ihre Frage ab, Mr. Harris?" Rowan kniff die Augen zusammen, sah aber nicht weg, als der Konstabler ihn neugierig musterte, so als wolle er sich Rowans Reaktion auf diese Frage nicht entgehen lassen.

„Nun, Ihre Ehefrau, die Marchioness of Walcott ist doch verschwunden, oder etwa nicht?" Das ständige Wiederholen dieser Tatsache nervte Rowan, aber er blieb ruhig, auch wenn er sich zunehmend angegriffen fühlte. Es war dieser unterschwellig anklagende Ton, den Harris an den Tag legte. Daher nickte er nur zustimmend und wartete ab, ob Harris noch etwas hinzufügen würde.

„Nun, London spricht seit Tagen von nichts anderem und ich bin angehalten, mich diesbezüglich etwas umzuhören." Rowan wurde zunehmend ungehalten. Offenbar vergeudete er hier wertvolle Zeit, die er besser mit der Suche nach Amelie verbringen konnte als mit diesem unsympathischen Menschen.

„So, Sie sind angehalten? Vom wem, wenn ich fragen darf? Wen geht es etwas an, dass Amelie...dass meine Ehefrau zur Zeit nicht hier ist?" Rowan wusste selbst nicht, warum ihn diese Fragerei so aggressiv machte, aber er hatte das dumpfe Gefühl, dass hier etwas ganz und gar nicht stimmte und der Konstabler mehr an ihm

190

als an Amelies Verschwinden interessiert war. Das wölfische Lächeln, das Harris ihm daraufhin zuwarf, kühlte die Temperatur im Raum gefühlt ab.

„Nun, es geht den Richter etwas an, die Geschworenen und auch die Öffentlichkeit, wenn..."
Rowan wurde blass als er die Bedeutung hinter den Worten des Konstabler erfasste.

„... wenn es sich herausstellen würde, dass ihre Ehefrau womöglich nicht ganz freiwillig *verschwunden* ist." Er betonte das Wort so, dass selbst der argloseste Zuhörer keinen Zweifel daran hegen konnte, was er damit andeuten wollte.

„Was zur Hölle...", keuchte Rowan, aber Harris hob beschwichtigend die Hand.

„Nur die Ruhe, Mylord. Ich möchte betonen, dass es bisher nur ein vager Verdacht ist, dem ich nachzugehen gehalten bin." Wieder dieses anzügliche, überhebliche Lächeln.

„Verdacht?!" Rowan zwang sich, so ruhig wie möglich zu bleiben, was angesichts dieser unglaublichen Andeutung nicht leicht war.

„Nun, wissen Sie denn, wo sich Ihre Frau aufhält? Haben Sie irgendein Lebenszeichen von ihr oder hat sie gesagt, wo Sie sie erreichen können?"

„Sie wissen doch ganz genau, dass das nicht so ist. Sonst würde ich sie ja nicht seit Tagen suchen, was Ihnen ja ganz offensichtlich nicht entgangen ist, sonst wären Sie nicht hier. Sehe ich das richtig?"

„Dann werden Sie sicher Verständnis dafür haben, dass es gewisse... nun, sagen wir Gerüchte, oder vielleicht doch besser, ernst zu nehmende Aussagen gibt, die es erforderlich machen, dass ich Sie befrage." Zufrieden lehnte er sich in seinem Stuhl zurück und fixierte

Rowan mit seinen wachen Augen.

„Gerüchte? Sie stellen mir all diese Fragen wegen ein paar... Gerüchten?" Rowan spürte, wie die Wut in ihm Oberhand gewann.

„Nun, es sind wohl mehr als Gerüchte, dass Sie Ihrer Frau nicht gerade zugetan sind. Ich habe mich umgehört. Sie erwecken bei einigen Leuten den Anschein, als sei Ihnen Ihre Frau zuwider." Harris genoss die Wirkung seiner Worte auf Rowan sichtlich, daher schob er hinterher: „Sie haben nicht erst am Tag Ihrer Hochzeit deutlich gemacht, dass Sie nicht daran denken, Ihr ausschweifendes Leben aufzugeben, ohne Rücksicht auf Ihre Frau und darauf, dass Sie sie damit dem Spott und dem Gerede der Leute aussetzen. Womöglich wollte sie sich das nicht gefallen lassen. Was mich zu der Frage bringt, ob sie vielleicht deswegen verschwinden *musste?*!"

Getroffen von diesen Worten schloss Rowan kurz die Augen. Tiefe Scham überkam ihn. Er hatte zwar schon vorher gewusst, dass es Gerede gab, schließlich hatte er es ja genau darauf angelegt, aber das ganze Ausmaß seines Handelns wurde ihm erst jetzt klar. Noch mehr ärgerte ihn allerdings, dass er die Worte des Konstablers mit nichts entkräften konnte, denn sie entsprachen der Wahrheit. Jedenfalls soweit sie sich auf den Anfang ihrer Ehe bezogen. Als er Amelie hassen *wollte.* Und dass sie niemals auch nur ein anklagendes Wort an ihn gerichtet hatte, konnte er nicht beweisen. Ohnehin würde dieser Konstabler ihm das nicht glauben. Er nahm sich die Zeit, seine aufwallenden Gefühle in den Griff zu bekommen, denn er wollte diesem Mann nichts davon preisgeben.

„Haben Sie nichts besseres zu tun als mich zu
beschuldigen, etwas mit dem Verschwinden meiner
Frau zu tun zu haben?" Er bemühte sich um einen
ruhigen Tonfall, ohne auf die Worte des Konstablers
einzugehen und warf ihm einen vernichtenden Blick zu.
Den beantwortete dieser mit einem verschlagenen
Hochziehen seiner linken Augenbraue.
„Ich habe nichts dergleichen gesagt, Mylord. Es
wundert mich ein wenig, dass Sie diese Schlüsse aus
unserem Gespräch ziehen. Ich wollte lediglich ein paar
Informationen von Ihnen." Damit stand er auf und
verbeugte sich knapp.
„Und die habe ich bekommen. Ich danke Ihnen für
dieses aufschlussreiche Gespräch, Lord Walcott."
Schon an der Tür drehte er sich noch einmal zu Rowan
um.
„Melden Sie sich, wenn Sie Neuigkeiten über den
Verbleib Ihrer Frau haben, Mylord."
Er ließ Rowan mit dem schalen Gefühl der Schuld
zurück. Die Schuld, die auf seinen Schultern lastete,
hatte nichts mit der zu tun, die Harris ihm einreden
wollte, aber sie wog genauso schwer. Amelie war aus
einer tief empfundenen Verletzung heraus gegangen.
Eine, die er ihr zugefügt hatte, und wenn ihr etwas
passiert war, dann trug er dafür die Verantwortung. Und
wenn ihr etwas Schlimmes zugestoßen war, dann war
er genau der, für den Harris ihn ganz offenbar bereits
jetzt schon hielt.

Als Amelie die Augen öffnete, stand der Sonnenschein, der durch die geöffneten Vorhänge schien, in krasssem Gegensatz zu der Dunkelheit, in der ihr Geist noch zu schlafen schien. Es fiel ihr schwer, den Blick auf etwas zu fokussieren und in ihrem Kopf hämmerte es unaufhörlich. Ihr gesamter Körper schmerzte und als sie sich zu bewegen versuchte, fuhr ein so durchdringender Schmerz durch ihre Rippen, dass sie aufkeuchen musste. Sie schloss die Augen wieder und versuchte, sich daran zu erinnern, was passiert war. War sie krank? Oder hatte sie einen Unfall gehabt? Oder was sonst verursachte diese Schmerzen? Vorsichtig öffnete sie die Augen wieder und musterte das Zimmer, in dem sie lag. Aber weder die Vorhänge noch der Nachtschrank oder der kleine Sekretär, der an einer Wand zu ihrer Linken stand, kamen ihr bekannt vor. Wo war sie? Und warum lag sie hier? Mit jeder Frage, die sie sich stellte, nahmen die Kopfschmerzen noch etwas zu.

Das leise Öffnen der Tür lenkte sie kurzfristig davon ab, sich all das zu fragen. Eine ältere, grauhaarige Frau steckte vorsichtig den Kopf durch die Tür und als sie sah, dass Amelie wach war, trat sie schnell ein. Vorsichtig nahm sie Amelies Hand, legte ihr die andere an die Stirn und nickte dann zufrieden.

„Scheint so als ob Sie wieder bei uns sind, Kindchen." Ihre Stimme klang ruhig und freundlich. Sie setzte sich unaufgefordert auf den Stuhl, der nah am Bett stand und musterte Amelie neugierig.

„Wie geht es Ihnen?" Mitfühlend drückte sie Amelies Hand.

„Ich... ich weiß nicht." Amelies Stimme klang rau und

brüchig, woraufhin die Frau ihr wortlos ein Glas Wasser reichte. Durstig trank Amelie einen großen Schluck.

„Sie hatten einen Unfall mit der Kutsche. Ein Glück, dass unser Herr Doktor zufällig wenig später an der Stelle vorbei musste. Er hat sie gefunden und gleich mit hierher gebracht. Es stand lange Zeit nicht gut um Sie." Die Frau musterte Amelie teilnahmsvoll. Als sie merkte, dass Amelie ganz offensichtlich mit der Situation überfordert war, stand sie auf und drückte noch einmal mitfühlend ihre Hand.

„Ich bin übrigens Mrs. Perry, die Haushälterin unseres lieben Doktors." Sie lächelte Amelie freundlich an.

„Aber Sie können ruhig Beth zu mir sagen, das tun alle hier." Sie hatte schon die Tür erreicht, als sie noch hinzufügte: „Und wenn Sie mir verraten, wie Sie heißen, dann können wir Ihre Familie verständigen. Sie sind sicher schon alle in Sorge um Sie."

Amelie blinzelte, versuchte, die aufkommende Panik zu unterdrücken, die sich unaufhörlich und nicht mehr zu ignorieren in ihren Kopf fraß. Die Erkenntnis, dass sie nicht nur nicht wusste, wo sie hier war, sondern, schlimmer noch, nicht wusste, wo sie hätte sein sollen, war eine Erkenntnis, die ihren Verstand für einen Augenblick lähmte. Alles schien sich um sie herum zu drehen, sie atmete gegen den Schwindel an, der sie mit sich in einen Strudel aus Angst und Verwirrung riss. Sie zwang sich, sich zu konzentrieren, aber da war nichts. Nichts als undurchdringliche Dunkelheit, so sehr sie sich auch bemühte. Es war fast als wäre sie gerade erst geboren worden, ohne Erinnerung an die Tage, Wochen oder Jahre vorher. Ohne Erinnerung an Menschen, Orte oder Ereignisse. Als ihr klar wurde, dass sie nicht einmal wusste, wer sie war oder woher sie kam, gewann die Panik die Oberhand und ihr Herz schlug ihr bis in den Hals. Dumpfe, anklagende Hammerschläge, die ihr den Atem nahmen. Sie setzte sich trotz der stechenden Schmerzen in ihrem gesamten Körper auf, ignorierte die warme Hand, die sich auf ihren Rücken legte und versuchte einfach nur zu atmen. Sie öffnete den Mund, aber der eine, lebenserhaltende, erlösende Atemzug wollte nicht kommen. Sie röchelte, ihre Augen traten hervor, aber nichts passierte. Dann traf sie plötzlich und unerwartet eine Ohrfeige, nicht hart genug, um wirklich zu schmerzen aber hart genug, um sie aus dieser Erstarrung zu holen. Sie riss die Augen auf und endlich gelang es ihr, einen tiefen Atemzug zu nehmen. Frische, lebensspendende Luft bahnte sich einen Weg in ihre Lungen und nach einigen tiefen Zügen beruhigte sie sich schließlich soweit, dass sie die tröstende Umarmung der Frau wahrnahm, die sie in den Armen hielt und vorsichtig vor und zurück wiegte.

„Schtscht, Kindchen, alles wird gut. Nicht aufregen." Die beruhigende Stimme brachte sie dazu, sich tatsächlich etwas zu entspannen und sie legte sich wieder in die Kissen zurück.

„So ist's gut, Mädchen." Die Frau, Beth, zog die Decke wieder über Amelies Körper und wartete so lange, bis sie sicher sein konnte, dass die Panikattacke abgeklungen war. Dann stand sie auf und sah Amelie mit einer Mischung aus Mitleid und Zuversicht an.

„Alles wird gut, versprochen", wiederholte sie leise. Aber Amelie wusste, dass nichts so einfach gut werden würde. Vielleicht war das die einzige bittere Erkenntnis, die ihre Erinnerung ihr gelassen hatte.

„Anouk, was willst du hier?" Rowan klang sichtlich
genervt. Amelie war jetzt bereits seit zwei Wochen
verschwunden und noch immer gab es keine Spur von
ihr. Eine Frau, auf die die Beschreibung passen könnte,
hatte eine Postkutsche bestiegen, aber ihre Spur verlor
sich irgendwo im Nirgendwo. Jeder Tag, der ohne einen
Hinweis auf ihren Verbleib verging, zermürbte Rowan
mehr. Warum meldete sie sich nicht wenigstens bei
ihm, um ihn wissen zu lassen, dass es ihr gut ging, auch
wenn sie nichts mehr mit ihm zu tun haben wollte?
Oder bei irgendwem sonst? Warum? Das konnte doch
nur bedeuten, dass sie sich nicht melden *konnte*, oder?
Er konnte keinen Trost aus der Tatsache ziehen, dass es,
wenn es keine Neuigkeiten gab, es eben auch
bedeutete, dass es damit auch keine schlechten gab.
Immer und immer wieder hatte er die schrecklichsten
Bilder vor Augen und der Gedanke daran, dass die
Möglichkeiten, was ihr alles zugestoßen sein könnte,
schier unendlich waren, machte ihn hilflos und wütend
zugleich.
„Was ich hier will?" Anouk stemmte die Hände in die
Hüften und blinzelte ihn böse an.
„Ich will, dass du dich um mich kümmerst! Stattdessen
sitzt du hier und trauerst deiner Frau hinterher. Sie hat
dich verlassen, sie ist weg, fort, *passé*! Finde dich
damit ab!" Sie kam um seinen Tisch herum und legte
eine Hand auf seinen Arm. Rowan senkte den Blick
langsam auf ihre schlanken Finger, die seinen Arm
umklammerten. Wut über ihre Worte flutete durch seine

Adern, aber er hatte sich noch im Griff. Er blickte betont langsam zu ihr auf und sah sie kalt an.

„Ich habe es dir bereits mehrfach gesagt, aber ich kann es auch noch einmal wiederholen." Er griff nach ihren Fingern und löste sie von seinem Arm.

„Das zwischen uns ist vorbei. Wir hatten eine schöne Zeit in Paris, nicht mehr und nicht weniger."

„Ich bekomme un enfant...wie sagt man hier, ein Kind von dir! Du kannst mich nicht einfach ignorieren!"

Anouk blinzelte ihn aufgebracht an. Rowan war kurz davor, die Geduld zu verlieren.

„Ich habe dir ein Appartement besorgt und zwei Bedienstete, dir ein Konto bei der Schneiderin und dem Juwelier eingerichtet, dir fehlt es also an nichts." Er stand auf und wies zur Tür.

„Wenn du jetzt bitte so freundlich wärst...“

„*Merde*, Rowan! In Paris habe ich mich auch um dich gekümmert! Warum bist du so... so...", sie tippte mit dem Zeigefinger gegen ihre Lippen, „so abweisend zu mir? Ich will doch nur...“

Rowan riss der ohnehin schon dünne Geduldsfaden.

„In Paris hast du dich um mich gekümmert, weil ich dich dafür *bezahlt* habe, Anouk. Sieh es als Fortschritt, dass du das alles jetzt auch so bekommst, ohne Verpflichtungen." Er öffnete die Tür und schob sie hinaus in die Halle.

„Das kannst du nicht machen, Rowan! Das... das...“

Aber er hatte die Tür schon hinter ihr geschlossen. Sollte Lewis sich um sie kümmern und zur Tür hinauskomplimentieren. Er wollte gerade wieder Platz nehmen, als es erneut klopfte. Rowan stürmte zur Tür, riss sie auf und schluckte schnell herunter, was er zu sagen im Begriff gewesen war. Vor der Tür stand nicht Anouk sondern Lewis. Und hinter ihm stand... Rowan verdrehte genervt die Augen... dieser penetrante Mr. Harris, der sich bei seinem Anblick mit einem wissenden Lächeln verbeugte.

„Lord Walcott."

„Was wollen Sie hier schon wieder? Haben Sie Neuigkeiten was den Verbleib meiner Frau angeht?" *Sonst können Sie nämlich sofort wieder gehen. Ich habe keine Zeit für Ihre haltlosen Theorien!*

„Nun, ich ermittle mit Hochdruck, das können Sie mir glauben." Selbstbewusst blieb er vor Rowan stehen und sah ihn neugierig an.

„Eine bildschöne Besucherin hatten Sie da gerade." Rowan ballte die rechte Hand zur Faust.

„Madame Anouk Chevalier. Aber das wissen Sie doch sicher bereits?!"

„Oh ja, ich denke, ich weiß, wer diese Frau ist." Er grinste schmierig und Rowan kam nicht umhin, Harris in sein Büro zu bitten. Es gab ohnehin schon genug Gerede. Er deutete auf den Stuhl, auf dem eben noch Anouk gesessen hatte und versuchte, sich auf das Gespräch mit dem Konstabler zu konzentrieren.

„Mr. Harris, meine Zeit ist kostbar. Kommen Sie zum Punkt."

Harris lehnte sich genüsslich in seinem Stuhl zurück und Rowan unterdrückte den Impuls, dem Mann dieses fürchterliche Grinsen aus dem Gesich zu schlagen.

„Ganz in meinem Sinne, Mylord." Er nickte Rowan zu, dann wurde er schlagartig ernst.

„Diese Frau ist Ihre Geliebte, stimmt das?"

„Worauf wollen Sie hinaus?"

„Ich dachte nur, es ist doch ganz praktisch, dass Ihre

Frau kurz nach dem Auftauchen von Madame Chevalier verschwunden ist, oder?" Rowan kniff die Augen zusammen und musterte den Mann misstrauisch. „Was wollen Sie damit andeuten?"

„Stimmt es, dass Ihre Frau keinerlei Gepäck bei sich hatte, als sie verschwand? Und stimmt es auch, dass sie kaum Bargeld mitgenommen hat?" Er ließ Rowan bei diesen Worten keine Sekunde aus den Augen und nickte zufrieden als der zusammenzuckte.

„Also stimmt es?"

„Woher auch immer Sie das wissen: ja, es stimmt. Das ist es ja gerade, was mich so beunruhigt." Müde fuhr Rowan sich durch sein Haar.

„Nun, dann geben Sie bestimmt auch zu, dass das merkwürdig ist, nicht wahr? Welche Frau würde ohne Kleider oder Geld das Haus verlassen, wenn sie ihren Ehemann verlassen will?" Als Rowan nichts darauf sagte, fuhr er fort.

„Und dass sie Ihnen nicht wenigstens einen Brief oder eine Notiz dagelassen hat, wo sie hingeht, kommt Ihnen nicht auch... sagen wir... ungewöhnlich vor?"

„Hören Sie..."

„Und dass sie so einfach das Mädchen zurücklässt, das sie wie ihre eigene Tochter zu lieben scheint, glaubt man den Menschen, die sie kennen... oder sollte ich sagen... *kannten*?"

Rowan sprang auf, so dass sein Stuhl umkippte und ballte die Hände zu Fäusten.

„Raus hier, Harris! Gehen Sie besser von selbst, bevor ich sie hinauswerfe!" Er hatte sich nur mühsam unter Kontrolle. Natürlich wusste er, dass ihn das in Harris' Augen nur verdächtig machte, aber das kümmerte ihn

gerade herzlich wenig. Es waren auch nicht die
Andeutungen, die sein Gegenüber gemacht hatte, die
ihn so aus der Haut fahren ließen. Es war dieses eine
Wort, das er sich zu denken verbat. Dieses eine Wort,
das diese schreckliche Endgültigkeit beinhaltete, die er
nicht wahrhaben wollte. Das eine Wort, das ihn all
seiner Träume beraubte, sollte es wahr sein. Dieses
Wort, das in der Vergangenheit von Amelie sprach.

Amelie reckte ihr Gesicht den schwachen
Sonnenstrahlen entgegen, die sich durch die dichte
Wolkendecke stahlen. Hier, im Garten des Hauses, in
dem sie nun schon fast vier Wochen wohnte, konnte sie
in Ruhe über ihre Situation nachdenken. Wie sie von
Beth wusste, hatte sie nach dem Unfall fast zwei
Wochen um ihr Leben gekämpft. Daran, ebenso wie an
die Zeit davor, erinnerte sie sich nicht. Beth und auch
der Doktor hatten ihr versichert, dass das gar nicht so
ungewöhnlich war, immerhin hatte sie neben den
Rippenbrüchen auch eine schwere Kopfverletzung
davongetragen, aber das tröstete sie nicht wirklich.
Beth hatte begonnen, ihr Namen vorzusagen, aber bei
keinem hatte sie das Gefühl gehabt, dass er ihr bekannt
vorkäme. Auch die Ortsnamen, die Beth aufzählte,
sagten ihr nichts. Man hatte zurückverfolgt, wo sie in
die Kutsche eingestiegen war und weil sich dann,

nachdem das gefundene Gepäck ihren Mitreisenden zugeordnet worden war, ebenfalls herausgestellt hatte, dass sie weder viel Gepäck noch Geld bei sich gehabt hatte, zog Beth den Schluss, dass sie aus der Umgebung stammen könnte. Leider hatte keiner der Mitreisenden den Unfall überlebt, so dass man auch sie nicht befragen konnte.

Mit jedem Tag, der verging, verzweifelte Amelie mehr. Sie wollte sich so unbedingt an ihr früheres Leben erinnern, und auch wenn sie nicht wusste, ob es gut oder schlecht gewesen war, so war es doch *ihr* Leben gewesen. Ein Leben, das sie zu der gemacht hatte, die sie war. Sie vermisste dabei noch nicht einmal wirklich ihr früheres Leben selbst, aber die Erinnerung daran. Sie fühlte sich wie ein Buch, das nur leere Blätter hatte, wenn man es aufschlug. Wie ein Haus, in dem sich hinter jeder Tür ein anderer Raum befand, voller Geschichten, angefüllt mit guten und schlechten Erinnerungen, dessen Türen aber für sie verschlossen waren.

Beth hatte resolut entschieden, dass Amelie einen Namen brauchte, solange sie ihren noch nicht wieder wusste und sich spontan für Rose entschieden. Weil Amelie, so oft es das Wetter zuließ, im Garten saß und besonders die dort wachsenden Rosen bewunderte. Für Amelie war Rose so gut wie jeder andere Name, der nichts in ihrem Inneren zum Klingen brachte. Fanny, Beth oder Bridget, was spielte es schon für eine Rolle, wie sie hieß? Ohne eine Erinnerung an ihre Vergangenheit war jeder Name nur eine Bezeichnung für ihre äußere Hülle.

„Wie geht es Ihnen heute, Rose?" Doktor Rathcliff

blieb vor der Bank stehen und musterte sie aufmerksam. Amelie schrak aus ihren Gedanken auf und versuchte sich an einem Lächeln.

„Gut, Doktor. Meine Rippen schmerzen kaum noch und seit gestern hatte ich auch keine Kopfschmerzen mehr."

„Das freut mich zu hören, Rose. Allerdings...", er sah sie besorgt an, „mache ich mir trotzdem Sorgen um Sie." Vorsichtig und mit dem gebotenen Abstand setzte er sich neben sie auf die Bank.

„Ich sehe, wie sehr Sie darunter leiden, sich nicht an Ihr vorheriges Leben erinnern zu können."

Als Amelie nur still nickte, griff er doch nach ihrer Hand. Amelie entzog sie ihm nicht, tröstete sie doch die Wärme und der stille Zuspruch, der von dieser Geste ausging. Überhaupt fühlte sie sich in Gegenwart des Mannes, der ihr Leben gerettet und sie bei sich aufgenommen hatte, wohl und irgendwie auch geborgen. Doktor Matthew Rathcliff war vielleicht Anfang oder Mitte Vierzig, hatte flachsblondes Haar und um seine warmen, braunen Augen hatten sich viele Fältchen gebildet, die darauf schließen ließen, dass er gerne lachte. Seine freundliche, sanfte Art machte es leicht, ihn zu mögen, und Amelie mochte ihn. Sehr sogar. Jetzt streichelten seine Finger zart über ihren Handrücken.

„Rose, Sie müssen aufhören, sich krampfhaft erinnern zu *wollen*. Je mehr Sie es versuchen, umso weniger wird es klappen." Er rückte vorsichtig ein Stück näher an sie heran, die Tatsache, dass sie ihm ihre Hand nicht entzog als gutes Zeichen deutend.

„Rose, sehen Sie mich an." Seine Stimme klang warm und Amelie konnte sich ihr nicht entziehen. Sie hob den Blick und erschrak. Da war etwas in seinen Augen, das

203

sie nicht deuten konnte. Etwas, das ihr gleichermaßen Angst machte, sie aber auch tief berührte. Dieser Blick erinnerte sie vage an ein Gefühl, an etwas, das sie kannte, schon einmal erlebt hatte. Und gleichzeitig fühlte es sich falsch an, dass er sie so ansah.Verunsichert entzog sie dem Mann ihre Hand. Der räusperte sich, akzeptierte aber die Distanz, die sie damit schuf.

„Rose, ich glaube, Sie müssen sich ablenken. Je weniger Sie über Ihre Vergangenheit nachdenken, umso größer ist die Chance, dass Ihre Erinnerung wiederkommt." Nun rückte er auch ein Stück von ihr ab. Ihm war nicht entgangen, wie sie sich plötzlich versteift hatte als er einen vorsichtigen Vorstoß hatte wagen wollen. Er hatte sich in diese hübsche, geheimnisvolle Frau Hals über Kopf verliebt. Es war lange her, seit seine Frau verstorben war und noch immer nagte es an ihm, dass er ihr nicht hatte helfen können. Aber er war eben nicht Gott, sondern nur ein einfacher Landarzt, das hatte er damals schmerzvoll lernen müssen. Rose dagegen hatte er retten können und es schien ihm daher wie ein Zeichen dafür, dass es Zeit war, neu anzufangen. Die Vergangenheit loszulassen und in die Zukunft zu blicken. Er wollte seine Vergangenheit hinter sich lassen, sie konnte sich an ihre nicht erinnern. In seinen Augen passten sie perfekt zusammen. Aber Rose war noch nicht so weit, das verstand er. Nur fürchtete er beinahe so sehr, wie er es für sie hoffte, dass sie sich irgendwann erinnern würde. Sich erinnern *musste,* um komplett zu werden. Um diese Melancholie loszuwerden, die sie umgab und um neu anfangen zu können. Nur was würde diese wiedergekehrte Erinnerung dann für ihn bedeuten? War sie vielleicht schon verheiratet? Sie hatte keinen Ring getragen, das sprach schon einmal dagegen. Gab es einen Mann, den sie liebte und der wieder seinen Platz in ihrem Herzen einnehmen würde, wenn sie sich erinnerte? Vor dieser Erkenntnis fürchtete er sich am meisten. Wenn es so war, dann musste er es akzeptieren. Aber vielleicht würde sein egoistischer Wunsch, dass ihre Erinnerung für immer verschwunden war, ja erfüllt und er würde sie überzeugen können, mit ihm neu anzufangen. Jetzt war es aber erst einmal wichtig, diese Leere, die sie augenscheinlich fühlte, und die in ihrem Blick zu erkennen war, mit etwas zu füllen, das sie ablenkte. Von ihren Gedanken und Grübeleien, von ihrer Verzweiflung und Traurigkeit.

„Rose, ich habe mich gefragt, ob Sie vielleicht Lust hätten, Beth zu begleiten, wenn sie meine Patienten besucht, um nach ihnen zu sehen."

„Ich?" Erstaunt blickte sie ihn an.

„Ja, Sie. Wenn Sie sich körperlich so weit genesen fühlen, spricht nichts dagegen, dass Sie Beth helfen. Wenn Sie möchten."

Amelies Augen bekamen etwas Glanz. Ihr schien der Gedanke zu gefallen, sich abzulenken indem sie sich gleichzeitig nützlich machte.

„Ich möchte schon, aber... meinen Sie, ich kann das? Also ich habe doch gar keine Erfahrung damit, Kranke zu versorgen?" *Oder doch? Konnte sie sich da so sicher sein?*

„Nun, für einen Verbandswechsel braucht man nur etwas Übung und Medizin verabreichen..." *Medizin verabreichen. Laudanum. Da war etwas, aber sie konnte es nicht fassen.* Sie schloss die Augen um dieser

Erkenntnis nachzuspüren, aber sie war ebenso schnell verschwunden wie sie gekommen war.

Matthew hatte sie genau beobachtet, deutete ihre Reaktion aber falsch.

„Keine Angst, Rose, Sie müssen nicht gleich ein Bein amputieren", lachte er, aber sie nickte nur geistesabwesend. *Laudanum.* Sie kannte es und hatte es auch schon verabreicht. Aber wem? Hilflos schüttelte sie den Kopf und kehrte langsam aus ihren Gedanken zurück. Der Doktor sah sie aufmerksam an. Dann nickte sie. Vielleicht würde es sie ein Stück weiterbringen, wenn sie Beth begleitete.

„Ich würde Beth gerne zur Hand gehen, Mr. Rathcliff."

„Bitte nennen Sie mich Matthew, Rose." Er räusperte sich etwas verlegen über seinen eigenen Vorstoß, aber Amelie nickte nur freundlich.

„Sehr gerne, Matthew."

Seit fünf Wochen gab es nun schon kein Lebenszeichen mehr von Amelie. Rowan war kein Narr, er wusste sehr gut, dass mit jedem Tag die Hoffnung schwand, sie lebend oder überhaupt wiederzufinden. Aber er hatte schon einmal zu früh aufgegeben, noch einmal würde ihm das nicht passieren! Nur gingen ihm langsam die Ideen aus, was er noch anstellen konnte, um sie zu finden. In London hatten er und die angeheuerten Bow

Street Runner keine Spur von ihr gefunden. Natürlich war es unmöglich, jede Ecke und jeden Winkel zu durchsuchen, aber sie hatten ihr Menschenmöglichstes getan, um etwas über Amelies Verbleib herauszufinden. Leider waren sie keinen Schritt weiter gekommen.

„Onkel Rowan, ist Amelie wegen mir fortgegangen?" Emilys leise Stimme riss ihn aus seinen Gedanken. Das kleine Mädchen stand plötzlich vor ihm vor seinem Schreibtisch. Er hatte sie nicht hereinkommen hören, aber das war kein Wunder. So abgelenkt wie er in letzter Zeit war, hätte eine Kutsche durch sein Arbeitszimmer fahren können, er hätte selbst das wahrscheinlich nicht einmal bemerkt.

„Emily, was machst du denn hier?" Freundlich sah er sie an. Seit ihrer schweren Lungenentzündung hatte sich ihr Verhältnis deutlich gebessert. Er hatte fast Tag und Nacht an ihrem Bett gesessen, ihr vorgelesen, wenn sie wach war und ihr kühle Tücher auf die Stirn gelegt, wenn sie fieberte und unruhig war.

„Ich vermisse Amelie und ich habe mir überlegt, dass sie vielleicht wegen mir böse war und weggegangen ist." Sie klang dabei so traurig, dass es Rowan das Herz zerriss. Er hatte sie nicht länger belügen können, warum Amelie sie nicht besuchen kam. Allerdings hatte er ihr nichts von seinen Sorgen verraten, dass ihr etwas zugestoßen sein könnte. Rowan hatte Emily nur gesagt, dass Amelie nicht mehr bei ihnen wohnen wollte, was Emi mit einem traurigen Nicken quittiert hatte.

„Was redest du denn da, Emi! Amelie ist ganz sicher nicht wegen dir fortgegangen." *Eher schon wegen mir.* „Aber vielleicht war sie böse mit mir, weil ich doch damals fortgelaufen und zu Mama auf den Friedhof gegangen bin. Und dann bin ich krank geworden und

207

sie auch. Vielleicht ist sie mir ja deswegen böse."
Tränen liefen ihr nun über das Gesicht und Rowan zog
sie an sich und setzte sie auf seinen Schoß.

„Niemals, kleine Emily, niemals ist Amelie deswegen
gegangen." Er spürte, dass er dem Kind etwas geben
musste, eine Wahrheit, die sie von ihren eigenen
Schuldgefühlen befreite, auch wenn der Preis dafür
hoch war, sehr hoch, denn sein Geständnis würde die
gerade erst gewachsene Beziehung zwischen ihnen
wieder belasten.

„Amelie ist nicht wegen dir gegangen. Nicht auf dich
war sie böse." Er schloss die Augen und rief sich ihre
letzte Begegnung in Erinnerung.

„Ich habe etwas zu ihr gesagt, dass sie sehr verletzt hat,
Emi. Ich... war immer sehr...", er suchte nach einem
Wort, das auch eine Siebenjährige verstehen konnte,
ohne ihr erklären zu müssen, warum er so abweisend zu
Amelie gewesen war, „...böse zu ihr. Du hast mich
einmal deswegen ausgeschimpft, erinnerst du dich?"
Ein leises Lächeln zupfte an seinem rechten
Mundwinkel. Amelie und Emily, Emily und Amelie.
Sie waren ihm vorgekommen wie eine Einheit, wenn es
darum ging, die jeweils andere vor ihm in Schutz zu
nehmen.

Er fühlte, wie Emily an seinem Hals nickte.

„Ja, du warst böse zu ihr. Und zu mir auch. Aber jetzt
bist du nett zu mir." Sie schniefte. Dann hob sie den
Kopf und sah ihn aufmerksam an.

„Dann ist Amelie wegen dir fortgegangen?"

„Ich befürchte es." Er sah nicht weg als Emily ihn
eindringlich musterte. Einen kurzen Moment sagte sie
nichts, ihre blaue Augen blitzten ihn an, dann nickte

sie.

„Dann wirst du auch zu Amelie nett sein, wenn sie wiederkommt?"

Die Welt einer Siebenjährigen war so wunderbar unbedarft, nur schwarz oder weiß, gut oder böse. Und das wollte Rowan ihr nicht nehmen. Sie litt schon genug unter Amelies Verschwinden und der immer weiter fortschreitenden Krankheit Joshuas, da konnte er ihr nicht sagen, dass Amelie vielleicht nie wiederkam. Vielleicht gar nicht wiederkommen konnte.

Er küsste ihren weichen Scheitel und streichelte ihre letzten Tränen weg.

„Das verspreche ich dir, Emi. Wenn Amelie wiederkommt mache ich alles wieder gut."

Ein Klopfen unterbrach ihn. Lewis steckte den Kopf zur Tür hinein und kündigte den Mann an, der ihn schon seit Wochen mit seinen haltlosen Verdächtigungen überhäufte. Inzwischen hatte er so viel Staub aufgewühlt, dass Rowan immer mehr feindselige Blicke trafen, wenn er das Haus verließ. Er zweifelte nicht daran, dass Harris sich mit diesen insistierenden Nachfragen profilieren und für einen höheren Posten bewerben wollte, aber es ärgerte ihn, dass ausgerechnet er dafür herhalten sollte. Nicht weil er Angst um sich hatte, sondern weil der Mann nicht wirklich eine Hilfe bei der Suche nach Amelie war. Wahrscheinlich war er sogar der einzige, der sie gar nicht lebend finden wollte, weil das seinen wunderbar konstruierten Fall zunichte machen würde. Seufzend nickte er Lewis zu, der daraufhin die Tür freigab und Harris eintreten ließ. Emily schickte er mit einem letzten Kuss auf ihr zerzaustes Haar hinaus, dann widmete er sich seinem Gegenüber.

„Mr. Harris, vielleicht sollte ich Ihnen ein Gästezimmer hier im Haus anbieten, so oft, wie Sie hier zu Gast sind." Er bemühte sich nicht, seinen Unmut über den erneuten Besuch des Konstablers zu unterdrücken. Der nickte nur und Rowan stellten sich bei einem Blick in das von einem siegessicheren Lächeln überzogene Gesicht die Nackenhaare auf. Dieser schmallippige Mann hatte eine Neuigkeit zu verkünden, die ihm nicht gefallen würde, das ahnte Rowan in diesem Augenblick.

„Nun, Mylord, ich denke, dass das heute mein letzter Besuch hier bei Ihnen in diesem Haus ist."

Obwohl Rowan sich an die Art der Gesprächsführung dieses Mannes inzwischen gewöhnt hatte, ärgerte ihn es doch, dass Harris ihn immer auflaufen ließ. Es dauerte immer eine Weile, bis er sagte, was er wirklich von ihm wollte. Nur war es so, dass, wenn er Neuigkeiten von Amelie hatte, Rowan heute die Geduld für dieses Spielchen fehlte.

„Kommen Sie zur Sache, Harris", knurrte er, aber sein Gegenüber lehnte sich nur zufrieden in seinem Stuhl zurück und deutete auf ein Gemälde, das hinter Rowan an der Wand hing. Darauf waren er, sein Bruder Joshua und seine Eltern mehr oder weniger treffend in Öl verewigt.

„Ein schönes Bild, Mylord." Er lächelte und Rowan fühlte sich wie die Maus, mit der die Katze noch etwas spielt, bevor sie sie verspeist.

„Ja, mehr oder weniger. Wollen Sie heute mit mir über Kunst plaudern, oder haben Sie etwas wirklich Interessantes für mich?" Rowan spürte durch das lähmende Gefühl der Angst vor dem, was Harris ihm vielleicht gleich eröffnen würde, wie Wut in ihm aufstieg. Wenn man Amelie gefunden hatte, dann wollte er das jetzt sofort wissen, auch wenn ihn die Nachricht, sie sei tot, zerbrechen würde. Scheinbar nachdenklich stand Harris auf und stellte sich vor das Bild. Rowan konnte sich kaum noch beherrschen. Er wollte jetzt sofort wissen, was der Konstabler ihm mitzuteilen hatte.

„Harris, ich warne Sie..." Gut, vielleicht wäre eine andere Wortwahl schlauer gewesen, denn der Mann drehte sich nun betont langsam zu Rowan um und lächelte ihn überlegen an.

„Ich bitte Sie, Lord Walcott! Wollen Sie mir drohen?"
Ja! „Nein, ich bitte Sie nur, zum Punkt zu kommen."
„Nun, ich muss doch gründlich in meinen Ermittlungen sein, sonst hilft das weder Ihnen noch mir." Er setzte sich wieder auf seinen Stuhl.

„Einen wunderschönen Ring trägt Ihre Mutter da."
„Harris..." Entnervt schlug Rowan mit der Faust auf den Tisch.

„Erst Kunst, jetzt Goldschmiedearbeiten! Sagen Sie endlich, was Sie zu sagen haben!"
„Nun, ich nehme mal an, dass dieser Ring ein Einzelstück ist. Ein Familienerbstück, nicht wahr? Wunderschön, wie gesagt. Ist das nicht der Ring, den Sie Ihrer Frau bei der Trauung ansteckten? Und den sie seitdem trug?" Etwas an der Art, wie Harris diese Frage stellte, ließ Rowans Herzschlag aussetzen. Ein dicker Kloß bildete sich in seinem Hals und es dauerte eine Weile, bis er sich soweit gefasst hatte, dass er wieder sprechen konnte.

„Trug?", krächzte er nur. Vergangenheit! Dieses eine Wort, dessen Bedeutung er so gefürchtet hatte, bohrte sich in seinen Verstand, lähmte seinen Herzschlag und überrollte ihn wie eine atemraubende Welle. Er nahm nur am Rande Harris' zufriedenes Lächeln wahr, diese diebische Freude, ihm diesen Tiefschlag versetzt zu haben.

„Wir haben eine tote Frau gefunden, auf die die Beschreibung Ihrer Frau... nun, zutreffen könnte. Und sie trug diesen Ring bei sich." Er griff in seine Jackentasche und zog den Ring hervor. Rowan musste gar nicht genau hinsehen, um ihn wiederzuerkennen. Er konnte nicht verhindern, dass er getroffen aufkeuchte.

„Amelie ist... sie ist... tot?"

Einen Wimpernschlag lang sah Rowan durch den Nebel seines Schmerzes, wie in Harris' Augen kurz so etwas wie Unsicherheit aufflackerte. Eine irrwitzige neue Hoffnung machte sich in ihm breit. Vielleicht irrte sich der Mann? Er hatte gesagt, die Beschreibung *könnte* stimmen, also war er sich nicht sicher.

„Also ist es nicht sicher, dass diese Frau Amelie ist?" Auch wenn es nur ein Strohhalm war, an den Rowan sich klammern konnte, so war dieser Strohhalm doch etwas, das ihn Atem holen ließ in dem Meer aus Schmerz und Trauer.

„Nun, Ihre Frau ist jetzt seit ziemlich genau fünf Wochen verschwunden. Sie können sich denken, dass...", er zögerte kurz und man sah ihm an, dass es ihn anwiderte, darüber zu sprechen, „nun, dass eine eindeutige Identifizierung kaum mehr möglich ist. Zumal man sie übel zugerichtet hat. White Chapel ist kein sicheres Pflaster. Und die Frau, die wir gefunden haben, ist bereits länger tot, also der genaue Zeitpunkt lässt sich nicht mehr eindeutig..."

„White Chapel?", fiel Rowan ihm ins Wort.

„ Dann kann es unmöglich Amelie sein! Was sollte meine Frau da wollen?"

„Nun, warum sie dort war, wird wohl ihr Geheimnis bleiben, aber es gibt keine begründeten Zweifel, Mylord. Mr. Windhurst hat bereits bestätigt, dass es sich um seine Tochter, also Ihre Frau, handeln könnte." Das letzte Wort sprach er so leise aus, dass Rowan sich anstrengen musste, um ihn zu verstehen. Wie er dieses *könnte* hasste, weil es in seinem Herzen eine Hoffnung weckte, die sein Verstand mittlerweile aufgegeben hatte!

„Sie haben ihren Vater gebeten, sie zu identifizieren?! Warum weiß ich nichts davon? Sie ist meine Frau, Harris!" Etwas Glühendes bahnte sich seinen Weg durch Rowans Körper.

„Sie werden verstehen, Mylord, dass Sie als Verdächtiger nicht..." Ein klein wenig zitterte Harris' Stimme nun doch. Er hatte sehr wohl Rowans Mienenspiel verfolgt, was ihn offensichtlich dazu veranlasste, vorsichtig zu sein.

„Ich... ich will sie sehen." Trauer und Schmerz begannen, sich in Rowan breit zu machen, von ihm und seinem Körper Besitz zu ergreifen und langsam alles zu lähmen, was noch an Leben in ihm war. Aber er wusste, wenn er sich nicht selbst überzeugte, dass Amelie tot und damit jede Hoffnung zerstört war, würde er dieses Gefühl der Unsicherheit niemals los werden. Er *musste* einfach wissen, ob sie es wirklich war.

„Bei allem Verständnis, Mylord, aber die Leiche ist sehr..."

„Ich muss sie sehen!" Rowan war aufgesprungen und

auf dem Weg um den Tisch herum. Harris stand ebenfalls auf und stellte sich Rowan in den Weg. „Warum wollen Sie sie unbedingt sehen? Wollen Sie sicher gehen, dass sie wirklich tot ist? Dass Sie endlich *frei* sind?" Der triumphierende Gesichtsausdruck in Harris' Gesicht ließ Rowan rot sehen. All die Gefühle, die er so lange vor sich und den anderen versteck hatte, die Verzweiflung und Hilflosigkeit, die er seit fünf Wochen fühlte, brachen sich Bahn, doch als seine Faust krachend in Harris' Gesicht landete, fühlte er keine Erleichterung. Da war nur Trauer und Schmerz.

Amelie reichte Beth die Salbe, die Matthew ihnen mitgegeben hatte. Beth plauderte währenddessen mit dem alten Mann, dessen Wunde sich entzündet hatte und nun besonderer Beobachtung bedurfte, sollte sich kein Wundbrand bilden. Sie war nun schon eine Woche mit Beth unterwegs und die Beschäftigung tat ihr wirklich gut. Es gab immer längere Phasen, in denen sie nicht darüber nachdachte, wer sie war und woher sie kam. Noch hatte sie Angst davor, dass es ihr eines Tages vielleicht nicht mehr wichtig sein könnte, diese Erinnerung, die so tief in ihrem Kopf verschlossen war, hervorzuholen. Daher bemühte sie sich immer noch, alles um sie herum in sich aufzunehmen, aus Angst, vielleicht einen wichtigen Hinweis zu verpassen.

Vielleicht das eine entscheidende Detail, der Schlüssel, der zu den Türen in dem Haus passte, hinter denen sich ihr früheres Leben verbarg und sie für sie öffnete.

„Rose?" Beths Stimme riss sie aus ihren Gedanken und sie sah die Frau an, die ihr auffordernd die Hand entgegenstreckte.

„Oh ja, tut mir leid." Errötend reichte sie Beth das Verbandszeug, das sie noch in den Händen hielt. Lächelnd nahm Beth es entgegen und nickte ihr freundlich zu.

„Mr. Thomson war der letzte Patient für heute." Nachdem sie ihn sorgfältig verbunden hatte stand sie auf und streckte den Rücken durch.

„Wir sollten uns beeilen, nach Hause zu kommen. Es donnert bereits und wenn mich meine alten Knochen nicht täuschen, gibt es gleich ein richtiges Unwetter." Sie nickte Mr. Thomson zu und Amelie nahm den Korb, in dem sie das Verbandszeug und die Medizin verstaut hatten. Als sie aus der kleinen Hütte traten, sahen sie, dass Beth recht behalten sollte. Dunkle Wolken hatten sich am schwefelgelben Himmel gebildet, von dem bereits Blitze zuckten und auch der Wind hatte merklich aufgefrischt.

„Jetzt aber schnell!" Beth breitete ihr Schultertuch über dem Kopf aus und ging zügigen Schrittes voran. Amelie tat es ihr gleich und folgte ihr, aber sie waren noch nicht weit gekommen, da brach das Unwetter über sie herein wie das Jüngste Gericht. Sturmböen peitschten über das Land und trieben den Regen wie eine bedrohliche Wand vor sich her. Beide waren innerhalb kürzester Zeit vollkommen durchnässt und der Sturm nahm eher noch an Stärke zu. Es war viel zu gefährlich einfach weiterzugehen, denn sie würden ein

Stück durch Wald gehen und dann ein freies Feld überqueren müssen, um nach Hause zu kommen. Schon jetzt flogen große Äste durch die Luft und irgendwo in der Nähe hatte bereits der Blitz eingeschlagen, wie sie an dem dumpfen Grollen und der Vibration unter ihren Füßen erkennen konnten. Mit Handzeichen verständigten sie sich, dass es nicht mehr weiterging und Beth änderte daraufhin die Richtung. Entschlossen folgte sie einem schmalen Pfand, den Amelie kaum ausmachen konnte, aber Beth kannte sich gut genug aus, so dass sie ihr vertraute und ihr folgte. Kurze Zeit später sah sie eine kleine Hütte, ein windschiefes Gebäude mit löchrigem Dach und einer lose in den Angeln hängenden Tür. Dennoch schien es für die nächste Zeit der sicherste Ort zu sein. Entschlossen traten sie ein. Es war dunkel und feuchtkalt, aber immerhin bot die Hütte Schutz vor dem Sturm. Und dem Regen. Beth kramte in dem Korb und hielt kurz darauf triumphierend ein Zündholz in die Höhe. „Dann wollen wir es uns mal gemütlich machen, Rose." Sie stellte den Korb ab, nahm das durchnässte Tuch von ihren Schultern und holte etwas Stroh von einem Haufen in der Ecke der Hütte, das sie zu einem Haufen aufschichtete und dann entzündete. Sobald es rauchte und qualmte legte sie einige Scheite Holz dazu, die sie ebenfalls in der Hütte gefunden hatte. Innerhalb kürzester Zeit prasselte ein kleines Feuer vor sich hin und spendete etwas Licht und Wärme. Amelie fror und zitterte dennoch, aber plötzlich war da eine verschwommene Erinnerung ohne Bilder in ihrem Kopf. Es war eher ein Gefühl, aber dieses Gefühl kam ihr bekannt vor. *Zittern, frieren, nasse Kleider am Leib.*

Aber so sehr sie sich auch bemühte, es gab kein Bild dazu. Nur diese seltsame Gewissheit, dass sie diesen Zustand kannte. Seufzend setzte sie sich schließlich neben Beth. Es hatte keinen Sinn, weiter zu forschen, das wusste sie mittlerweile. Die Dunkelheit, in die ihr Geist immer wieder abtauchte, wenn sie sich zu erinnern versuchte, war ein vertrauter Begleiter geworden. Sie würde sich nie wirklich damit abfinden, aber sie konnte auch nichts dagegen tun. Nur warten, warten und hoffen, dass sie eines Tages das Geheimnis lüften würde, das sie in sich trug.

„Nicholas, du musst etwas tun!" Aufgeregt ging Ava vor ihrem Mann auf und ab. Der legte die Zeitung beiseite und ergab sich seufzend in sein Schicksal. Wenn seine Frau diesen Blick hatte, dieses schwefelgelbe Blitzen in ihren grauen Augen, tat man besser, was sie wollte. Alternativ konnte man sich auch mit ihr anlegen, aber die Chancen, diesen Kampf zu gewinnen, standen denkbar schlecht.
„Was soll ich denn tun, Liebes?"
Sie tippte sich nachdenklich an die Lippe, kniff die Augen zusammen und überlegte fieberhaft.
Aha, Stufe zwei. Sie hat einen Plan, dachte Nicholas.
„Du kennst doch diesen Konstabler, Mr. Burns."
„Du kennst ihn ebenfalls, Ava, Außerdem ist er

inzwischen Chef seiner eigenen Einheit."

„Hmm, das ist gut, sehr gut sogar." Beide kannten den Mann aus einer früheren Ermittlung, bei der Ava und Violet die Opfer gewesen waren. Zusammen mit einigen anderen Mädchen. Burns hatte mit Nichols' Hilfe den Fall gelöst und seit der Zeit hielten sie losen Kontakt.

„Du musst ihn dazu bringen, in Lord Walcotts Fall zu ermitteln."

Überrascht sah Nicholas seine Frau an.

„Du meinst, *den* Lord Walcott? Amelies Ehemann? Der wegen des Verdachts, sie ermordet zu haben, zur Zeit im Gefängnis sitzt?"

„Er war es nicht", sagte sie entschlossen.

„Es ist nicht einmal sicher, dass diese Tote... also dass das Amelie ist."

„Irre ich mich, oder habe ich mich verhört?" Er sah sie irritiert an. Sie hatte ihm einiges über diesen Mann erzählt und das war durchweg nichts Gutes gewesen.

„Du magst diesen Mann nicht!", erinnerte er sie daher.

„Ja, äh, nein, das stimmt so nicht. Also schon...", sie machte eine Pause und sah ihn ungeduldig an.

„Ich mochte ihn nicht, das stimmt, aber vielleicht mag ich ihn jetzt doch?" Verlegen wich sie seinem insistierenden Blick aus. Dann wedelte sie mit der Hand.

„Herrgott, ist es so schlimm, wenn man sich manchmal in einem Menschen irrt?!"

„Äh nein, aber du..."

„Nicholas, es ist jetzt nicht der richtige Zeitpunkt, meine Menschenkenntnis in Frage zu stellen!", fuhr sie ärgerlich auf.

218

„Nein, Liebes, ist es nicht." Er musste sich ein Schmunzeln verkneifen, aber Avas Blick, der ihn daraufhin traf, ließ ihn augenblicklich ernst werden. „Darüber reden wir später!" Sie nahm ihre Wanderung wieder auf.

„Also fassen wir zusammen. Lord Walcott ist mir nicht mehr ganz so unsympathisch, dieser von Ehrgeiz zerfressene Konstabler, Harris, dafür umso mehr."

„Was hast du mit dem zu tun?" Überrascht zog Nicholas die Augenbrauen hoch. Er hatte Burns erst kürzlich über den Übereifer dieses Mannes, der ihn schon mehr als einmal in eine unangenehme Situation gebracht hatte, schimpfen hören. Harris war Burns direkt unterstellt, daher ärgerten ihn diese Auftritte besonders.

„Er war hier und hat mich nach Amelie gefragt. Ob ich weiß, wo sie sein könnte..." Sie sah plötzlich zerknirscht aus und schaute ihn auch nicht an.

„... äh...und ob ich etwas zu dem Verhältnis zwischen Amelie und ihrem Mann sagen könnte."

Nicholas ahnte, was geschehen war.

„Und du hast etwas zu dem Verhältnis gesagt." Wissend sah er sie an, aber sie nickte nur und zog schuldbewusst die Unterlippe zwischen ihre Zähne.

„Herrgott, Ava, musst du dich immer in Dinge einmischen, die dich nichts angehen?"

„Mich nichts angehen?! Amelie ist meine Freundin! Ich wollte nur helfen!" Empörung blitzte ihm entgegen und er resignierte. Seine Frau war... speziell in der Auswahl ihrer Mittel, wenn sie helfen wollte.

„Bei Violet hatte ich ja auch mit meinem Eingreifen Erfolg", erinnerte sie ihn. Es amüsierte ihn noch heute, dass sie Violet und Colin zu einer wilden Flucht vor deren Cousin verholfen hatte, der sie in eine Ehe hatte zwingen wollen. Eine Flucht, die mit einer überstürzten Hochzeit in Gretna Green geendet hatte. Immerhin waren Colin und Violet heute sehr glücklich über Avas Einmischung, das musste er anerkennen.

„Also, was soll ich tun?", fragte er resigniert und um die fruchtlose Diskussion, warum er überhaupt helfen sollte, abzukürzen. Ava von ihrem Entschluss, sich einzumischen, abzubringen, würde ohnehin scheitern. Ihre Augen blitzten unternehmungslustig auf.

„Das ist endlich mal eine vernünftige Frage, mein Gemahl!"

Rowan ärgerte sich. Der Faustschlag in Harris' dreckige Visage hatte ihn hier nach Newgate gebracht. Oder wenigstens den Ausschlag gegeben, ihn vorerst hier festzusetzen. Seine Zelle war halbwegs komfortabel, das immerhin hatte er seinem Titel und seinem Geld zu verdanken. Es war auch nicht wirklich das Eingesperrtsein, das ihn störte, sondern vielmehr, dass er sich von hier aus nicht um Emily kümmern konnte. Sicherlich, ihr würde es an nichts fehlen, dafür sorgte schon Mary, die ihr seit Amelies Verschwinden nicht von der Seite wich, aber trotz allem hatte er das Gefühl gerade jetzt für sie da sein zu müssen.

Glänzend gelungen, Rowan!, lobte er sich sarkastisch.

Daran, dass Joshua vielleicht gerade jetzt sterben und sich die ganze Situation dadurch noch verschlimmern würde, dachte er lieber nicht. Und dann Amelie. Er konnte, wollte! immer noch nicht glauben, dass sie diese Tote war, die man gefunden hatte. Es musste eine Erklärung dafür geben, nur würde Harris ganz sicher nicht danach suchen! Und bis er vor dem Richter angehört werden würde und eine Chance hatte, frei zu kommen, konnte einige Zeit vergehen. Zeit, die ihm in jeder Hinsicht fehlte!

„Besuch für Sie, Lord Walcott." Der bärtige Wärter behandelte ihn mit der gebotenen Höflichkeit, wohl auch, weil er nicht wusste, wie er mit einem Marquess als Gefangenem umgehen sollte. Ganz sicher hatte er nicht oft solche elitären Gäste.

Neugierig beobachtete Rowan den Mann, der aus dem Schatten trat und sich nun zu ihm gesellte.

„Meine Frau schickt mich." Er grinste Rowan an. „Ich bin der Duke of Ashford."

Rowan erhob sich und deutete eine Verbeugung an.

„Ich würde Ihnen gerne ein Erfrischung anbieten, Euer Gnaden, aber leider habe ich gerade nichts vorrätig." Manchmal half Galgenhumor.

„Oh, bitte, machen Sie sich keine Umstände!", ging Nicholas darauf ein und setzte sich ohne Umschweife auf die unbequeme Pritsche. Dann wurde er ernst.

„Sie haben es geschafft, meine Frau zu beeindrucken. Wie auch immer Sie das angestellt haben, sie hat mich gebeten, Sie aufzusuchen und Ihnen zu helfen."

„Ich brauche Ihre Hilfe nicht, Euer Gnaden. Die Anschuldigungen dieses Konstablers sind haltlos. Wenn Sie mir helfen wollen, finden Sie Amelie." Er schloss kurz die Augen und spürte dem Schmerz nach, der mit

jedem Tag unerbittlicher in seiner Brust hämmerte.
„Sie ist nicht tot, ich weiß es." Leise schob er die
Wahrheit hinterher. „Ich hoffe es."
Nicholas nickte verständnisvoll als er ihn aufrichtig
ansah.
„Ich weiß, wie Sie sich fühlen. Bevor ich meine Frau
geheiratet habe, war sie auch verschwunden. Ein Jahr
habe ich verzweifelt nach ihr gesucht. Aber sie war wie
vom Erdboden verschluckt. Einem Zufall und einer
guten Freundin habe ich es zu verdanken, dass ich sie
schließlich doch gefunden habe. Aber es war fast zu
spät." Rowan spürte deutlich, dass den Duke der
Gedanke an diese Zeit noch immer schmerzte. Die
gleichermaßen empfundene Angst um die geliebte Frau
machte so etwas wie Leidensgenossen aus ihnen.
„Sie war kurz davor, einen anderen Mann zu heiraten,
aber zum Glück konnte sie meinem sprichwörtlichen
Charme dann doch nicht widerstehen."
Die kurze Verbundenheit über das gemeinsam Erlebte
verflog nach diesen Worten, denn der Duke hatte diese
Frau am Ende für sich gewonnen. Was bei Rowan,
selbst wenn Amelie noch lebte, wohl eher
unwahrscheinlich war.
„Gut, kommen wir zum Punkt." Der Duke unterbrach
Rowans Gedanken.
„Leider ist Ihr Fall nicht ganz so eindeutig, wie es
Ihnen vielleicht erscheinen mag. Dieses Mal hat Harris
ganze Arbeit geleistet. Die Beweise gegen Sie sind..."
„Es gibt keine Bewiese!", fuhr Rowan dazwischen.
„Gut, also die Indizien, die Harris anführt, wiegen
ziemlich schwer, zumal Sie, nun, sagen wir es einmal
freundlich, nicht gerade als Mustergatte gelten."

222

Nicholas schien auf einen Einwand zu warten, aber Rowan nickte nur.

„Sie müssen sich in Ihrer Wortwahl nicht zurückhalten, Euer Gnaden. Sie hätten mit allem recht, was diesen Eindruck angeht."

„Nicholas."

„Was?" Irritierte sah Rowan den Duke an.

„Nennen Sie mich Nicholas. Ich denke, wir können auf Förmlichkeiten verzichten, wenn wir Sie hier rausholen und Amelie finden wollen."

Erstaunt nickte Rowan. „Sie meinen es ernst", konstatierte er.

„Es ist ernst. Vielleicht ernster als Sie wahrhaben wollen."

„Herrgott, ich habe Amelie nichts angetan! Warum sollte ich das tun, nachdem...", er hatte es schon einmal getan, diese Worte schon einmal über die Lippen gebracht, „... nachdem ich erkannt habe, dass ich sie liebe." Seine Stimme war so leise, dass Nicholas ihn unmöglich verstanden haben konnte. Aber es fühlte sich mit jedem Mal, wenn er es aussprach, richtiger an.

„Ja, ich liebe Amelie", wiederholte er deswegen klar und deutlich. Er blickte Nicholas in die Augen, befreit von dieser Last, es sich nicht selbst eingestehen zu wollen, weil er zu feige gewesen war. Der erwiderte den Blick, fragend, prüfend, dann nickte Nicholas anerkennend.

„Ich ahne, wie es Ihnen gelungen ist, meine skeptische Duchess zu überzeugen. Jetzt müssen wir noch den Richter überzeugen." Er schien kurz zu überlegen, dann schüttelte er den Kopf.

„Ich kenne Ihre Akte, Rowan. Aber vielleicht gehen wir noch einmal alle Punkte zusammen durch. Ich gehe davon aus, dass Harris ausschließlich Belastendes gesammelt hat. Aber möglicherweise können wir ja ein paar Punkte entkräften." Er fuhr sich durch sein dichtes, dunkles Haar.

„Ich will offen zu Ihnen sein. Ich kenne Harris' Vorgesetzten, von dem habe ich auch Ihre Akte. Und auch wenn dieser ehrgeizige Emporkömmling Harris schon mehr als einmal über das Ziel hinausgeschossen ist, so sieht das in Ihrem Fall doch etwas anders aus. Ihnen droht zwar als Mitglied des *Tons* nicht unmittelbar die Todesstrafe oder die Verbannung, aber wenn es uns nicht gelingt, die Anschuldigungen gegen Sie zu entkräften, werden Sie für ziemlich lange Zeit hier drinnen festsitzen."

Als Rowan nichts darauf sagte, räusperte Nicholas sich und fuhr fort.

„Also, fangen wir mit dem Wichtigsten an..."

In der nächsten Stunde gingen sie zusammen alle Punkte durch, die Rowan belasteten, aber keinen konnte er glaubhaft entkräften. Zwar konnte Harris nichts außer Rowans Verhalten gegenüber Amelie, für das es leider zu viele Zeugen gab, wirklich beweisen, aber ebenso konnte Rowan nichts davon entkräften. Und so lief alles darauf hinaus, dass sie Amelie finden mussten. Und das lebend.

Ohne wirklich weiter gekommen zu sein, stand Nicholas nach dem Gespräch auf und nickte Rowan zu.

„Ich werde trotzdem sehen, was ich für Sie tun kann."

Rowan sah dem Mann noch lange nach. Er war dankbar für jede Art von Hilfe, aber wichtiger war es ihm, Amelie zu finden. Nicht, um sich vor dem Gefängnis zu retten, sondern um ihr dann diese drei Worte zu sagen, die er so lange in sich verschlossen hatte.

Amelie schreckte von einem ohrenbetäubenden Krachen auf. Sie musste trotz des tobenden Unwetters kurz eingeschlafen sein. Sie brauchte einen Moment, um sich zurecht zu finden. Es war hell in der Hütte, hell und...heiß! Keuchend setzte sie sich auf. Beißender Brandgeruch stieg ihr in die Nase, dann hörte sie auch schon das Knistern. Beth lag neben einem dicken Ast, der wohl durch das poröse Dach eingedrungen war. Sie blutete an der Schläfe und rührte sich nicht. Das war also das Geräusch gewesen, das sie geweckt hatte. Bevor sie sich allerdings um Beth kümmern konnte, stellten sich ihre Nackenhaare auf. Da war dieses Geräusch, dieses Zischen und Züngeln. Hitze und Helligkeit. Amelie sah hinter sich und schlug die Hand vor den Mund. Irgendetwas hatte das auf dem Boden verteilte Stroh in Brand gesetzt. Nun fraßen sich die Flammen gierig durch alles, was brennbar war, tanzten, flackerten und kamen immer näher. Schnell war die Hütte verraucht und der Luftzug, der durch das undichte Dach zog, gab den Flammen immer wieder neue Nahrung. Wie gelähmt starrte Amelie das Feuer an.
Tu was, tu endlich was!, schrie ihre innere Stimme ihr zu, aber sie konnte sich nicht bewegen. Nur husten.
Feuer. Tod. Schuld.

Etwas passierte mit ihr, eine Tür in ihrem Kopf ging auf und ließ sie einen Blick auf ein Mädchen werfen, das ängstlich am Fuß einer Treppe kauerte. Schreie, fürchterliche Schreie musste sie hören und hielt sich die Ohren zu. Aber diese Schreie kamen nicht von außen, sie hallten laut in ihrer Erinnerung, fraßen sich durch ihren Körper wie die Flammen über das Stroh.

Belle! Sie musste Belle helfen!

Endlich löste sich ihre Starre und sie kroch zu Beth. Vorsichtig rüttelte sie an ihrer Schulter, aber sie wurde nicht wach. Die Flammen waren dabei, sich in Richtung der Tür zu bewegen und sie musste schnell handeln, wollte sie noch eine Chance haben, hier lebend rauszukommen. Sie packte Beth unter den Achseln und schleifte sie hustend und keuchend über den Boden, hin zu der rettenden Tür. Amelie bekam kaum noch Luft, ihre Augen brannten und jeder Atemzug schmerzte. Aber dieses Mal durfte sie nicht versagen! Sie musste Belle, nein, Beth, retten!

Belle war ihre Schwester und sie war tot.

Die Erkenntnis kostete sie weitere wertvolle Augenblicke, denn sie musste gegen die Tränen ankämpfen, die diese Erkenntnis mit sich brachte. Für einen kurzen Augenblick gab sie sich der Trauer hin, dann holte sie ein lautes Krachen in die Wirklichkeit zurück. Ein weiterer Ast war auf das Dach gestürzt und Amelie ahnte, dass nicht nur das sich immer weiter ausbreitende Feuer eine Gefahr darstellte. Das vorher schon instabile Dach drohte nun einzustürzen. Mit einer letzten Kraftanstrengung zog sie Beth über die Schwelle in den strömenden Regen und bis zu einem Gebüsch, das halbwegs Schutz vor dem Unwetter bot.

Erschöpft rollte sie sich neben Beth auf der nassen Erde zusammen und atmete erleichtert ein. Sie hatte es geschafft. Beth und sie waren in Sicherheit, jedenfalls für den Moment. In diesem Augenblick gab das Dach der Hütte tatsächlich nach und stürzte krachend zu Boden. Das erstickte zwar die Flammen zum großen Teil, aber gleichwohl hätten sie diesen Einsturz sehr wahrscheinlich nicht überlebt, wenn sie noch in der Hütte gewesen wären.

Beth stöhnte plötzlich und Amelie rutschte sofort zu ihr hinüber.

„Beth, Beth!" Vorsichtig rüttelte Amelie an der Schulter der verletzten Frau.

Mühsam öffnete Beth wenig später die Augen. Einen kurzen Moment sah sie Amelie erstaunt an, dann fasste sie sich an den Kopf.

„Ahhh, das tut weh." Sie richtete sich mühsam auf.

„Was ist denn passiert? Und warum liege ich hier im strömenden Regen?" Sie klang eher verwirrt als ärgerlich.

„Oh Beth, ich bin so froh dass es Ihnen halbwegs gut geht." Sie umarmte die verdutzte Frau. Es war als fielen plötzlich alle Anspannungen und der enorme Druck, unter dem sie so lange gestanden hatte, von ihr ab. Und obwohl der Augenblick vielleicht nicht der passendste war, musste sie ihrer Freude darüber Ausdruck verleihen.

„Schon gut, schon gut, Kindchen. Unkraut vergeht nicht. Aber jetzt erzählen Sie mir, warum wir nicht mehr in der Hütte sind, sonder hier im Dreck liegen. Und dann müssen wir schleunigst sehen, dass wir nach Hause kommen.

Am nächsten Tag saß Amelie leicht verschnupft in ihrem Zimmer und hatte endlich genug Ruhe, die wiedergekehrten Erinnerungen an sich heranzulassen. Es war alles wieder da. Der Schmerz und die Verletzungen durch Rowan. Warum sie ihn verlassen hatte und was ihr eigentliches Ziel gewesen war, hätte sie nicht vor fast zwei Monaten diesen Unfall gehabt. Sie hatte ein schlechtes Gewissen, als sie daran dachte, welche Sorgen Ava und Emily sich ganz bestimmt gemacht hatten. Und auch Violet. Und vielleicht Jane. Die Tatsache, dass es nicht mehr Personen waren, die sie aufzählen konnte, machte sie traurig. Aber das war ihr Leben. Sie würde Rowan einen Brief schreiben und ihm mitteilen, dass es ihr gut ging, ihm erklären, warum sie es erst jetzt tat, und hoffen, dass es wenigstens die Menschen beruhigen würde, die sich um sie sorgten.

Nach Bath würde sie jetzt nicht mehr reisen. Matthew hatte ihr angeboten, so lange zu bleiben, wie sie wollte. Er hatte ihr zu verstehen gegeben, dass er mehr für sie empfand, aber auch, dass er respektieren würde, wenn sie Zeit brauchte um sich auf ihn einzulassen. Er wusste noch nicht, dass sie ihre Erinnerungen zurück hatte. Es war noch keine Zeit gewesen, ihm davon zu erzählen, und vielleicht hatte sie auch ein wenig Angst davor. Beth und sie hatten sich durch den nachlassenden Regen langsam nach Hause gekämpft, wobei der

Begriff Zuhause bei Amelie eigenartige Gefühle hochkommen ließ. Im Grunde genommen hatte sie gar kein Zuhause. Hier bei Matthew fühlte sie sich willkommen, aber es fühlte sich nicht wie ihr Zuhause an. Vielleicht irgendwann einmal, aber noch war es nur eine Bleibe für sie, ganz gleich, wie wohl sie sich hier auch fühlte. Joshuas Haus hatte ihrer Definition von einem Heim, einem *Zuhause,* am ehesten entsprochen, jedenfalls bis Rowan aufgetaucht war und ihr das Gefühl von Wärme und Willkommensein genommen hatte. Und ihr Elternhaus verdiente erst recht nicht, so genannt zu werden. Vielleicht war es sogar der schlimmste Ort von allen.

„Was machst du hier um diese Zeit in Amelies Zimmer?" Die wutverzerrte Stimme ihres Vaters erschreckt sie, noch nie hat er Belle so angeschrien! Belle sagt etwas, das Amelie nicht versteht, weil sie leise spricht.

„Ich will deine Ausflüchte nicht hören! Ich dachte du bist besser als sie, besser als deine nichtsnutzige Schwester. Immerzu träumt sie und liest diesen Schund. Ich weiß, dass sie diese Bücher hier irgendwo versteckt. Bist du deswegen hier? Weil du sie auch liest? Ich dachte, du hättest mehr Verstand!"

Wieder murmelt Belle etwas.

„Ich will nichts mehr davon hören!" Dann dieser Laut, ein lautes Klatschen, von dem sie glaubt, dass es eine Ohrfeige ist. Belle stöhnt auf und dann schlägt etwas auf dem Boden auf. Belle?! Dann Schritte die sich entfernen. Warum weint Belle nicht, warum geht sie nicht in ihr Zimmer? Warum rührt sie sich nicht? Amelie wartet noch eine Weile, aber alles ist still, nichts rührt sich. Dann hört sie ein leises Wimmern, ein

Weinen. Sie muss nachsehen, schleicht sich vorsichtig zur Treppe, aber da ist Rauch, so viel Rauch! Und dann hört sie noch etwas. Belles Schreie, diese fürchterlichen Schreie!

Pures Entsetzen hatte sich in Amelie ausgebreitet, als diese Erinnerung sie vollkommen überraschend eingeholt hatte. Sie erinnerte jetzt sich nicht nur wieder an die Zeit vor dem Unfall, nein, es schien so, als wären mit dieser Erinnerung auch viel tiefer verborgene Wahrheiten freigesetzt worden. Sie hatte dieses Gespräch zwischen ihrem Vater und Belle belauscht, sie erinnerte sich jetzt an jedes Wort. Und mit jeder Sekunde, die sie darüber nachdachte, wurde sie mehr von der Erkenntnis überrollt, dass es unmöglich sein konnte, dass der Brand, bei dem Belle umgekommen war, durch sie verursacht worden war. Wenn es so gewesen wäre, hätte ihr Vater sich nicht mehr mit Belle gestritten, sondern Alarm gegeben, damit das Feuer gelöscht werden konnte. Also hatte es erst zu brennen begonnen, nachdem ihr Vater gegangen war! Es war müßig zu spekulieren, warum Belle nicht reagiert hatte. Wahrscheinlich hatte der Schlag ihres Vaters sie zu Boden geworfen, vielleicht war sie kurz ohnmächtig gewesen. Und vielleicht hatte sie das Öllicht dabei selbst heruntergerissen, aber in jedem Fall bedeutete das, dass Amelie keine Schuld an Belles Tod trug! Gleichzeitig bedeutete das aber auch, dass ihr Vater ihr all die Jahre nicht die Wahrheit über diese Nacht gesagt hatte. Statt sie zu trösten, wenn sie wieder eine Nacht voller furchteinflößender Albträume hinter sich hatte, hatte er sie am folgenden Morgen immer daran erinnert, dass sie zurecht diese Albträume hatte, weil Belle wegen ihr gestorben war. Vielleicht stimmte das sogar in seinen Augen, denn immerhin war sie Schuld daran, dass Belle erst in diese Lage gekommen war. Aber kein Vater, jedenfalls kein Vater, der sein Kind liebte, würde ihm diese Bürde der vermeintlichen Schuld aufladen! Sie hatte ihren Vater immer gehasst, aber jetzt, mit dieser Erkenntnis, traute sie sich endlich, es auch zuzulassen. Sie hasste ihn für die Schuldgefühle, die er ihr immer eingeredet hatte, für all die Schläge und Demütigungen, die klaglos zu ertragen er sie gezwungen hatte. Weil er ihr niemals die Wahrheit über diese Nacht gesagt hatte, obwohl er gesehen hatte, wie sehr sie darunter litt. Sie hasste ihn dafür, sie fast gebrochen zu haben, ihr jegliches Selbstbewusstsein genommen zu haben. Sie hasste ihn dafür, sie quasi verkauft zu haben, um seine eigenen hochfliegenden Träume zu erfüllen. Und seltsamerweise kam mit dem Hass auch ein Teil ihres Selbstbewusstseins zurück. Ihr Vater würde nie wieder die Gelegenheit bekommen, sie zu demütigen. Und auch niemand anderem würde sie das erlauben. Und damit stellte sich unwillkürlich die Frage, wie sie mit Rowan umgehen sollte. Und ihren Gefühlen für ihn. Nach einer trotz der Strapazen fast schlaflosen Nacht war sie sich nicht mehr sicher, was sie für diesen Mann empfand. Seine Verletzungen hatten tiefe Narben in ihr Herz gebrannt. Im Gegensatz zu denen, die ihr Vater ihr zugefügt hatte. Weil sie Gefühle für Rowan hatte. Aber es waren nicht mehr dieselben wie vor ihrem Unfall. Es schien fast so, als habe der Gedächtnisverlust eine andere Person aus ihr gemacht. Sie sah viele Begebenheiten jetzt mit einem gewissen Abstand. Fast so wie eine Zuschauerin ihres eigenen Lebens. Dazu trug auch die Tatsache bei, dass sie hier auf dem Land zur Ruhe gekommen war. Der Schmerz in ihrer Brust, Rowan und Emily verloren zu haben, war geblieben, aber sie fühlte sich jetzt stark genug, ihn auszuhalten. Sie musste loslassen um wieder sie selbst zu werden. Aber am Ende zählte das alles nicht, weil er sich ohnehin gegen ein Leben mit ihr entschieden hatte. Im Gegensatz zu Matthew. Er war sanft, höflich und immer darauf bedacht, dass es ihr gut ging. Er würde sie niemals so sehr verletzten, wie Rowan es getan hatte. Ein Leben an seiner Seite würde ihr all das geben, was sie sich jemals erträumt hatte. Ruhe, Beständigkeit und Freundschaft, aus der mit der Zeit bestimmt auch Liebe werden konnte. Denn ganz gleich, wie man das nannte, was sie für Matthew empfand, es war nicht zu vergleichen mit dem, was Rowan in ihr auslöste. Das, was sie für Rowan empfand, machte sie atemlos, war Dunkelheit und Licht zugleich, barg Schmerz und ließ doch ihr Herz schneller schlagen. Es war von einer Intensität, die sie vielleicht nie wieder spüren würde, das ahnte sie tief in ihrem Inneren. Matthew dagegen ließ sie atmen, statt ihr den Atem zu nehmen, seine Liebe vertrieb jede Dunkelheit und gab ihr eine Sicherheit, nach der sie sich sehnte. Jedenfalls glaubte sie, dass sie das tat. Oder wollte es glauben, weil alles andere keinen Sinn machte. Aber noch war sie verheiratet. Und das verbot ihr jeden Gedanken an eine Zukunft mit Matthew. Zunächst musste sie einmal ihre Angelegenheiten klären. Und solange würde sie Mattew auch keine Hoffnungen machen.

Mylord,
ich entschuldige mich in aller Form, dass ich Sie so
lange im Ungewissen über meine Absichten und
meinen Aufenthaltsort gelassen habe.
Ich war auf dem Weg nach Bath, hatte aber einen
Kutschenunfall, bei dem ich nicht nur körperlich
verletzt wurde, sondern auch mein Gedächtnis verloren
hatte. Beide Beeinträchtigungen brauchten ihre Zeit zu
heilen, aber seit gestern kann ich mich wieder an alles
erinnern.
Ich habe mich entschieden, diese für beide Seiten
schmerzliche Verbindung zwischen uns zu beenden.
Seien Sie versichert, dass ich Ihnen keinen Vorwurf
mache, dass es so gekommen ist. Wir waren beide
Opfer einer romantischen Vorstellung Ihres Bruders,
dass diese Ehe wirklich funktionieren könnte.
Ihr Bruder handelte ganz sicher in bester Absicht als er
diese Ehe arrangierte, ohne danach zu fragen, ob Sie
vielleicht andere Pläne hatten. Er tat es, um Emily
versorgt zu wissen, aber er hätte sicherlich anders
gehandelt, wenn er gewusst hätte, dass Sie längst eine
Frau gefunden haben, die sie selbst gewählt haben.
Ich biete Ihnen an, unsere Ehe annullieren zu lassen,
schließlich wurde sie nie vollzogen.
Wenn Sie eine Scheidung bevorzugen, werde ich auch
darin einwilligen.
Ich bitte Sie, mir die entsprechenden Papiere zur
Unterschrift zukommen zu lassen.
Ich wünsche Ihnen für Ihre weitere Zukunft alles Gute.

Bitte grüßen Sie Emily ganz herzlich von mir. Ich hatte
ihr versprochen, sie nie alleine zu lassen, aber dieses
Versprechen muss ich nun brechen. Ich liebe sie wie
eine Tochter, aber manchmal reicht das alleine nicht.
Ich hoffe, sie wird das eines Tages verstehen.
Amelie Windhurst

Rowan ließ den Brief sinken, den Nicholas ihm ins
Gefängnis gebracht hatte. Er war heute morgen im
Haus seines Bruders abgegeben worden und Emily und
Mary hatten ihn sofort zum Duke of Ashford gebracht,
weil sie nicht wussten, wie sie ihn hätten Rowan sonst
zukommen lassen sollen.
Als Rowan den Brief schließlich in den Händen
gehalten hatte, war alle Last von ihm abgefallen. Es
war, als habe, wer auch immer, seine Gebete gehört und
beschlossen, seinem Leiden ein Ende zu bereiten.
Amelie lebte! Diese Gewissheit war alles was er
brauchte um wieder Hoffnung zu verspüren. Hoffnung,
dass er die Gelegenheit bekommen würde, alles zum
Guten zu wenden.
Jetzt aber, nachdem er die Zeilen gelesen hatte, war die
Hoffnung auf eine Versöhnung einem tiefen Schmerz
gewichen. Amelie lebte und doch war sie für ihn
verloren. Deutlicher hätte sie ihm nicht sagen können,
dass ihr an einer Fortsetzung ihrer Ehe auch weiterhin
nichts lag. Sie hatte nicht mit ihrem Titel
unterschrieben sondern mit ihrem Mädchennamen. Sie
hatte ihn nicht einmal mit seinem Vornamen
angesprochen. Aus ihren Zeilen ging auch hervor, dass
sie wohl irgendwie von Anouk erfahren hatte. Nur hatte
sie die falschen Schlüsse daraus gezogen. Die Frau, mit

der er leben wollte, die er liebte, hatte er nicht in Paris gefunden. Sondern hier. In London.

„Rowan." Nicholas' Stimme riss ihn aus seinen Gedanken.

„Was schreibt Amelie? Wo ist sie? Wann kommt sie zurück?"

„Gar nicht."

„Gar nicht?" Irritiert sah Nicholas ihn an. „Warum nicht?"

Rowan reichte ihm den Brief.

„Oh nein, das ist privat. Ich möchte nicht..."

„Sie hatte einen Unfall und danach ihr Gedächtnis verloren. Seit kurzem weiß sie wieder, wer sie ist und sie weiß auch wieder, dass sie mich verlassen wollte. Sie... will die Scheidung. Und hat ganz offensichtlich nicht vor, jemals wieder nach London zu kommen. So die Kurzfassung." Rowans Stimme klang so, wie er sich fühlte. Gebrochen.

„Das muss sie aber! Der Richter wird sich nicht von einem einfachen Brief überzeugen lassen, dass es ihr gut geht!" Nicholas deutete auf den Brief in Rowans Hand.

„Wo ist sie? Bei welcher Poststation wurde der Brief aufgegeben?"

Rowan sah auf den Absender.

„In Dyrham."

„Sagt mir nichts. Aber das macht nichts. Ich finde schon heraus, wo sie ist." Damit stand er auf, ging auf die schwere Eichenholztür zu, die Rowans Zelle verschloss und klopfte mit seinem Stock dagegen. Sofort drehte sich der Schlüssel im Schloss und die Tür schwang auf.

„Sie muss herkommen, um ihre Identität zu bezeugen

und dass es ihr gut geht. Und um Sie damit zu entlasten. Ich kümmere mich darum." Dann war Rowan wieder allein mit seiner Verzweiflung und dem beißenden Schmerz in seinem Herzen.

❧

„Sie... Sie sind verheiratet?" Matthew klang verwirrt und niedergeschlagen nachdem Amelie ihm nun endlich, fast eine Woche nach den Ereignissen im Unwetter, eröffnet hatte, dass sie sich wieder an ihr früheres Leben erinnerte. Sie hätte es gerne noch etwas länger für sich behalten, einfach um diese Flut an Emotionen und schönen wie unschönen Erinnerungen erst noch zu verarbeiten, aber Matthew hatte sich an diesem Nachmittag, als beide zusammen im Garten auf einer Bank saßen und sich unterhielten, ein Herz gefasst und ihr einen Heiratsantrag gemacht. Amelie hatte die Wärme und Aufrichtigkeit in seinen Worten berührt. Niemals zuvor hatte jemand so ehrlich bemüht um sie geklungen. So ehrlich bemüht um sie als die Person, die sie wirklich war und nicht um die Frau, die sie in den Augen der anderen sein sollte, um gut genug zu sein. Gut genug als Tochter. Als Ehefrau. Als Marchioness. Matthew hatte sie so kennengelernt, wie sie ohne all die unschönen Vorkommnissen in ihrem Leben hätte sein können. Das bewies ihr, dass entgegen aller Behauptungen ihres Vaters und Demütigungen und Beleidigungen durch Rowan doch etwas Liebenswertes an ihr sein musste. Etwas, das jemand zu schätzen wusste, der die wahre Amelie sah.

„Es tut mir leid, Matthew." Amelie senkte beschämt die Augen. Zu dieser Situation hätte es nicht kommen müssen, hätte sie Matthew gleich gesagt, dass sie sich wieder an ihr vorheriges Leben erinnerte. Er wollte tröstend nach ihrer Hand greifen, hielt aber in der Bewegung inne. Sie war verheiratet, da schickte sich eine solche Vertraulichkeit nicht.

„Es muss Ihnen nicht leid tun, Rose." Er schüttelte den Kopf. „Amelie", verbesserte er sich.

Ein leichtes Lächeln erschien auf ihrem Gesicht.

„Schon gut, Matthew. Hier bin ich Rose. Ich fühle mich hier wie Rose, nicht wie Amelie. Es ist ein anderes Leben."

„Und Ihr altes Leben? Ihr Ehemann? Warum sind Sie noch nicht auf dem Weg zu ihm?" Etwas Hoffnung schwang in seiner Stimme mit, aber gleichzeitig rief er sich zur Ordnung. Er hatte kein Recht, sie danach zu fragen. Amelie hob den Blick und beobachtete einen kleinen Vogel, der aufgeregt im Gras nach Würmern pickte. Dann räusperte sie sich.

„Es ist schwierig. Ich meine, meine Ehe. Der Marquess ist..." Sie brach ab, aber Matthew war nicht entgangen, dass sie sich bei seiner Erwähnung etwas versteift hatte.

„Der Marquess ist ein schwieriger Charakter. Er... es war keine Liebesheirat, wenn Sie das wissen wollen." *Ganz im Gegenteil!* Nur hatte sich das von ihrer Seite geändert, aber das musste Matthew nicht wissen.

Sie würde auch nichts weiter dazu sagen. So sehr sie Matthew auch mochte, die wahren Umstände gingen ihn nichts an. Noch nicht. Vielleicht, wenn ihre

Beziehung enger werden würde, würde sie ihm alles erzählen, aber jetzt war nicht der richtige Zeitpunkt. Sie war noch nicht bereit dazu.

„Was wollen Sie jetzt tun? Sie wissen, dass er das Recht hat, Sie zurückzuholen?" Matthews Stimme klang besorgt.

„Das Recht vielleicht, aber nicht den Wunsch. Ich habe ihm die Scheidung vorgeschlagen." Oder die Annullierung, aber den Grund, warum eine Aufhebung überhaupt in Frage kam, verschwieg sie ihm lieber. Das war nicht nur zu intim, es erinnerte sie auch schmerzlich daran, dass Rowan in ihr nicht mehr sah als ein lästiges Anhängsel. In seinen Augen war sie ein Nichts. Nicht begehrenswert, nicht liebenswert, nichts *wert*. Das hatte er ihr mehr als einmal deutlich zu verstehen gegeben. Er verbrachte seine Zeit lieber in seinem Club oder im Bordell als mit ihr. Sie hatte ihm deswegen niemals Vorwürfe gemacht, obwohl es sie verletzt hatte, aber was hätte das schon gebracht? Sie wollte all den schlechten Dingen, die er von ihr annahm, nicht noch Eifersucht hinzufügen. Obwohl die sie fast zerfressen hätte. Denn ganz gleich, was sie sich auch einredete, die Wahrheit war, dass sie etwas für Rowan empfand. Sogar sehr viel für ihn empfand. Die kurzen Augenblicke, die sie durch den dicken Panzer gedrungen war, mit dem er sein verletztes Herz schützte, hatten ihr gezeigt, was für ein Mann er hätte sein können. Aber vielleicht niemals werden würde. Jedenfalls nicht bei ihr.

„Rose, Sie können sich nicht scheiden lassen, wenn er das nicht will. Es liegt allein in seiner Hand. Die Gesetze..." Matthew riss sie aus ihren Gedanken.

„Oh, er wird es wollen, glauben Sie mir." Amelie sah ihn aufrichtig an, so dass er nun doch nach ihrer Hand griff.

„Und wenn es wirklich so weit kommt, Rose? Was dann?" Die Hoffnung in seiner Stimme machte ihr das Herz schwer. Weil sie nicht wusste, was dann passieren würde. Er wartete auf ein Zeichen von ihr, eine Andeutung, dass sie es vielleicht in Erwägung ziehen würde, seinen Antrag anzunehmen. Aber sie konnte ihm darauf keine Antwort geben. Nicht jetzt. Nicht, so lange ihr Herz nicht ganz frei war. Und vielleicht würde es das nie sein.

Das Rattern von Kutschrädern ließ sie aufsehen. Durch den aufgewirbelten Staub konnte sie zunächst nicht erkennen, wem die Kutsche gehörte, aber spätestens als der Kutscher vom Bock sprang und sich daran machte, die schmale Treppe herauszuziehen, die einen bequemen Ausstieg ermöglichte, wusste sie, um wen es sich bei dem Besucher handelte. Es war die Kutsche des Dukes of Ashford. Und dann kletterte auch schon Ava aus dem Inneren und sah sich um, um sich zu orientieren. Als ihr Blick schließlich auf Amelie fiel, die wie erstarrt neben Matthew auf der Bank saß, ihre Hand noch immer in seiner, schnaubte Ava undamenhaft auf, während sich ihre Augen weiteten. Mit großen Schritten kam sie auf die beiden sehr vertraut wirkenden Personen zu und deutete zuerst auf den Doktor und dann auf Amelie.

„Nicht. Dein. Ernst!" Ihre linke Augenbraue berührte fast ihren Haaransatz und sie schüttelte fassungslos den Kopf.

Amelie riss ihre Hand förmlich aus Matthews und stand auf. Auch er erhob sich.

„Da die Marchioness neben ihrem Gedächtnis wohl auch ihre Sprache verloren hat, weswegen sie Briefe schreibt anstatt sich persönlich mit ihrem Mann auszusprechen, stelle ich mich gerne selber vor." Sie setzte ein hochmütiges Gesicht auf, jenes, das sie auch bei ihren Begegnungen gezeigt hatte, als Amelie mit dem Viscount Fairmont getändelt hatte und sie die beiden unbedingt auseinander bringen wollte. Obwohl es damals gar nichts auseinander zu bringen gab, aber das hatte die Duchess zu diesem Zeitpunkt nicht gewusst. Aber dieser Gesichtsausdruck war Amelie noch in guter Erinnerung. Und er verhieß nichts Gutes. „Ich bin die Duchess of Ashford. Und Sie sind?" Ihr Blick bohrte sich in den des Doktors, der bei der Nennung ihres Titels doch deutlich zusammenzuckte. Hier auf dem Land begegnete man nicht so häufig jemandem, der im Rang gleich unter dem König stand. „Euer Gnaden, ich bin...", begann er und verbeugte sich gleichzeitig tief.

„Das ist Doktor Matthew Rathcliff. Und du brauchst ihn weder so anzusehen, noch ihn so anzugehen, Ava." Amelie hatte ihre Stimme wiedergefunden und sich augenscheinlich von der Überraschung, Ava hier zu sehen, erholt. Und weil sie genau wusste, wie man sich unter diesem Blick fühlte, musste sie Matthew geradezu in Schutz nehmen. Sie konnte spüren, dass er sie erstaunt ansah. Ava dagegen kniff beleidigt die Augen zusammen.

„Wie sehe ich Mr. Rathcliff denn deiner Meinung nach an?", fragte sie mit einem scharfen Unterton.

„So wie du mich damals angesehen hast als ich mit Colin...", Amelie seufzte und winkte ab.

240

„Lassen wir das. Du deutest mit diesem Blick deine Missbilligung an. Und das hat Matthew nicht verdient. Er hat mir in der Zeit, als ich nicht wusste, wer ich war oder wohin ich gehörte, ein Zuhause gegeben!" Sie blickte Ava herausfordernd an.

„Warum bist du hier?"

Ihr war nicht entgangen, dass Ava bei den Worten *Matthew* und *Zuhause* etwas zusammengezuckt war. Offenbar irritierte es sie, dass Amelie sie in einem Zusammenhang ausgesprochen hatte.

„Weil dein Ehemann", sie betonte das Wort überdeutlich, „zur Zeit im Gefängnis schmort, weil er beschuldigt wird, dich getötet zu haben!"

Als Amelie blass wurde und Matthew verwundert das Gesicht verzog, fügte sie achselzuckend hinzu:

„Kurzfassung."

„Aber..." Amelie hatte Mühe, einen logischen Zusammenhang herzustellen Sie lebte doch. Es machte irgendwie keinen Sinn. Dann fiel ihr ein, dass sie ohne eine Erklärung einfach verschwunden war und sich auch nicht gemeldet hatte, wie sie es vorgehabt hatte, weil dieser dumme Unfall dazwischen gekommen war.

„Ich erkläre dir alles unterwegs, Amelie. Aber bitte, wir müssen so schnell wie möglich nach London. Der Richter wird erst glauben, dass du noch lebst, wenn du vor ihm stehst!" Amelie nickte, verwirrt und betroffen. Das hatte sie nie und nimmer gewollt! Und dass jemand diese Schlüsse aus ihrem Verschwinden ziehen könnte, war schlichtweg... Nein, gar nicht so weit hergeholt, wenn sie es sich richtig überlegte. Es gab genug Menschen, denen es nicht entgangen sein konnte, wie Rowan sie behandelt hatte. Und auch nicht, dass diese Madame Chevalier plötzlich aufgetaucht war. Da schien es logisch, wenn man eins und eins zusammenzählte. Das ganz Ausmaß ihrer überstürzten, chaotischen Flucht vor Rowan wurde ihr erst jetzt richtig bewusst und sie schämte sich plötzlich, obwohl sie für die gegenwärtige Situation ja nichts konnte. Entschlossen nickte sie Ava zu, dann wandte sie sich an Matthew, der kein Wort zu verstehen schien, aber neugierig von Ava zu Amelie sah.

„Es tut mir leid, Matthew. Ich muss jetzt mit der Duchess nach London. Ich werde Ihnen alles erklären, wenn ich wiederkomme."

Während Matthews Augen vor Freude zu strahlen begannen, verdunkelten sich Avas sichtlich. Es war also ernster als sie befürchtet hatte. Aber so leicht würde sie sich nicht geschlagen geben, wenn es um das Glück zweier Menschen ging, die nur zu verletzt oder zu stolz waren, sich ihre Liebe zu gestehen.

„Ava, ich möchte Rowan wirklich nicht wiedersehen!" Amelie hatte gerade das Büro des Richters verlassen, vor dem sie eine Aussage gemacht hatte. Einige Dinge hatte sie erklären können, wie diese tote Frau an ihren Ring gekommen war, nicht. Diesbezüglich würde noch eine Befragung des Hauspersonals erfolgen, denn ganz offensichtlich hatte irgendjemand ihn beim Saubermachen in der Vase entdeckt und an sich genommen. Und dann verkauft oder verschenkt. Aber das würde sich aufklären lassen. Wichtig war nur, dass sie mit ihrer Aussage und ihrem Erscheinen alle Vorwürfe gegen Rowan entkräftet hatte und er frei kommen würde. Allerdings hatte sie den Richter gebeten, ihr einen kleinen zeitlichen Vorsprung zu geben, denn sie wollte London so schnell wie möglich wieder verlassen. Dieses Mal aber mit ihren Sachen und auch einer Erklärung für Emily. Aber dazu brauchte sie etwas Zeit, auch wenn das hieß, dass Rowan erst morgen entlassen werden würde. Ava hatte sie mit einem derart entsetzten Blick angesehen, als Amelie ihr davon erzählt hatte, dass sie sich im Nachhinein dafür schämte. Aber es war ihre einzige Möglichkeit, zu verschwinden, ohne Rowan noch einmal begegnen zu müssen. Denn tief in ihrem Inneren fürchtete sie sich davor, ihn wiederzusehen. Vor all den Gefühlen, die vielleicht wieder hochkommen könnten, all dem Schmerz, den sie bei seinem Anblick empfinden würde.

„Das kannst du nicht tun, Amelie. Du musst ihm wenigstens die Möglichkeit geben, mit dir zu reden. Das bist du ihm schuldig!", entrüstete Ava sich, während sie zu der Kutsche gingen, die sie vom Büro des Richters nach Hause bringen würde. Nach Hause. Amelie war überrascht, dass sie diesen Begriff für Joshuas Haus ganz selbstverständlich wieder gebrauchte. Die Begegnung mit Emily, ihre überschäumende, ehrlich Freude, dass Amelie wieder da war, hatte sie emotional überrumpelt. Sie hatte erst in diesem Augenblick begriffen, wie sehr das Mädchen ihr gefehlt hatte. Und nicht nur sie. Wenn sie ehrlich war, hatten all die Begebenheiten, die sie mit diesem

Haus verband, sie mehr aufgewühlt als sie für möglich gehalten hätte. Joshua, den sie ebenfalls aufgesucht hatte, wurde nur noch wach, wenn ihn diese schrecklichen Hustenanfälle quälten. Noch vor Wochen hätte niemand es für möglich gehalten, dass er überhaupt so lange überleben würde, aber weil sie ihn so sehr schätzte und auf ihre Art liebte, wünschte sie ihm doch, dass er bald diesen einen endgültigen Schritt gegen durfte. Ihn so zu sehen, ausgezehrt, gequält und hilflos, schmerzte sie sehr.

Und dann Jane, die vor Freude, sie wiederzusehen, sogar ins Stottern geraten war und Johnson, Joshuas Butler, der sie mit einem verdächtigen Glitzern in den Augen sogar entgegen aller Konventionen kurz umarmt hatte...

All das hatte sie mehr berührt als sie zugeben wollte. Und nun hieß es, sich dagegen zu wappnen, wollte sie nicht wieder in ihr altes Muster verfallen und all dem eine neue Chance geben. Nein, sie musste stark sein und einmal, nur einmal und auch das erste Mal überhaupt, an sich denken!

„Ich bin dem Marquess nichts schuldig, Ava, gar nichts!" Wütend blitzte sie Ava an, die daraufhin merklich zusammenzuckte.

„Er hatte seine Chance, und sogar mehr als eine, glaube mir! Aber alles, was er getan hat, war, mich vom ersten Augenblick an zu verachten. Noch bevor er mich das erste Mal angesehen hat, hat er mich schon gehasst, Ava! Und es war ihm ganz gleich, dass andere das mitbekommen haben. Weißt du, wie man sich fühlt, wenn einem vor Publikum gesagt wird, dass man...", jetzt stahlen sich Tränen in ihre Augen. Tränen, die tief aus ihrem Herzen kamen und endlich den Kampf gegen ihre Selbstbeherrschung gewannen , „dass man... nicht gut genug ist?!"

Sie konnte plötzlich vor lauter Schluchzen nicht weiter sprechen und Ava schob sie schnell in die wartende Kutsche, damit die Umstehenden nicht noch mehr zu gaffen hatten.

„Amelie, ich weiß genau wie du dich fühlst." Sie nahm ihre Freundin in die Arme, aber Amelie wehrte sich dagegen.

„Woher solltest du..."

„Weil ich genau das mit meinen Eltern erlebt habe. Sie haben mich für etwas gehasst, für das ich nichts konnte und es mich leider spüren lassen."

Sie dachte daran, wie ihre Eltern sie eiskalt verstoßen hatten, als sie nach einer Vergewaltigung mit Lizzy schwanger geworden war. Weil sie mit der Schande, ein uneheliches Enkelkind zu bekommen, nicht leben konnten oder wollten und Ava bei den wenigen Gelegenheiten, die sie danach zusammenführten, beleidigt und bloßgestellt hatten.

Ungläubig sah Amelie sie an.

„Aber deine Eltern..."

„Waren für eine nicht unerhebliche Summe, die Nicholas ihnen gezahlt hat, bereit, über meine angeblichen Verfehlungen hinwegzusehen!" Kurz schlich sich Bitterkeit in ihre Stimme, dann nahm sie Amelies Hand und drückte sie.

„Wenn auch etwas anders als bei dir bin ich sozusagen also auch von meinen Eltern verkauft worden. Aber ich habe dabei die Liebe meines Lebens gefunden, Amelie." Ernst sah sie Amelie an, die bei Avas Worten schlucken musste.

„Nicholas und ich haben auch einen schmerzvollen, langen Weg hinter uns, bis wir zueinander gefunden haben. Auch ich dachte lange Zeit, dass er nichts für mich empfindet, dass er in Wahrheit eine andere Frau liebt." Bei dieser Erinnerung schloss sie kurz die Augen und atmete tief ein, aber als sie sie wieder öffnete, sah Amelie nichts als tief empfundene Liebe in ihnen.

„Aber alles war ein schreckliches Missverständnis und hätte Nicholas nicht ein ganzes Jahr nach mir gesucht um es aufzuklären, wären wir heute nicht verheiratet."

Als Amelie darauf nichts erwiderte, drückte Ava ihre Hand.

„Bitte, Amelie, gib Rowan eine Chance."

Amelie schwieg weiterhin. Betroffen von dieser Eröffnung und gleichzeitig mit einem ganz neuen Gefühl in ihrem Herzen, das allein das Wort Missverständnis ausgelöst hatte. Konnte es denn sein, dass... Nein, rief sie sich gleich darauf zur Ordnung, dieses Gefühl ignorierend und tief im hintersten Winkel ihres Herzens begrabend. Was konnte man an all diesen Verletzungen, dieser Kälte, die Rowan in ihrer Nähe ausstrahlte, schon missverstehen? Und wenn dann auch noch eine schwangere Geliebte auftauchte?

„Wenn er es wollte, hätte er schon längst mit mir sprechen können", murmelte sie erstickt. Gleichzeitig hörte sie wieder das energische Klopfen an ihrer Tür und seine leise, fordernde Stimme. Und wie Jane ihn immer und immer wieder in ihrem Auftrag abgewiesen hatte. Was hatte er damals von ihr gewollt?

„Ava, .. kann... kann ich für ein paar Tage bei euch bleiben? Ich kann jetzt nicht zurück. Nicht in Joshuas Haus." Amelies Herz klopfte laut und schnell bei dieser

Erkenntnis.

„Und auch nicht nach Dyrham. Ich brauche etwas Zeit, um über alles nachzudenken." Sie sprach so leise, dass Ava sie kaum verstand.

„Natürlich kannst du bei uns bleiben." Sie wollte noch etwas hinzufügen, ließ es aber dabei bewenden.

Immerhin war es ein erster Schritt, wenn Amelie nicht sofort wieder zu diesem Doktor zurück wollte.

Rowan hatte sich die Worte vielleicht tausendmal überlegt, die er Amelie sagen wollte, aber als sie schließlich bereit war, ihn anzuhören, brachte er keinen Ton heraus. Er stand einfach nur vor ihr und konnte den Blick nicht von ihr abwenden. Sie sah blass aus und hatte dunkle Ringe unter den Augen, so als hätte sie nächtelang nicht geschlafen. Ihr Haar trug sie nicht mehr zu diesem strengen Chignon frisiert, sondern locker hochgesteckt, was ihre Weiblichkeit viel mehr zur Geltung brachte. Wie hatte er jemals übersehen können, wie schön sie war? Und diese grünen Augen! Wie dunkles Moos schimmerten sie und er ertappte sich bei dem Wunsch, für immer in ihnen zu versinken. Allerdings hatte sich der Ausdruck in ihnen verändert, beinahe unmerklich, aber Rowan nahm es wahr. Wie auch ihre aufrechte Haltung und dass sie ihn ansah, statt den Blick, wie vorher, schüchtern zu senken.

Irgendetwas war in den letzten Wochen mit ihr geschehen. Etwas, dass die verletzliche Amelie vertrieben hatte und nun eine neue, stärkere Frau ihre Stelle einnahm.

„Amelie." Seine Stimme klang rau und er räusperte sich. Er wollte nicht, dass sie seine Unsicherheit bemerkte.

„Ich danke dir dafür, dass du bereit bist, mit mir zu sprechen."

Sie nickte ihm nur zu und deutete auf das Sofa, das einladend neben dem Kamin im Salon der Ashfords stand.

„Was möchten Sie mir sagen, Mylord? Haben Sie die Scheidungspapiere dabei? Dann könnte ich sie gleich hier..."

„Amelie, was redest du da!" Er konnte den Ärger nicht aus seiner Stimme heraushalten. Er hatte gehofft, sie hätte diesem Treffen zugestimmt, um ihm Gelegenheit zu geben, ihr einiges zu erklären, stattdessen brachte sie wieder diese unsinnige Scheidung ins Spiel!

„Ich dachte, deswegen wären Sie hier?! Welchen Grund sollten Sie sonst haben, mich aufzusuchen?"

„Herrgott, ich will mit dir reden, dir vieles erklären, vor allem, dass ich ein verdammter Trottel war."

Amelie zog überrascht die Brauen in die Höhe.

„Das steht außer Frage, Mylord, aber ich weiß jetzt, warum Sie mich so behandelt haben."

„Ach ja?", fragte er schärfer als beabsichtigt.

Amelie brachte ihn vollkommen aus dem Konzept. Statt ihn zu fragen, warum er sich so benommen hatte, schien sie sich diese Frage bereits beantwortet zu haben.

248

„Ja. Sie wurden ebenso wie ich zu dieser Ehe genötigt, obwohl Sie bereits eine andere Frau..."

Ungehalten über den Gesprächsverlauf unterbrach er sie.

„Nein, also ja. Das mit der Ehe stimmt." Er raufte sich die Haare. Wie konnte man nur so aneinander vorbei reden?

„Und wenn du von Anouk sprichst: Ja, ich hatte in Paris ein Verhältnis mit ihr, aber..."

„Oh, ich werfe Ihnen das nicht vor!", fiel sie ihm ins Wort und klang dabei vollkommen unbeteiligt. Nur ein kleines Zittern in ihrer Stimme verriet ihm, dass es nicht so war.

„Ich habe mitbekommen, dass diese Frau ein Kind von Ihnen erwartet, was mich letztlich in meinem Entschluss nur bestärkt hat, Ihnen die Möglichkeit zu geben, unsere Ehe aufzulösen. Kein Kind sollte ohne Vater..." , wieder stockte sie und Rowan konnte kurz den Schmerz aufblitzen sehen, den sie wohl bei dem Gedanken an ihren eigenen Vater verspürte, „... nun, man sollte jedem Kind die Möglichkeit geben, in einer intakten Familie aufzuwachsen."

„Ja, schon, aber..."

„Nichts aber, Mylord. Ich werde nicht die Frau sein, die zwischen diesem Kind und der Familie steht, die es haben könnte. Und die damit auch Emily haben könnte."

Warum nur war alles, was aus ihrem Mund kam, in ihren Augen logisch und dabei doch so falsch?

„Amelie, hör' mir zu! Anouk war meine Geliebte und ja, sie sagte, sie wäre schwanger, aber das war, wie sich herausstellte, gelogen. Sie wollte sich hier ins gemachte Nest setzen, weil sie, als sie hier ankam, nicht wusste, dass ich verheiratet war." Wieder sah Rowan etwas in Amelies schönen Augen aufflackern und dieses Mal war es Überraschung und noch etwas anderes. Aber da sie schwieg, fuhr er fort.

„Und selbst wenn sie ein Kind von mir erwartet hätte, hätte ich nie eine Beziehung mit ihr geführt. Sie war in Paris meine Mätresse, Amelie, nicht mehr! Unsere Beziehung basierte auf... auf einem Vertrag. Ich habe sie dafür bezahlt, dass sie..." Als er Amelies entsetzten Blick sah, raufte er sich die Haare. Himmel, er redete sich um Kopf und Kragen!

„Ich habe nicht gelebt wie ein Mönch, Amelie. Aber das war, bevor wir uns kennenlernten. Ich schwöre, seit wir verheiratet sind, habe ich keine andere Frau mehr angefasst." Ihr Blick verwandelte sich von entsetzt in ungläubig und sie geriet etwas aus der Fassung. „Aber..."

„Nichts aber! Ich wollte, dass man glaubt, ich vergnüge mich in diesen Etablissements, weil... weil...", er zögerte. Seine Worte würden ihre Wunden wieder aufreißen, wenn sie denn überhaupt schon zu heilen begonnen hatten. Er hatte gewollt, dass alle glaubten, was er sie glauben machen wollte, aber er war noch nicht so weit gesunken, dass er Amelie wirklich betrogen hatte. Diese eine, letzte Grenze hatte er nicht überschritten, warum auch immer.

„Weil ich dich damit verletzen wollte", vollendet er seinen Satz. Es war die schonungslose Wahrheit, aber sie traf Amelie mehr als wenn er sie wirklich betrogen hätte, das konnte er an ihrer Reaktion erkennen. Und sie hatte recht damit. Er hielt ihrem fassungslosen Blick nicht stand. Es war richtig, ihr die Wahrheit zu sagen,

aber er wusste nicht, ob sie damit umgehen konnte.
„Warum?", flüsterte sie. „Warum haben Sie all die
schrecklichen Dinge getan, all diese hässlichen Dinge
gesagt? Warum verachten Sie mich so?"
Verzweifelt sah er sie an.
„Ich verachte dich nicht, Amelie. Ich habe dich
eigentlich nie verachtet, nur mich selber. Es ist
kompliziert und entschuldigt nichts, aber ich habe in
der Vergangenheit Dinge getan, die ich bereut habe.
Mehr bereut als alles, was bisher in meinem Leben
geschehen ist." Er sah kurz Georgina vor sich, aber es
war nicht länger die verpasste Chance auf ein Leben
mit ihr, die er mit diesen Worten meinte, sondern die
verpasste Chance, Amelie für sich zu gewinnen.
„Ich wollte diese Ehe nicht, wollte dich nicht, weil..."
Er konnte nicht weitersprechen, weil er nun endlich
zugeben musste, dass er immer nur sich selbst dafür
gehasst hatte, so zu sein wie er war. Und dafür
jemanden gebraucht hatte, den er dafür verantwortlich
machen konnte. Er rieb sich über die Augen, brauchte
einen Augenblick um sich zu sammeln. Aber als er
Amelie ansah, sah er nur eine tiefe, ihm allzu bekannte
Traurigkeit in ihren Augen.
„Ich verstehe, Mylord." Sie hatte Tränen in den Augen,
nickte aber tapfer. Dann stand sie auf und ging langsam
auf die Tür zu. Rowan wusste zuerst nicht, was das
sollte, dann kam das verstörende Gefühl in ihm auf,
dass sie seine Worte komplett anders interpretierte.
Entsetzt sah er, wie sie die Tür öffnete, bevor sie ihn
noch einmal ansprach.
„Ich verstehe es jetzt. Und es war gut, dass Sie es mir
gesagt haben. Sie hassten sich dafür, diese Ehe
eingegangen zu sein und ließen mich diesen Unmut

spüren. Mir hilft es zu wissen, dass Sie im Grunde genommen nicht mich als Person mit ihrem Verhalten treffen wollten, sondern nur die Frau, die zu heiraten sie gezwungen worden waren."

„Amelie, du hast das falsch verstanden, ich..." Verzweifelt war er aufgesprungen und hinter ihr her geeilt. In der Halle bekam er ihren Arm zu fassen und hielt sie auf. Als sie sich zu ihm umdrehte erschrak er über den leeren Blick, den sie für ihn übrig hatte. Da war... nichts! Keine Verachtung, keine Traurigkeit, kein Fünkchen Emotion. Nichts! Es war, als würde er durch sie hindurch sehen. Seine Verzweiflung schlug in Wut um. Wut darüber, dass sie ihn so missverstanden hatte. „Du willst es gar nicht verstehen, habe ich recht?! Du willst nicht, dass ich es dir erkläre und mich entschuldige, nicht wahr?! Weil es dir vollkommen egal ist, was ich sage oder tue!" Verzweifelt ließ er sie los. Als sie nichts darauf sagte, nickte er nur.

„Ava hat mir von diesem Mann erzählt, diesem Doktor. Ist er der Grund, warum du so auf eine Scheidung drängst? Ich könnte es verstehen, wenn du ihm den Vorzug gibst. Sicher ist er nett und höflich zu dir. Nicht so wie ich, nicht wahr?!" Er konnte den Hohn in seiner Stimme nicht verbergen. Und endlich konnte er eine Reaktion in ihren Augen lesen. Ein kurzes Flimmern nur, aber es schien seine Vermutung zu bestätigen. Bitterkeit überkam ihn als er sich vorstellte, dass er von vornherein auf verlorenem Posten gekämpft hatte. Wie hatte er nur so blind sein können?

„Wenn es das ist, was du willst, werde ich alles in die Wege leiten, Amelie." Sie reagierte nicht, starrte ihn nur entsetzt an. Sie öffnete den Mund um etwas zu sagen, aber kein Ton kam über ihre Lippen.

„Aber eines solltest du dich fragen, bevor du die Scheidungspapiere unterschreibst." Er drehte sich von ihr weg und ging entschlossen zur Tür. Ein Butler reichte ihm Mantel und Hut und verbeugte sich, während er die Tür für ihn öffnete.

„Wenn du dir sicher bist, dass er der Richtige ist, dann gebe ich dich frei. Ich habe viel, nein, alles falsch gemacht, und glaube mir, ich hasse mich dafür mehr als du es jemals könntest. Und ich habe nach allem, was ich dir angetan habe ganz sicher nicht das Recht dazu, dich um eine zweite Chance zu bitten, aber", er stockte, dann straffte er sich und sah sie mit so viel Ehrlichkeit in seinem Blick an, dass ihr die Luft weg blieb, „ ich... liebe dich!"

Damit ging er durch die Tür, ohne sich noch einmal umzudrehen und ließ Amelie entsetzt zurück.

Amelie starrte auf die ordentlich sortierten Papiere vor sich. Und auf das kleine Päckchen, das gleichzeitig mit den Dokumenten abgegeben worden war. Ihr Gespräch mit Rowan war erst zwei Tage her, aber er hatte es geschafft, alle notwendigen Scheidungsunterlagen in dieser kurzen Zeit zu besorgen. Er hatte sogar schon unterschrieben. Hätte sie es nicht besser gewusst, hätte sie geglaubt, er habe es eilig. Aber sie wusste es besser.

Dieses Mal war sie es, die alles falsch gemacht hatte! Sie hatte es Rowan einfach machen wollen, ihm das schlechte Gewissen, das er womöglich bezüglich seiner Trennungsabsichten hatte, ausreden wollen. Sie hätte schon aufmerken werden sollen, als er über diese Anouk gesprochen hatte, so als bedeute diese Frau ihm nichts. Und spätestens, als er ihr eröffnet hatte, dass er seit ihrer Hochzeit keine andere Frau mehr angerührt hatte, hätte sie aufwachen müssen. Ganz gleich, ob das wahr oder gelogen war, er hatte so verzweifelt ausgesehen, dass sie ihm sogar verziehen hätte, wenn es gelogen gewesen wäre. Aber stattdessen hatte sie nur sprachlos dagesessen, weil sie nicht gewusst hatte, was sie darauf sagen sollte. Sie hatte doch gewusst, dass er kein Mann war, der so einfach über seine Gefühle sprechen würde. Aber das hatte er. Indirekt und versteckt, und sie hatte es nicht gleich verstanden. Aber er hatte ihr damit etwas sagen wollen.

Und dann war seine Stimmung umgeschlagen, vielleicht weil sie es nicht geschafft hatte, seine geheime Botschaft zu entschlüsseln, und er deshalb wieder verletzt in sein altes Muster verfallen war. Knurren und beißen wie ein geprügelter Hund. Verletzen um nicht selbst verletzt zu werden. Um sie erneut, dieses Mal immerhin nicht ganz grundlos, wieder mit einem anderen Mann in Verbindung zu bringen.

Aber dann war etwas passiert, was sie niemals erwartet hätte. Rowan hatte sich überwunden, hatte die Maske des überheblichen, unnahbaren Mannes abgelegt und sie sprachlos zurückgelassen. Er hatte sich getraut zu sagen, was sie sich nicht getraut hatte. Ihm zu gestehen, dass sie ihn liebte. Weil man einfach keinen Mann lieben *durfte*, der einem all diese schrecklichen Dinge angetan hatte.

Aber er hatte sich überwunden und gesagt, dass er sie liebt. Keine blumige Erklärung, kein Wort zu viel und doch mehr als sie sich jemals erhofft hatte. Da sie ihn inzwischen ganz gut kannte, wusste sie, wie viel dieses Eingeständnis wirklich wert war.

Und sie hatte dagestanden wie vom Donner gerührt, überrumpelt, unfähig, etwas darauf zu sagen oder ihn vom Gehen abzuhalten.

Bedächtig löste sie die Schleife von dem kleinen Kästchen, das zusammen mit den Papieren angekommen war. Ein zusammengefalteter Zettel fiel ihr entgegen, darunter lag ihr Ehering. Sie schluckte und begann die wenigen Zeilen zu lesen, die darauf standen.

Dieser Ring gehört traditionell der Marchioness of Walcott. Du bist es, Amelie, und auch, wenn du es nicht mehr sein willst, in meinem Herzen wirst du es immer bleiben. Deswegen bitte ich dich, ihn zu behalten.
Rowan

Amelie schluckte hart. Sie dachte an Matthew, an das Haus, das ihr lange Zeit fast ein Zuhause gewesen war. An Beth und wie liebevoll sie aufgenommen und wie selbstverständlich ihre Entscheidung, dort zu bleiben, akzeptiert worden war. Und dann an den Antrag, den Matthew ihr gemacht hatte und das Leben, das sie erwarten würde, würde sie ihn annehmen. Ruhig, vorhersehbar und mit einem Mann an ihrer Seite, der vom ersten Augenblick an freundlich zu ihr gewesen war. Er war so anders als Rowan. Ausgeglichen, ein Fels in der Brandung des Lebens. Ihr Leben an Rowans

Seite würde etwas ganz anders für sie bereithalten. Rowan war ein Mann, der noch lange mit seinen Dämonen kämpfen würde. Sie wusste das, weil es ihr genauso ging. Zwei verletzte Seelen, die heilen mussten. Und die dazu bedingungslose Liebe brauchten. Konnten sie und Rowan das von sich sagen? Dass einer die Rettung des anderen war?

Amelie legte sich die Hand auf ihr Herz und atmete tief ein. Sie schloss die Augen und spürte, wie ihr törichtes Herz ihr die Entscheidung vorgab. Sie konnte nicht anders als darauf zu hören, was sie insgeheim schon lange wusste. Entschlossen griff sie nach den Scheidungspapieren und dem Kästchen mit dem Ring. Es gab kein Zögern mehr, keine Unsicherheit. Nun war es an ihr, eine Entscheidung zu treffen.

„Bitte sagen Sie ihm, dass jemand im Arbeitszimmer auf ihn wartet. Aber sagen Sie nicht, dass ich es bin." Amelie wartete nicht erst auf eine Antwort, sondern ging in Rowans Arbeitszimmer. Dort legte sie den Scheidungsvertrag auf den Tisch und unterschrieb ihn. Ihr Herz klopfte dabei so schnell, dass sie fürchtete, ohnmächtig zu werden. Sie wusste nicht, wie er darauf reagieren würde, aber so oder so würde sich heute ihr Schicksal entscheiden.

Sie musste nicht lange warten, bis sie seine Stimme vor

der Tür hörte und er kurz darauf mit gerunzelter Stirn eintrat. Als er realisierte, wer da auf ihn wartete, blieb er abrupt stehen.

„Amelie!" Unsicher sah er sie an.

„Ich habe heute morgen die Unterlagen für unsere Scheidung bekommen." Sie bemühte sich um einen geschäftsmäßigen Ton. Seine Haltung verspannte sich.

„Und ich habe sie unterschrieben."

Kurz zuckte er zusammen und ein undeutbarer Ausdruck verdunkelte seine Augen, aber er nickte bestätigend.

„Dann... dann hast du dich also entschieden." Rowan konnte die Trauer nicht aus seiner Stimme heraushalten. Amelie nickte nur. Dann nahm sie die Papiere in die Hand und ging auf ihn zu.

„Ja, das habe ich. Du hast gesagt, ich soll mir gut überlegen, wer der Richtige für mich ist und das habe ich. Matthew ist ein freundlicher, ausgeglichener Mann, der ganz bestimmt der Richtige wäre." Als sie direkt vor ihm stand spürte sie die Wärme, die von seinem Körper ausging und ihr Herz begann zu flattern. Als er nach den Papieren greifen wollte, zog sie sie schnell zurück. Rowan runzelte fragend die Augenbrauen als Amelie die Papiere blitzschnell einsteckte.

„Die behalte ich lieber für den Fall, dass ich meine Entscheidung irgendwann einmal bereue." Sie lächelte ihn an.

„Und dann doch die Scheidung möchte."

Rowan brauchte einen Augenblick bis er verstand, was sie damit sagen wollte.

„Du willst... ich meine, du hast..." Ungläubig sah er sie an, eine Mischung aus Zweifel und Hoffnung in seinen Augen.

„Ja, ich habe mich entschieden. Das bin ich dem Mann schuldig, der wegen mir im Gefängnis saß." Sie lächelte als sie sah, dass das nicht die Worte waren, die er sich erhofft hatte.

„Und dem Mann, in den ich mich, wann immer das auch passiert sein mag, verliebt habe."

Kurz blinzelte Rowan als müssten diese Wort erst einen Weg in seinen Kopf finden. Dann nahm er vorsichtig ihre Hand, drückte sie sanft und sah sie so unsicher an, dass sie beinahe lachen musste. War das der Mann, den sie kennengelernt hatte? Entschlossen, ihn wissen zu lassen, dass sie es ernst meinte, reckte sie ihm ihr Gesicht entgegen. Er sah sie lange an, so als wolle er sich jedes Detail ihrer Züge einprägen. Seine Daumen legten sich sanft um ihr Kinn, streichelten ihre Wangen, bevor er unendlich zärtlich und langsam, als wolle er ihr eine Möglichkeit geben, es sich noch einmal anders zu überlegen, seine Lippen auf ihre senkte. Für Amelie war es der erste Kuss überhaupt, und er fühlte sich richtig und gut an. Sie hatte keine Angst vor dem, was kommen würde, keine Angst, sich falsch entschieden zu haben. Rowan war der Mann, mit dem sie leben wollte, den sie liebte. Und der einzige, der dieses Prickeln in ihr auslöste, das sie alles um sich herum vergessen ließ. Atemlos löste sie sich schließlich von ihm.

„Rowan, vertraust du mir?", fragte sie ernst. Diese Frage bedeutete so viel mehr als nur das Offensichtliche. Es war die wichtigste aller Fragen, jedenfalls für Amelie. Die Frage, ob sie wirklich eine Chance hatten, zueinander zu finden. Sie hielt unbewusste den Atem an. Viel hing von Rowans Antwort ab. Aber dieses Mal musste er nicht lange

258

überlegen.

„Ich vertraue dir, Amelie", sagte er ernst und sah sie dabei aufrichtig an. Sie nickte erleichtert.

„Ich muss zu Matthew." Seine Augen verengten sich zwar, aber er sagte nichts darauf.

„Ich... er hat es verdient, dass ich ihm alles erkläre." Rowan kämpfte kurz mit sich, dann nickte er.

„Das verstehe ich. Nur nimm dieses Mal bitte unsere Kutsche und verlier' nicht wieder dein Gedächtnis." Es sollte scherzhaft klingen, aber sie hörte die Besorgnis dahinter dennoch heraus.

„Das mache ich, Rowan. Willst du... willst du mich begleiten?" Sie wollte ihm eine Brücke bauen, aber er schüttelte nur lächelnd den Kopf.

„Versteh mich nicht falsch, Amelie. Am liebsten würde ich dich keine Sekunde mehr aus den Augen lassen, aber wir müssen lernen einander zu vertrauen." Rowan sah sie ernst an. Amelies Herz öffnete sich in diesem Augenblick noch mehr für ihn.

„Erkläre es ihm. Und richte ihm meinen Dank aus, dass er so gut für dich gesorgt hat, als ich es nicht konnte." Amelie sah ihn voller Liebe an. Sie hätte nicht gedacht, dass er sich so weit zurücknehmen könnte, aber sie rechnete es ihm hoch an. Sie räusperte sich, dann legte sie ihre Hände um sein Gesicht, so wie er es vorher bei ihr gemacht hatte.

„Ich liebe dich, Rowan."

Epilog

„Seit Amelie schwanger ist, lässt Rowan sie nicht mehr aus den Augen." Belustigt kicherte Violet als sie den Duke of Ashmore vor dem Geschäft von Madame Angelique in seiner Kutsche entdeckte.

„Nun ja, so weit ich weiß, hat sie noch die Scheidungspapiere. Unterschrieben! Da sollte er besser aufpassen, dass sie ihn nicht doch noch verlässt!" Ava grinste Amelie an, die mit den Augen rollte.

„Bei dem, was ich in der letzten Zeit für neue Kleider ausgeben muss, weil mir nach kürzester Zeit schon nichts mehr passt, fürchte ich eher, dass er sie findet und sie gegen mich verwendet!" Umständlich stieg Amelie von dem kleinen Hocker und trat hinter den Paravent, um sich auszuziehen. Sie hatte schon wieder ein Kleid nähen lassen müssen, weil ihr Bauchumfang in diesem fortgeschrittenen Stadium der Schwangerschaft bereits erheblich war. Es war nun ein gutes Jahr her seit sie und Rowan zueinander gefunden hatten und seitdem kämpften sie gemeinsam gegen ihre Dämonen. Und das ziemlich erfolgreich. Rowan hatte ihr alles über Georgina erzählt und auch seine Zeit in Paris nicht beschönigt. Im Gegenzug hatte sie ihm davon erzählt, wie ihr Vater sie behandelt und von ihr verlangt hatte, sich einen adeligen Mann zu suchen. Er hatte Amelie begleiten wollen, als sie sich entschieden hatte, ihre Vergangenheit aufzuarbeiten und ihren Vater ein für alle Mal aus ihrem Leben zu streichen, aber Amelie war es wichtig gewesen, es allein zu machen.

Joshua war wenige Tage nachdem Amelie sich für Rowan entschieden hatte, friedlich eingeschlafen. Sie hatten gemeinsam an seinem Bett gesessen und fast war es Amelie vorgekommen, als hätte er nur darauf gewartet, dass sie sich endlich zueinander bekannt hatten. Emily hatten sie nicht gesagt, dass Rowan ihr Vater war. Das kleine Mädchen hatte genug damit zu tun, Joshuas Tod zu verarbeiten. Natürlich sollte sie irgendwann die Wahrheit erfahren, aber im Moment war es nicht so wichtig, ob Rowan ihr Vater oder ihr Onkel war.

„Du weißt genau, dass dein Mann dir einhundert Kleider kaufen würde, wenn du das möchtest." Avas Stimme drang zu Amelie hinter den Schichtschutz.

„Ja, würde er. Er sagt immer, er hat eine Menge gut zu machen." Amüsiert kam Amelie wieder hinter dem Paravent hervor und grinste Ava an.

„Oh, Liebes, glaube mir, das hat er! So viel Kleider gibt es in ganz England nicht, dass er damit aufwiegen könnte, wie er dich behandelt hat." Sie rief nach Lizzy, die mit Emily in den Bändern kramte. Sie hatten heute die Kinder mitgenommen, weil sie nach der Anprobe noch zu Gunter's wollten. Amelies Heißhunger auf das Sorbet, das dort angeboten wurde, war, seitdem sie schwanger war, unermesslich. Beide Mädchen hatten sich ein paar hübsche Bänder ausgesucht und liefen nun Hand in Hand zur Tür. Amelie, Violet und Ava folgten in einigem Abstand.

Lizzy riss die Tür auf, das kleine Glöckchen bimmelte und sie blieb abrupt stehen, so dass Emily fast in sie hinein lief.

„Was ist denn, Lizzy?" Ava hatte zu ihr aufgeschlossen und sah neugierig auf die Straße.

„Er ist nicht da!" Enttäuscht ging sie einen Schritt zurück und schloss die Tür wieder.

Irritiert sahen sich die Frauen an.

„Wer ist nicht da, Lizzy?", fragte Ava ihre Tochter belustigt.

Lizzy zog einen Schmollmund und verschränkte trotzig die Arme vor der Brust.

„Jack." Sie sah enttäuscht aus.

„Jack? Warum sollte er denn hier sein?" Verdutzt schüttelte Ava den Kopf.

„Na, du hast mir doch erzählt, wie du Papa kennengelernt hast. Und Violet Colin. Und Amelie Rowan." Ehrfürchtig beäugte sie die Türschwelle.

„Und ich warte jetzt darauf, dass Jack hier auftaucht." Ava stöhnte belustigt auf. Jack war ein Junge, inzwischen ein junger Mann, der Violet und sie vor Jahren aus einer sehr gefährlichen Situation gerettet hatte. Er war der Sohn eines Zuhälters, hineingeboren in eine Welt voller Kriminalität und Gewalt. Und doch war es ihm gelungen, das Herz am rechten Fleck zu bewahren. Zum Dank hatte Nicholas ihm ermöglicht, eine Schule zu besuchen und zu studieren. Wenn er seinen Abschluss hatte, würde er die Verwaltung von Nicholas' Gütern übernehmen. Inzwischen war Jack ihnen allen ans Herz gewachsen und besonders Lizzy. Sie verfolgte ihn vom Tag ihrer ersten Begegnung an mit ihrer Zuneigung und war fest davon überzeugt, ihn eines Tages zu heiraten. Für Jack war sie nur eine niedliche Nervensäge, immerhin war er neun Jahre älter und sah in ihr nur die kleine Schwester. Was Lizzy aber nicht daran hinderte, ihm bei jeder Gelegenheit zu sagen, dass er ruhig frech zu ihr sein könnte, sie würde ihn trotzdem heiraten.

„Lizzy, Süße, Jack ist gar nicht hier in London."

Lizzy funkelte ihre Mutter verärgert an.

„Dann mache ich diese Tür jetzt so oft auf und zu, bis er vorbei geht!"

Violet und Amelie konnten sich ein Kichern nicht verkneifen, während Ava genervt den Kopf schüttelte.

„Kind, ich mache dir einen Vorschlag. Wir gehen jetzt einfach alle durch diese Tür und was die Sache mit Jack angeht, kommst du einfach in ein paar Jahren wieder!" Als Lizzy keine Anstalten machte, sich zu bewegen, sondern nur trotzig den Kopf schüttelte, verdrehte Emily die Augen.

„Lizzy, ich will jetzt zu Gunter's!" Sie gab ihrer Freundin einen kleinen Stoß in den Rücken und Lizzy stolperte nach vorne. Wütend drehte sie sich zu Emily um.

„Wenn du nicht daran glaubst, ich tue es. Das hier ist eine magische Tür!"

Die Frauen sahen sich an und prusteten los. Lizzy dagegen stampfte wütend mit dem Fuß auf.

„Ihr müsst gar nicht lachen, bei euch hat es ja auch geklappt!" Damit rauschte sie beleidigt aus der Tür.

Amüsiert folgten die Frauen und Emily ihr.

Ava blieb plötzlich ruckartig stehen.

„Das glaube ich jetzt nicht!" Fassungslos starrte sie auf die Szene, die sich ihr bot.

Lizzy saß auf ihrem Hinterteil und lächelte glücklich.

Vor ihr stand... Jack!

„Jack, was machst du denn hier?!" Ava riss überrascht die Augen auf. Er sollte in Oxford sein, wo er studierte.

„Euer Gnaden." Er verbeugte sich kurz, auch in Richtung der zwei anderen Frauen, die ihn mit offenem Mund anstarrten.

„Wir haben Semesterferien, Euer Gnaden", sagte er, während er Lizzy aufhalf. Die sah ihn an wie einen Prinzen auf einem weißen Pferd, der gekommen war, um sie aus den Fängen eines Drachen zu retten.

„Ich dachte, Sie wüssten das, Lady Ashford. Ich soll mich in der studienfreien Zeit schon mal in die Bücher auf den Gütern einarbeiten. Ihr Verwalter, Mr. Godfroy, wird ja im nächsten Jahr nach Schottland gehen."

Ava winkte ab. Nicholas hatte so etwas erwähnt, aber sie hatte nicht mehr daran gedacht. Sie sah Lizzy an, die wie eine Klette an Jacks Arm hing, dem das offensichtlich peinlich war.

Ava musste lachen und verdrehte die Augen, dann drehte sie sich zu Amelie und Violet um.

„Wir sollten ernsthaft darüber nachdenken, die Schneiderin zu wechseln!"

Über dieses Buch

Nachdem Ava in „Ava – Vom Marquess verraten" und
Violet in „Violet – Vom Viscount begehrt" bereits ihr
Glück gefunden haben, wollte ich, dass auch Amelie
eine Chance auf ein Happy End bekommt.
Ich habe, wie immer, mit meinen Protagonisten
gelitten, habe Rowan manchmal wirklich gehasst, aber
immer auch irgendwie geliebt... Und Amelie, nun, ihr
Verhalten entlockte selbst mir nicht selten ein
Kopfschütteln beim Schreiben und ich fragte mich,
warum ich sie nicht einfach gegen diese Ehe
aufbegehren lasse... Aber dann dachte ich an die Zeit, in
der der Roman spielt und die Möglichkeiten, die Frauen
damals hatten. Und vor diesem Hintergrund machte ihr
Verhalten wieder Sinn.
Noch ein Wort zu Scheidungen in England zu dieser
Zeit (ich habe mir die dichterische Freiheit genommen,
die Gegebenheiten der Geschichte etwas anzupassen :-)
Scheidungen waren so gut wie unmöglich und konnten,
wenn überhaupt, nur vom Ehemann ausgehen. Eheliche
Untreue der Frau wurde als Scheidungsgrund
akzeptiert, wohingegen die eheliche (Un-)Treue eines
Mannes keine Rolle spielte. Auch hatte der Mann das
Recht, seine Ehefrau notfalls mit Gewalt
zurückzuholen, sollte sie ihn verlassen. Dass die Frau
auch keinerlei Rechte hinsichtlich ihrer Kinder besaß,
überrascht in diesem Kontext nicht, was man sich heute
nur schwer vorstellen kann.
Am Ende dieser Geschichte habe ich einen kleinen
„Spoiler" eingebaut, denn ich habe Lizzy und Jack und

ihre Geschichte nicht vergessen!!
Wenn Sie mehr über mich und meine Motivation zu
schreiben wissen möchten, besuchen Sie meine Website
www.moira-macarran.de. Das ist mein zweites
Pseudonym, mein zweites „Ich". Als Moira habe ich
mich der Geschichte Schottlands verschrieben...